Ravishing the Heiress
by Sherry Thomas

待ちわびた愛

シェリー・トマス
井上絵里奈[訳]

ライムブックス

待ちわびた愛

主要登場人物

ミリセント（ミリー）・グレイヴス……………資産家令嬢
フィッツヒュー（フィッツ）……………………伯爵
ミスター・グレイヴス……………………………ミリーの父親。缶詰工場を経営
ミセス・グレイヴス………………………………ミリーの母親
クレメンツ大佐……………………………………フィッツの後見人
ヘレナ………………………………………………フィッツの双子の妹。出版社を経営
アンドリュー・マーティン………………………ヘレナの恋人
ヴェネチア…………………………………………フィッツの姉
レキシントン公爵…………………………………ヴェネチアの夫
ヘイスティングス子爵……………………………フィッツの友人
イザベル・ペルハム………………………………フィッツの元恋人

1

運命

一八八八年

ひと目惚れだった。

ひと目惚れが悪いというわけではない。けれどもミリセント・グレイヴスは恋に落ちるようには――ましてや、一瞬にして激しい恋に落ちるようには、育てられてこなかった。缶詰など保存食品の工場を経営するきわめて裕福な男のひとり娘として、彼女は物心がつく前から、〝有利な結婚〟をすることが定められていた。つまり彼女の結婚によって、一族の富が由緒ある輝かしい爵位と結びつくことが期待されていたのだ。

当然ながら、ミリーの子供時代は果てしないお稽古に費やされた。音楽、絵画、書法、話術、作法、さらに時間があれば各国の言語。一〇歳のときには、頭に本を三冊のせたまま長い階段を滑るようにおりることができたし、一二歳にもなればフランス語、イタリア語、ドイツ語で日常会話ができた。一四歳の誕生日には、生まれ持った音楽の才はほとんどないにもかかわらず、超絶技法で知られるリストの《大練習曲》を、純粋に努力と意志の力で制覇した。

同じ年、ミリーの父親はどうやら娘が絶世の美女にはなりそうにないと――というよりはどう見ても美人にはなりそうにないと判断し、さっそく婿探しに取りかかった。イワシの缶詰で作った財産だろうとなんだろうと、ともかく裕福な娘と結婚する必要に迫られている貴族の独身男性に狙いを絞って。

婿探しは二〇か月後に終わった。ミスター・グレイヴスとしては満足のいく結果とは言えなかった。持参金と引き換えに結婚を承諾した伯爵の爵位は、格別由緒があるわけでも、格別輝かしいわけでもなかったからだ。けれども家業がイワシの缶詰工場というのはどうにも響きが悪いらしく、その伯爵さえ、ミスター・グレイヴスのほぼ全財産を要求してきた。

持参金の額で数か月ものあいだ揉《も》めたあげく、ようやく決着がついて両家が書面に署名したものの、その直後、なんと伯爵は身勝手にも三三歳という若さで急逝してしまった。ミスター・グレイヴスにしてみれば腹立たしいことこのうえなかった。ミリーは部屋でひとり、その死を悼んで涙を流した。

相手の伯爵とは二度しか会っていないし、そのひ弱な外見と陰気な雰囲気に、あまりいい印象は受けなかった。それでも彼が、自分同様ほかに選択肢がなかったことはわかっていた。伯爵の地所は荒れ果て、修繕計画はいっこうにはかどっていない。もう少し社会的地位のある女相続人をつかまえようと努力した時期もあったが、無残な失敗に終わっていた。おそらくは、そのぱっとしない外見と物腰のせいだろう。

我の強い娘であれば、一七歳も年上のさえない花婿に反発したに違いない。積極的な娘なら、両親を説得して、みずから結婚市場に打って出たかもしれない。だが、ミリーはそういう娘ではなかった。

彼女は静かで思慮深い子供だった。幼い頃から自分に大きな期待が寄せられていることを本能的に理解していた。だから、望まれれば《大練習曲》を一二曲すべて弾きこなしたし、しまいには音楽や言語、作法のみならず、従順であること、つねに自分を抑えることまで、訓練によって身につけたのだった。

恋愛など望むべくもなかった。意見するなどもってのほかだ。命じられたままに動くだけ。どうせ自分は〝有利な結婚〟という巨大な機械の歯車のひとつにすぎないのだから。

けれどもその晩、ミリーは亡くなった伯爵のために泣いた。自分と同じで、みずからは何ひとつ決めることのできなかった男性のために。

それでも巨大な機械はまわりつづけていた。故フィッツヒュー伯爵の葬儀の二週間後、グレイヴス家はその遠縁に当たる新しいフィッツヒュー伯爵を晩餐に招いた。

ミリーは故伯爵のことをろくに知らなかった。新しい伯爵についてはさらに知らなかったが、彼が一九歳で、まだイートン校の最終学年に在籍中だということだけは聞いていた。その若さがどこか――ミリーの心をかき乱した。自分は同年代の男性ではなく、ずっと年上の人と結婚するものと思ってきたからだ。もっとも、それ以上彼のことをあれこれ考えてみることはしなかった。この結婚は、いわば取引なのだ。個人的な感情が絡まないほうが、支障なくことが運ぶ。

あいにくミリーの無関心は——そして、心の平安は、あっけなく崩れ去った。フィッツヒュー伯爵が部屋に入ってきた瞬間に。

ミリーは自分の考えを持たないわけではなかった。言動には細心の注意を払っていたが、思考を制限することはなかった。頭の中だけはいつも自由だった。

ときおり夜、ベッドに横になって、恋について考えることもある。ジェイン・オースティンの小説に出てくるような恋。母はブロンテ姉妹の小説は読ませてくれなかった。ミリーが見るところ、愛とは入念で鋭い観察の結果だった。その証拠にオースティンの小説『自負と偏見』の中で、ヒロインのミス・エリザベス・ベネットがミスター・ダーシーのことを夫として好ましいと本気で考えはじめたのは、彼の荘厳な館《やかた》——ペムバリーを目にしたあとではないか。

自分が裕福な未亡人になったと想像することもある。言い寄ってくる紳士を茶目っ気たっぷりに品定めするのだ。運がよければ人柄がよく、良識とユーモアも兼ね備えた男性を見つけることができるだろう。

それこそが、ミリーの考えるロマンティックな恋愛だった。気心の合うふたりが結ばれ、穏やかな調和を保って静かな満足感を得ることが。

　なのでフィッツヒュー伯爵が客間に姿を見せたとき、ミリーは何が起きたのかわからず、ただ呆然《ぼうぜん》とするしかなかった。まさに天使が舞いおりたよう。視界の中央に明るい白い光がひらめいて、見ると、不思議な輝きがひとりの若者を包んでいる。天使が人間の姿を借りるため、いままさに羽をたたんだかのようだ。

　どぎまぎして、ミリーは彼の顔立ちをはっきりと見極める前に顔を伏せた。胸の内には喜びと、同じだけの苦痛が渦巻いていた。

　きっと何かの間違いだ。亡くなったあの伯爵が、こんなまばゆいばかりの若者と血がつながっているはずがない。伯爵の学友か、後見人のクレメンツ大佐の息子と紹介されるに違いない。

「ミリー」母が言った。「フィッツヒュー伯爵をご紹介するわ。伯爵、こちらがうちの娘ですの」

　なんてこと。やはり、そうなの。この目もくらむような美男子が新しいフィッツヒュー伯爵なのね。

　ミリーは顔をあげないわけにはいかなかった。フィッツヒュー伯爵はブルーの瞳でまっすぐに彼女を見返してきた。ふたりは握手をした。

「はじめまして、ミス・グレイヴス」

　心臓が酔っ払ったようにのたうった。そもそもミリーは男性からまともに見つめられることに慣れていない。母はいつもやさしく細やかだったが、父のほうはいつも片目で新聞の文字を追いながら話しかけてくるのがせいぜいだった。

「はじめまして、閣下」自分の頬が熱くなるのを感じながら、そして彼の頬骨が芸術作品のように美しい輪郭を描いていることを意識しながら、もごもごと言った。

紹介がすむと、すぐに晩餐が告げられた。伯爵はミセス・グレイヴスに腕を差しだし、ミリーはクレメンツ大佐の腕を取った。

ちらりと伯爵を見やる。彼もこちらを見ていた。一瞬だけ、ふたりの目が合った。

ミリーの血管を熱い血が駆けめぐった。緊張し、頭が真っ白になる。

いったいわたしはどうしちゃったの？　情熱とは無縁な、きわめつけの小心者、ミリセント・グレイヴス。いままで、こんな奇妙なほてりや動悸《どうき》は経験したことがない。ありがたいことにブロンテ姉妹の小説は読んでいないので、どうして自分が急に『自負と偏見』に出てくるベネット家の下の娘たちのようになってしまったのか、皆目見当がつかなかった。これではエリザベスの妹たち――年中くすくす笑ったり、金切り声をあげたりしている、あの軽薄な娘たちと同じだ。

そもそも自分は伯爵の人格や知性、気質については何も知らない――ミリーはぼんやり思った。本末転倒もいいところだ。ばかみたい。とはいえ、胸の内の混沌《こんとん》とした感情は、すでにそれ自体が命と意志を持っているかのようだった。

食堂に入ると、ミセス・クレメンツが言った。「なんてすてきな食卓でしょう。そう思わった。姓と称号が同じだ。親しい人間はみな、フィッツと呼ぶらしい。

彼の正式な名前はジョージ・エドワード・アーサー・グランヴィル・フィッツヒューとい

「そうですね」伯爵が答えた。

ない、フィッツ？」

フィッツ。ミリーは思わず、その響きを舌の上で転がしてみた。フィッツ。

食事中、伯爵はクレメンツ大佐とミセス・グレイヴスに会話の大半を任せていた。じつは人見知りなのかしら？　それともこの機会を利用して、未来の親類、未来の花嫁をじっくり値踏みしているとか？

もっとも、ミリーを観察している様子はなかった。観察できる状況でもない。テーブルの中央には三層になった銀の飾り皿がでんと置かれ、背の高い蘭や百合、チューリップがあちこちから突きでて、視界をさえぎっている。

それでも花びらや茎のあいだから、彼がときおり笑みを浮かべるのは見て取れた。そして、見るたびにミリーは耳まで熱くなった。彼の笑みは左手に座るミセス・グレイヴスに向けられていたが、視線はミスター・グレイヴスから離れなかった。

グレイヴス家の財産を築いたのは祖父とおじだ。一家の金庫が潤いだした頃、まだ若かった父はハロー校に送られた。そこで適切な言葉遣いは身につけたものの、残念ながら凡庸な性質は変わらなかった。

そしていま、テーブルの上座に座るミリーの父は、祖父のような無謀なまでの思いきりのよさも、おじのようなカリスマ性や企業家精神も持ち合わせない、ただの事務屋だった。いわば与えられた財産の管理人。男性として魅力に富むとは言いがたい。

それでも今夜は伯爵の注目をほしいままにしている。

うしろの壁には凝った装飾を施した大きな鏡がかかっていた。そこに、テーブルについている面々が忠実に映しだされている。ミリーはよくその鏡を見つめては、内々の晩餐会の詳細をこと細かに書き記す、外部の観察者のような気分になったものだった。けれども今夜は、まだ一度も鏡に目をやっていない。フィッツヒュー伯爵がテーブルの反対側、父の隣に座っているからだ。

はじめて鏡に視線を向け、その中に彼の姿を認めた。ふたりの目が合った。

伯爵は父を見ているのではなかった。鏡越しに、ミリーを見つめていたのだ。

ミセス・グレイヴスは結婚の神秘について隠し立てはしなかった。現実に直面してミリーが戸惑うことがないようにと考えてのことだった。閉じた扉の向こうで男女のあいだに何が起こるかを知って以来、ミリーは異性を警戒の目で見るようになった。けれどもフィッツヒュー伯爵に見つめられて彼女が感じたのは警戒心ではなく、体を内側から焦がすような熱い火花だけだった。心が興奮に震え、幸福感に舞いあがった。

彼と結婚したら……。そして、ふたりだけになったら……。

ミリーは顔を赤らめた。

たぶん、わたしは喜んで受け入れる。

彼とだったら。


男性陣が客間でレディたちに合流するとすぐ、ミセス・グレイヴスは、ミリーがみなさんのために一曲披露しますと告げた。

「ミリセントはそれはもう、ピアノが上手なんですのよ」

このときばかりはミリーも、腕前を披露する機会に胸が躍った。真の才能はないかもしれないが、非の打ちどころのない技巧は習得している。

ミリーがピアノの前に腰をおろすと、ミセス・グレイヴスはフィッツヒュー伯爵のほうを向いて言った。「音楽はお好きでして？」

「ええ、もちろん」彼が答えた。「ミス・グレイヴスのお手伝いをしましょうか。ページをめくるとか？」

ミリーは思わず楽譜台に手をついた。椅子はさして幅がない。身を寄せ合うようにして座ることになるだろう。

「お願いしますわ」母が言った。

というわけで、フィッツヒュー伯爵はミリーの隣に腰をおろすことになった。ズボンがスカートの裾飾りに触れるほど体を近づけて。彼はさわやかで清々《すがすが》しい香りがした。田園地方の午後を思わせるような匂いだ。彼が笑顔でありがとうとささやくのを聞いてミリーはうっとりし、感謝するのは自分の側であることにも気づかなかった。

伯爵はミリーから楽譜台にのった譜面に視線を移した。

「ベートーベンのソナタ、《月光》か。もう少し長めの曲はないのかな?」

その質問にミリーは戸惑い――そして、うれしくなった。

「たいていは第一楽章、アダージョ・ソステヌートしか演奏されないんですけど、あと二楽章あるんです。よかったら、続けて弾きますわ」

「そうしてくれたらありがたい」

ミリーがこの曲をほとんど暗譜で、機械的に演奏できたのは幸いだった。譜面に意識を集中するのは難しかったからだ。伯爵の指先が譜面の隅を軽く押さえている。彼はすてきな指をしていた。力強くて、優雅で。この手がクリケットの球をつかむところを想像してみる。晩餐の席で、彼がイートン校でクリケット・チームに所属していることが話題に出たのだ。彼の投げる球はきっと稲妻さながらに速いのだろう。柱門《ウィケット》を倒し、打者を意気消沈させ、観客の喝采を浴びるのだ。

「お願いがあるんだが、ミス・グレイヴス」伯爵がごく低い声で言った。

ピアノの音に紛れて、ミリー以外には誰にも聞こえていない。

「なんでしょう、閣下?」

「ぼくがどんな話をしても、演奏を続けてほしい」

ミリーはどきりとした。これで納得がいった。彼は大人ばかりのこの部屋で、ふたりだけの会話がしたくて隣に座ったのだ。

「わかりました。弾きつづけます」彼女は応えた。「それで、どんなお話をなさりたいのです、閣下？」

「知っておきたいんだ、ミス・グレイヴス。きみはこの結婚を無理強いされたのか？」

唐突に指の動きを止めずにいられたのは、これまでの稽古の積み重ねの賜物《たまもの》だった。指はあいかわらず正しい鍵盤を押しつづけていた。そして、さまざまな音色をつむいでいる。それでも隣の家で誰かが演奏しているかのように、音楽はぼんやりとしかミリーの耳に入ってこなかった。

「わ、わたし——無理強いされたという印象を与えましたか？」

伯爵がわずかにためらった。「いや、そんなことはない」

「では、なぜそんなことをおききになるんです？」

「きみは一六歳だ」

「一六歳で結婚する娘は珍しくありません」

「倍以上の年の男とか？」

「先代の伯爵をご老人のようにおっしゃるのね。あのかた、まだお若くていらしたわ」

「一六歳の娘をロマンティックな恋心でときめかせる三三歳も、もちろんいるだろう。だが、彼はそういう男ではなかった」

演奏がページの終わりに近づいた。彼はタイミングよく譜面を繰った。ミリーのほうは見なかった。

「わたしもきいていいですか、閣下？」彼女はこらえきれずに言った。

「どうぞ」

「あなたも結婚を無理強いされたのですか？」

思わず言葉が口をついて出ていた。動脈から血があふれでるかのように。でも、答えを聞くのが怖かった。同じ立場と思ったからこそ、ああいう質問をしてきたに決まっている。

伯爵はしばらく無言だった。「この種の取り決めは例外なく不愉快なものだ。そう思わないか？」

喜びと苦悩……先ほどまでのミリーは、相反するふたつの激しい感情のあいだを行ったり来たりしていた。だが、いま残っているのは苦悩だけだった。じっとりと重い苦悩だけ。伯爵の口調は丁重だったものの、その問いは非難に近かった。きみは不愉快に思わないのか？きみさえ同意しなければ、自分はここにいなかったのに——。

「わたし——」ミリーは第一楽章を速すぎるテンポで弾いていた。もはやこのソナタは《月光》というより〝嵐〟だった。荒れ狂う嵐に揉まれ、木の枝が鎧戸《よろいど》を打つ音だけだ。「わたしは慣れてしまったんだと思います。物心ついた頃から、こういう問題に関しては、自分は口をはさむ立場にないと思ってきましたから」

「前の伯爵は何年も抵抗した。もっと早く結婚を決めるべきだったんだ。そうしたら跡継ぎを作り、すべてを自分の息子に遺《のこ》すことができたのに。彼とぼくとのあいだには、ほとんど血のつながりはないんだ」

この人はわたしと結婚したくないんだわ。そう気づいて、ミリーは愕然《がくぜん》とした。いまにも意識が遠のいていきそうだ。

とはいえ、それはいまにはじまったことではない。先代の伯爵だって、結婚を望んでいたわけではないのだ。ミリーはそれを当然のこととして受けとめた。実際のところ、それ以外の反応は期待したこともなかった。けれどもいま、同じ椅子に隣り合わせで座っている若者もこの結婚に不服だとわかると、素手に氷の塊を押しつけられたような気がした。ぞくっとする冷たさが、やがてどす黒い、燃えるような痛みへ変わっていく。

しかも、そんな相手に――ミリーを妻にすると思うだけで嫌悪感を覚えている相手に、自分は心を奪われてしまったのだ。悲しいことに。

伯爵はページをめくった。「はっきり言おうと思ったことはないのか？　結婚したくない、と？」

「もちろん思ったことはあります」両親に何ひとつ逆らうことのなかった日々を思い、ミリーは苦い気持ちで答えた。それでも口調は変わらず穏やかだった。「そして、その先のことも考えてみました。家出をする？　わたしはレディとなるべくいろいろな教養を身につけましたが、そのどれひとつとして、この家の外で通用するものではありません。家庭教師になる？　子供のことは何も――何ひとつ知りません。結婚を拒否しても勘当されないほうに、父がそれだけわたしを愛してくれているほうに賭けてみる？　そんな勇気はわたしにはありませんでした」

伯爵は指ではさんだページの隅をこすった。「つらくなかったのか？」

今回の問いには非難はこめられていなかった。冷ややかな共感すら聞き取れる気がした。逆にそれが、鋭い歯を持つ忌まわしいけだものさながらに、傷ついたミリーの心を食いちぎった。

「忙しくして、そのことについては深く考えないようにしています」許されるかぎりとげとげしい口調で答える。

まるで自分は、他人の指示のままに動く意志のない操り人形だ。起きる、寝る。その合間に未来の夫から軽蔑を受けつづける……。

そのあと、ふたりは何もしゃべらなかった。そして演奏が終わると、ありきたりな挨拶を交わした。全員が拍手をした。ミセス・クレメンツがミリーの音楽の才能を褒めちぎったが、彼女の耳にはほとんど入っていなかった。

そのあとはお開きの時間までが、エリザベス女王の治世並みに長く感じられた。日頃のっそりとして寡黙なミスター・グレイヴスも、伯爵とクリケットの話題で大いに盛りあがった。ミリーとミセス・グレイヴスはクレメンツ大佐の軍隊話に聞き入った。窓の外から中を見たら、ごくふつうの、楽しそうな集いに見えただろう。

それでも、花が枯れ、壁紙が乾いて丸まるほどの哀しみが部屋に満ちていた。フィッツヒュー伯爵の憂鬱には誰も気づいていない。そして誰も――ときおり心配そうに娘を盗み見るミセス・グレイヴス以外は誰も、ミリーの気持ちに気づいていなかった。不幸というのは本当に目に見えないのだろうか？　それとも人は単に目をそむけようとするのだろうか？　見たくないものを前にしたときのように。

客が帰っていくと、ミスター・グレイヴスが晩餐は大成功だったと宣言した。そして先代の伯爵にはもともと不信感を抱いていただけに、若い後継者を大いに持ちあげた。

「フィッツヒュー伯爵を義理の息子に迎えられて、こんなにうれしいことはない」

「わたし、まだ結婚を申し込まれてはいません」ミリーは釘《くぎ》を刺した。「申し込まないつもりかもしれないわ」

そう望んでいた。ほかの人を見つけて。誰でもいいから。

「間違いなく申し込んでくるさ」父は言った。「彼はそうするよりほかないのだから」

「本当にそうするしかないの？」イザベルが言った。その目はいまにもあふれそうな涙で光っている。無力感がフィッツの胸を刺した。脱線した列車のように突如襲ってきたこの運命を止めることは、自分にはできないのだ。愛する女性の悲しみを癒してやることもできない。

「この話を断ったとしても同じことだ。ロンドンに行って、別の裕福な女性を探すしかない」

イザベルは顔をそむけ、手の甲で目をぬぐった。

「どんな女性なの、ミス・グレイヴスって？」

そんなことを聞いて何になる？　そもそも顔すら思いだせない。思いだしたいとも思わない。「可もなく不可もなく、かな」

「きれいな人？」

フィッツはかぶりを振った。「わからない――どうでもいいよ」

彼女はイザベルではない。たとえ、どんなにきれいな女性であろうと。

ミス・グレイヴスと生涯をともにすると思うと耐えがたかった。人生を踏みにじられたような気がする。フィッツは手にしていた猟銃を持ちあげ、引き金を引いた。一五メートル先で陶製の鳩が破裂した。破片が地面に飛び散る。心をかきむしられるような会話だった。

「じゃあ、来年のいま頃には、あなたに子供ができているかもしれないのね」イザベルがかすれた声で言う。「グレイヴス家も払っただけのものは求めてくるでしょう。それも早い時期に」

そう、もちろん彼らが期待しているのはそれ――跡継ぎだ。もう一羽、陶製の鳩がばらばらになった。肩に来る反動すら、フィッツはほとんど感じていなかった。

思いもかけず伯爵となって、最初は悪い気はしなかった。ところがすぐに、軍隊に入る計画をあきらめなくてはならないと気づいた。伯爵ともなれば、たとえ貧乏だろうと戦争の最前線に立つわけにはいかない。もっとも、そのこと自体は残念ではあったものの、致命的な打撃ではなかった。軍隊を選んだのはやりがいを求めてのことだったし、崩落寸前の地所を復活させるというのも、同じように有意義な名誉ある仕事と思えた。イザベルも伯爵夫人になるのはまんざらでもないだろう。彼女のことだ、社交界で光り輝くに違いない。

ところが新しい住まいであるヘンリー・パークに足を踏み入れたとたん、フィッツは血が凍りつくのを感じた。一九歳で、自分は貧しいどころか、明日の生活にも困るような極貧の伯爵となったのだと悟った。

屋敷の凋落《ちょうらく》ぶりは目を覆うばかりだった。東洋絨毯《じゅうたん》は虫食いだらけ、ベルベットのカーテンも同様だ。煙管は詰まり、壁も絵画も煤《すす》をかぶっている。上階の部屋はどこも天井が緑と灰色に変色し、かびがゆがんだ地図の等高線のように広がっていた。

これだけの広い屋敷であれば、本来なら五〇人、最低でも三〇人の使用人を必要とする。ところがヘンリー・パークでは、屋敷内の使用人は一五人にまで減らされていた。しかも、ほとんどが若すぎるか――メイドの中には一二歳になるかならないかの娘も数人いた――ずっとこの屋敷で働き、いまや年を取りすぎてほかに行き場のない者かのどちらかだった。

フィッツの部屋のありとあらゆるものがひび割れていた。床、ベッド、戸棚の扉。配管はなんと中世時代のままだ。没落がはじまったのはかなり昔のことで、設備の近代化はつねに先延ばしにされてきたのだ。フィッツは三晩滞在したが、寒さに震え、壁の向こうで無数のネズミが駆けまわる音を聞きながら眠りにつくはめになった。

まさに崩落の一歩手前。それも小さな一歩しか残されていない。

イザベルの家族も家柄としては悪くなかった。ペルハム家はフィッツヒュー家と同じで、貴族と血縁関係にあり、堅実で立派な一族と世間からは考えられていた。つまりは地主階級の誇りを持つ、敬虔《けいけん》な地方の名士《ジェントリー》だ。とはいえ、フィッツヒュー家にしてもペルハム家にしても、裕福とは言いがたかった。両家の資産をかき集めても、ヘンリー・パークの雨もりを止めることも、土台の腐敗を防ぐこともできないのは明らかだった。

もっとも屋敷だけのことなら、あれこれ切りつめればなんとかできたかもしれない。だが不幸にも、フィッツは八万ポンドもの借金まで相続してしまった。となればもう、逃げ場はなかった。

あと一歳若かったら、フィッツはそっぽを向き、問題に頭を悩ませる役目はクレメンツ大佐に任せていただろう。しかし、すでにあと二年で成人という年になっている。その自覚も生まれていた。問題から逃げることはできない。逃げていれば、そのあいだにさらに問題が大きくなるのは目に見えている。

唯一の現実的な解決策は、自分自身を売りに出すことだった。いまいましい爵位で、借金を払い屋敷を修繕するだけの資産を持つ女相続人を釣りあげるのだ。

だがそのためには、イザベルをあきらめなくてはならない。

「頼むから、そんな話はしないでくれ」フィッツは歯を食いしばった。

人生に多くは望んでいなかった。自身が思い描いていた道は単純かつ、まっすぐだった。サンドハーストの陸軍士官学校で訓練を受け、陸軍で任務につく。最初の昇進があったら、イザベルと結婚する。彼女は美しいだけでなく、知的で、気丈で、大胆だった。一緒にいると最高に幸せだった。

涙がイザベルの頬を伝った。「話をしようとしまいと、そうなるんでしょう?」

彼女は銃を構え、陶器の鳩の最後の一羽を撃ち落とした。フィッツの心も粉々に砕け散った。

「何があろうと……」

そのあとは続けられなかった。もはや愛を誓える立場にない。何を言っても、イザベルを傷つけるばかりだ。

「その人と結婚しないで」彼女はかすれた声で懇願した。目にも必死の思いが浮かんでいる。「ヘンリー・パークのことは忘れて。一緒にどこかへ逃げましょう」

そうできたらどんなにいいか。「ぼくたちふたりとも、成人に達していない。結婚はきみの父上とぼくの後見人の同意がなければ、有効とは認められない。きみの父上はわからないが、クレメンツ大佐は断固として、ぼくに義務を果たせと迫るだろう。結婚を認めるどころか、きみを堕落した女と思うかもしれない」

遠くで雷がとどろいた。「イザベル、フィッツヒュー卿」屋敷の中から、イザベルの母親が呼んだ。「戻ってらっしゃい。じきに雨が降るわよ!」

どちらも身動きひとつしなかった。

雨粒がフィッツの頭上に落ちてきた。ひと粒ひと粒に小石ほどの重さがあった。

イザベルが彼を見つめた。「最初にここへ来たときのこと、覚えている?」

「もちろん」

フィッツが一六歳、イザベルが一五歳のときだ。秋学期の休暇の最終日、イートン校の友人――ペルハム、ヘイスティングスほかふたり――とともに、この屋敷を訪れた。イザベルは階段を駆けおりてきて、兄のペルハムを抱きしめた。初対面ではなかった。彼女がペルハムに会いにイートン校へ来たとき、顔は合わせていた。けれどもその日、イザベルは以前に見た幼い少女ではなく、生気と情熱にあふれた美しいレディに成長していた。玄関広間に午後の日差しが差し込み、その姿を鮮やかに照らしだした。そして彼女が振り返ってこう言ったとき――〝あら、ミスター・フィッツヒュー、あなたのことは覚えていますわ〟――彼はすでに恋に落ちていた。

「『ロミオとジュリエット』の喧嘩《けんか》の場面、覚えてる？」イザベルが小声できいた。

フィッツはうなずいた。時が過去に向かって流れていけばいいのに。そうしたら現在をあとにし、かつての喜びに満ちた日々に戻れるのに。

「何もかもくっきりと覚えているわ。ゲリーがジュリエットのいとこティボルト役をやって、あなたがロミオの親友マキューシオ役だった。あなたは片手に父のステッキを持ち、もう片方の手にサンドイッチを持っていた。サンドイッチをがぶりとやってから、せせら笑うように言ったのよ。〝ティボルト、やるか？〟」泣きながらも、イザベルは微笑んだ。「そして大笑い。その瞬間、わたしは心を奪われ、あなたと生涯をともにしたいと思ったの」

フィッツの顔は涙に濡れていた。「きみにはもっといい人が見つかるよ」そう言うのが精いっぱいだった。

「もっといい人なんていらないわ。ほしいのはあなただけ」

彼がほしいのもイザベルだけだった。かなわぬ願いなのだ。お互いにとって。滝のような雨になった。陰鬱な春だった。晴れた空のもとを歩ける日は永遠に来ないのではないかと思いたくなるほどに。

「イザベル、フィッツヒュー卿、すぐに家の中へ入りなさい」ミセス・ペルハムが繰り返した。

ふたりは走った。家の脇まで来ると、イザベルは彼の腕をつかみ、自分のほうへ引き寄せた。「キスして」

「できない。ミス・グレイヴスと結婚しなくても、ぼくはほかの誰かと結婚することになる」

「これまで誰かとキスしたことはある？」

「ない」イザベルのために取っておいたのだ。

「だったらなおさら、いまわたしにキスして。そうすればこの先何が起きようと、わたしたちはお互いにはじめてのキスの相手ということになるわ」

空に稲妻が光った。フィッツは決して自分のものにはならない美しい少女を見つめた。くちづけをして何がいけない？

いけないはずはない。次の瞬間、彼はイザベルにキスをしていた。そしてすべてを忘れて、最後の自由と喜びのひとときに酔った。

これ以上ぐずぐずしていられなくなると、フィッツは彼女をぎゅっと抱きしめ、絶対に言うまいと心に誓っていた言葉をささやいた。

「何があろうと、ぼくは永遠にきみを愛するよ」

2

八年後、一八九六年

「ミセス・アングルウッドがロンドンに着いたそうね」レディ・フィッツヒューこと、ミリーは朝食の席で言った。

新聞を読んでいたフィッツは顔をあげた。不思議だ。妻は絶対に噂話をしないのに、何かあるとすぐにその耳に入っている。

ミリーは矢車草を思わせる鮮やかなブルーのドレスを着ていた。室内用の、しかも家族だけのときに着るドレスで、コルセットで固めた散歩用や訪問用のものに比べてゆったりとした作りになっている。それでも妻はどことなく、いや、きわめてきちんとして見えた。もっとだらしのないドレスを着ても、彼女なら几帳面《きちょうめん》でお行儀のいい印象を与えるのだろう。

明るいブラウンの髪はきっちりとうしろでまとめてある。おくれ毛ひとつない。乱れているのをめったに見たことがない。髪と同じ色合いの瞳はいま、招待状を一通ずつ走り読みしている。やさしい瞳だ。彼女は決して目に怒りを浮かべて人を見ることはない。不快感を示すことすらめったにない。

ミリーがいまでもこれほど若々しく見えることに、フィッツはときおりどきりとしてしまう。もっとも、実際にまだ若いのだ。結婚して八年になるが、彼女は二五歳にもなっていない。

「ああ」フィッツは応えた。「きみの情報は正しい、いつものことだが」

ミリーが塩入れに手を伸ばした。「いつ知ったの？」

「ゆうべだ」期待に胸が一瞬、高鳴った。

イザベル。彼女の結婚式でちらりと姿を見たのが最後だ。あれから七年が経つ。最後に言葉を交わしてからは八年だ。

そしていま、イザベルはフィッツの人生に戻ってきた。自由な身となって。

ミリーはまた手紙の封を切り、中身に目を通した。

「きっと、あなたに会いたがっているでしょうね」

結婚前、はじめてミリセント・グレイヴスに出会ったときから、彼女が並はずれて自制心の強い女性であることはわかっていた。それでも、その冷静さには驚かされることがある。彼女のように夫の幸せに心を砕きながらいっさい独占欲を持たない妻を、フィッツはほかに知らない。

「かもしれない」フィッツは応えた。

「どこかの予定を変更しておきましょうか？」ミリーは夫のほうを見ずに言った。「記憶が正しければ、わたしたち、明日は瓶詰工場を視察する予定よ。シャンパンと新しいレモン味のソーダ水を味見するの。それから明後日はクリームウエハースとチョコレートクロケットを試食しに、ビスケット工場へ行かなくてはならないわ」

イザベルの帰国は〈クレスウェル・アンド・グレイヴス〉社における半期に一度の新企画商品の試食会の日と重なっていた。

「ありがとう。でも必要ないよ。今日、彼女から家に来るよう誘われている」

「そうなの」妻は言った。

ミリーの表情は、フィッツにしばしばブラマンジェを連想させる。なめらかでやわらかく、それでいて崩れることがない。しかしこの瞬間だけは、妻の顔をなんと名づけていいかわからない感情がよぎった。フィッツはブラマンジェでなく、よく知っているものの漕《こ》ぎでてみたことのない湖を思い浮かべた。いま自分はその岸に立ち、水面下で動くものを——正体をつかむ間もなく姿を消した、得体の知れない影を目にしたような気がした。

「だったら、わたしからもよろしくと伝えておいて」そう言って、ミリーはもう一度塩入れに手を伸ばした。

「そうするよ」

彼女は残りの郵便物に目を通し、紅茶を飲み干すと立ちあがった。いつも夫より先に朝食の席につき、ひと足先に食堂を出ていくのだ。

「クイーンズベリー家の晩餐に招待されていることは忘れないでね」

「わかっている」

「では、いい一日を、閣下」

「いい一日を、レディ・フィッツ」

足取りも人柄同様、きちんとしていた。廊下を歩いていくあいだも、ブルーのスカートはほとんど音をたてなかった。習慣から、フィッツは遠ざかる妻の足音に耳を澄ませた。リズミカルで軽やかなその音は、いまや自分の呼吸音と同じくらいなじみ深いものとなっている。足音が完全に聞こえなくなってから、上着の内ポケットにしまってあったイザベルの手紙を取りだし、もう一度読んだ。

愛《いと》しいフィッツへ

(こんな呼びかけ、ずうずうしいかしら？　かまわないわ。わたしはもともと控えめな性格じゃないし、いまさら変わろうとも思わないから)

わたしと子供たちのためにすてきな住まいを手配してくださってありがとう。子供たちは裏庭に大喜びよ。わたしがとくに気に入っているのは明るくて気持ちのいい客間。通りの向かいの緑あふれる公園が見渡せるの。

最後に会ってからずいぶん経つのだから、あと数日会えなくてもどうということはないのかもしれないわね。でも、一刻も早く会いたくてたまらないの。家の中はまだお客さまを呼べるような状態ではないのだけれど。明日、いらっしゃれる？

あなたのイザベルより

熱い思いがにじみでるような手紙だ。署名が何より彼女の心情を物語っている。フィッツにとって、彼女はいつでもイザベルだった。手紙の中では、ミス・ペルハムとか、最近ではミセス・アングルウッドとか呼びかけてきたが。彼女が手紙を姓ではなく名で締めくくったのは、この先も親交を深めていきたいという気持ちの表れに違いなかった。

イザベル。はじめてくちづけした少女。ただひとり愛した女性。

フィッツは手紙をしまい、また新聞を開いた。メイドが妻の皿を片づけに来た。

ふと不審に思い、彼は言った。「その皿を持ってきてくれ」

メイドが戸惑った顔でこちらを見た。

「その、手に持っている皿だ」

ミリーはスクランブルエッグを残していた。珍しいことだ。朝食は各自が取り分けることになっており、彼女は食べられる分しか皿に盛らない。驚くメイドを尻目に、フィッツは自分のフォークで残ったスクランブルエッグをすくった。

コーヒーなしではのみ込むことができなかった。ミリーが卵に塩をかけるのが好きなのは知っていたが、これではスクランブルエッグならぬ、スクランブルソルトだ。今度、注意してやらなくては。こんなに塩をかけていたら体によくない。

八年前には考えられないことだったが、ふたりはいい友人になっていた。互いを気遣う、いい友人に。


廊下で、ミリーはフィッツの双子の妹、ヘレナと鉢合わせた。義妹は自分の部屋から出てきたところだ。双子とはいえ、ふたりはまるで似ていない。フィッツは黒髪に青い目で、どちらかといえば姉のヴェネチアに似ている。いっぽうヘレナは、母方の祖母から赤毛とグリーンの瞳を受け継いだ。

今朝のヘレナは深緑色の上着と同色のスカートといういでたちだった。上着の襟からのぞく白いシャツは、朝の空気のようにぱりっとしている。喉元のカメオのブローチ――大理石に彫られた女性の横顔に瑪瑙《めのう》の双頭の鷲《わし》という図柄――がよく似合っていた。

フィッツヒュー家で絶世の美女といえば、決まってヴェネチアの名があがるが、ヘレナもじゅうぶん美しかった。それだけでなく、有能で自信にあふれ、人が思うより狡猾《こうかつ》だった。

今年のはじめ頃、フィッツの親友であるヘイスティングス卿が、ヘレナがミスター・アンドリュー・マーティンとひそかな逢瀬《おうせ》を重ねていることに感づいた。ミスター・マーティンは気のいい青年で、ふたりが相思相愛なことは疑う余地がなかった。ただ問題は、彼が何年も前、はじめて出会ったときからヘレナを愛しく思っていたにもかかわらず、母親に刃向かうことができずに、昔から決まっていた相手と結婚してしまったことにあった。

初恋が忘れがたいことはミリーもよくわかっている。自分自身、はじめて恋した相手を思いつづけている。けれど、ミスター・マーティンは既婚者だ。ヘレナは自分の評判を重大な危機にさらしていることになる。ミリーとヴェネチアは強引に、ヘレナを大西洋の向こうに引っぱっていった。距離を置けば、彼女も理性を取り戻すのではないかと期待して。

アメリカ旅行はまったくの無駄足ではなかった。その旅行がきっかけとなって一連の出来事があり、ヴェネチアが意外にもレキシントン公爵と幸せな結婚をする運びとなったからだ。しかし残念なことにヘレナのほうは、会えないことでミスター・マーティンへの思いを募らせただけだった。

ヘレナは年齢的にも経済的にも、すでに自立している。家族が無理やり恋人と別れさせることはできない。それでも一月以降、みながヘレナから目を離さないようにしていた。どこへ行くにもヴェネチアかミリー、あるいはそのためにわざわざ雇ったメイドのスージーが付き添った。

スージーは先に屋敷を出て、フィッツヒュー家の馬車がフリート通りのヘレナが経営する出版社の前で彼女をおろすときには、すでにそこで待っている。その後もヘレナの事務室の前に陣取り、彼女が日中こっそり会社を抜けだしてミスター・マーティンに会いに行かないよう見張ることになっている。

この二四時間の監視態勢が、ヘレナにはこたえているようだ。いらいらして、気の毒になるほどみじめな顔をしている。ミリーとしても看守役は気が進まなかったが、どうしようもなかった。ヘレナが自分の将来のことを考えないなら、代わりに家族が考えてやるしかない。

「ヘレナ、探していたところよ」ミリーは明るい声で言った。「今日の午後、レディ・マーガレット・ディアボーンのお宅でお茶会があるの、忘れないでね」

どういう状況にあろうと、義妹に若い独身男性を紹介する機会を逃すわけにはいかなかった。でないと、あの家はヘレナを嫁に出す気がないのかと世間に思われてしまう。

もっとも当の本人は、お茶会に乗り気でない様子だった。

「レディ・マーガレット・ディアボーンは狩猟仲間が多いでしょう。彼女のお客さまって、キツネ狩りの話しかしないのよ」

「わたしの記憶が正しければ、あなたの会社はキツネ狩りの体験記を出版したこともあったはずよ」

「歩合で出版する場合、うちの負担は何もないの。そうでなければあんな仕事、引き受けないわ」

「それでも狩猟の話は何かしらできるでしょう」ミリーはつま先立ちになって、ヘレナの頬にキスをした。「馬車が待っているわ。また午後に会いましょう」

「待って」ヘレナが言った。「あの噂は本当なの？ ミセス・アングルウッドがイングランドに戻ったという」

胸の痛みを無視して、ミリーはうなずいた。「フィッツが今日の午後、お宅に招待されているそうよ。ふたりにとって忘れられない一日となるでしょうね」

「そうね」ヘレナのまなざしは、まだ何か言いたげだった。

ミリーは決して感情をあらわにしない。独占欲を見せることもない。夫婦のあいだに何があろうと動じないその態度を見ると、誰もがミリーは夫を尊敬してはいるものの、愛してはいないようだと思う。とはいえ年を経るうちに、ヘレナはじつは違うのではないかと考えるようになった。

何も求めない愛はおそらく、屋敷に潜む亡霊のようなものなのだろう。その存在は人の五感にそっと触れていく。暗がりの中の見えない熱、太陽の下の影のように。

ミリーはヘレナの腕を軽く叩《たた》くと、歩み去った。


庭は生気に満ちていた。

芝は川岸のように緑濃く、木々は葉をいっぱいに茂らせている。枝のあいだで小鳥が歌い、泉はさらさらと細い流れを作っている。庭の隅では紫色の紫陽花《あじさい》が花をつけていた。大きな花束をいくつも集めたかのような鮮やかさだ。

〝庭を作るといいわ〟結婚式の日、母のミセス・グレイヴスはミリーにそう勧めた。〝庭を作って、ベンチを置くの〟

ミリーはベンチに指を広げた。木製で、あたたかみのある明るい茶色に塗られ、素朴だが美しい。もっとも、これはミリーが持ち込んだものではなかった。彼女がフィッツの妻となるはるか前から、ここにあった。ヘンリー・パークにはこれの複製品が置いてある。フィッツからの贈り物だ。数年前、好意の証《あかし》としてくれた。

ミリーは希望の証と受けとめた――なんてばかだったのだろう。

「ここにいるんじゃないかと思ったよ」夫の声がした。

どきりとして、肩越しに振り返った。フィッツがうしろに立っていた。ベンチの背に軽く手を置いて。優雅な指。この指が、あの日ミリーのために譜面をめくったのだ。衝撃的な言葉をささやきながら。

いま、その右手の人差し指には、フィッツヒュー家の紋章を彫り込んだ印章付きの指輪がはまっている。ミリーが贈ったものだ。この指輪を見るたびに、彼女は体の奥がうずくのを感じた。

手で触れたかった。舌で舐《な》めてみたい。金属が肌をなぞるのを全身で感じたい。

「もう出かけたのかと思ったわ」

二階のバルコニーから、フィッツがゆっくりと歩いていくのが見えたのだ。とはいえ、ミセス・アングルウッドに会いに行くにはまだ時間が早い。角を曲がるところで、彼がステッキを宙でくるりとまわした。つねに冷静沈着なフィッツのそんな仕草は、ほかの男性なら通りでいきなり踊りだすのに等しい。

「今日、〈ハッチャーズ〉の前を通ると思う」彼は言った。「きみの注文した本が届いているかどうか、確かめてこようか？」

「それはありがたいけれど、今日は忙しいんじゃ――」

「では決まりだ。ちょっとだけ書店に寄ってみるよ」

「ありがとう」ミリーはもごもごと言った。

フィッツがにっこりする。「どういたしまして」

数日前、〈ハッチャーズ〉で本を注文したという話をした。フィッツはそれを覚えていて、寄ってくれるという。ほかのときだったら、天にものぼる気持ちになっただろう。ふたりの距離がまた一段と近くなったと感じたに違いない。

けれども今日は、彼のそんな思いやりも、愛する人に再会するうれしさの表れとしか思えなかった。いまのフィッツは夏そのものだ。若々しくきらめいて、ふたたび芽生えた希望とよみがえった夢で内側から輝いている。通りすがりの物乞いはひとり残らず――ミリーも含めて――ふだんの倍の思いやりと施しにあずかることができるだろう。

フィッツは向きを変え、立ち去ろうとして、ふと足を止めた。

「忘れるところだった。きみは塩分のとりすぎに注意するべきだ。この先一〇年は保存できそうなほど、スクランブルエッグに塩を振りかけていたぞ」

そう言うと、彼は歩み去った。ミリーをひとり庭に残して。


フィッツはイザベルの家の前に立った。

どんなときも平常心を保つよう鍛錬してきたつもりだったが、胸のざわめきは抑えようがなかった。二度目の機会。そんなものを与えられる人間は多くない。それを両手でつかめる立場にいる者は、さらに少ない。

不安と期待が同じ激しさで脈打っていた。長い年月が経った。自分は変わった。彼女もおそらく変わったはずだ。顔を合わせて、まずなんと言えばいいのだろう?

玄関のベルを鳴らした。大きな白い帽子に白いエプロンのメイドが扉を開け、名刺を受け取って、フィッツを中に招き入れた。だが、彼は玄関広間で足を止めた。四角い鏡と、その下に小さな作り付けの棚があるだけの空間。棚の上には名刺用の銀のトレイが置いてある。その横に見覚えのある写真があった。

同じ写真を、フィッツも衣装戸棚の奥のどこかにしまってある。はじめてペルハム・ハウスに滞在したとき、最後の日に撮ったものだ。女性たちは正装して前列に座り、男性はまじめくさった顔で、そのうしろに立っている。写真の中のフィッツは自分でも信じられないくらい若い。イザベルも柄にもなくおしとやかに、両手を慎み深く膝の上にのせている。

しかし、その手に秘密があったのだ。撮影が終わるとすぐ、イザベルはフィッツを脇に連れていき、ポケットに入れてあったものを渡した。小さなヤマネだ。名前はアリス。ヤマネは忙しい学生にとっては最高のペットだった。秋学期と春学期のあいだはほとんど冬眠し、四月になってようやくねぐらから出てきて、ポケットの中で生活する。食べるのは木の実や小さな果実、ときにアオムシだった。

「その写真、いつも肌身離さず持っていたのよ」懐かしい声がした。「あなたの写真はそれだけだから」

フィッツは写真を置き、ゆっくりと振り返った。

イザベル。

記憶にあるよりは背が高く細身だった。そして当然ながら、もう一八歳ではなかった。顔の輪郭がいくらか鋭くなっただろうか。顎がわずかにこわばっている。肌も引きつっているように見える。

けれども顔立ちは以前と変わらず、彫りが深くて、誇りに満ちていた。髪は青みがかった黒。瞳の中で燃える炎も消えていなかった。そのまなざしの激しさに、フィッツはかつてのイザベル・ペルハムを見た気がした。

消えかけた記憶や思い出が一気に脳裏によみがえった。まるで古い書物の薄くなったページが突然、色彩や明るさ、鮮明さを取り戻したかのように。春、腕いっぱいにヒヤシンスの花を抱えたイザベル。白いテニス用ドレスを着てラケットを振り、陽光も顔負けの明るい笑顔を見せるイザベル。落ち葉を踏みながら歩くイザベル——ときおり振り返っては、数歩さがってふたりのあとを追ってくる家庭教師に話しかける。フィッツは家庭教師など目に入っていない。イザベルだけを見つめているから。

「ミセス・アングルウッド」彼は言った。「元気かい?」

「フィッツ、あなたったら」イザベルが言った。「わたしが覚えているままね。少しも変わっていないわ」

彼は微笑んだ。「まだ一九歳に見えるかな?」

「まさか。立派な大人の男性よ。でも、内面は少しも変わっていない」イザベルは信じられないというように小さくかぶりを振った。「廊下で立ち話もなんだわ。座りましょう」

テーブルにはすでにお茶の用意ができていた。イザベルはふたり分の紅茶を注いだ。

「これまでのこと、何もかも聞かせて」

「インドのことを聞かせてくれないか」

ふたりは同時に言った。

そして同時に微笑み、フィッツがきみから先にと言い張ると、イザベルが話をはじめた。四月のデリーは耐えられないほど暑いこと。カシミールは世界中で一番美しい場所であること――デル湖畔のシュリーナガルはまた格別なこと。食べるものは中南部のハイデラバードがおいしかった、などなど。フィッツのほうは共通の友人の近況を話した。彼らの恋愛、結婚、子供たち、大小問わず醜聞の数々。

あっという間に一時間が経った。

イザベルが紅茶のカップを持ちあげ、ふと彼を見つめた。

「あなた自身のことは少しも話さないのね。どうしていたの？」

どうしていただろう？　「まずまずかな」

イザベルのまなざしが揺れ、おどけたようにきらめいた。唇の端が少し持ちあがる。この独特の表情はよく覚えていた。ちょっぴり意地の悪いことを言おうとしているのだ。

「女性たちと浮き名を流していると聞いたわ」

フィッツは目を伏せた。ふたりのあいだでは、いつも彼のほうが奥手だった。

「暇つぶしさ」

現実逃避だ。きみを忘れるための。

「レディ・フィッツヒューは理解のあるかたなのね」

「ああ、分別のある、賢い女性だよ」

「まだインドにいる頃、あなたたち夫婦はとても仲がいいと聞いたわ。信じられなかったけれど……本当のようね」

ついに来た――フィッツの結婚の話題。気がつくとイザベルは真顔になっていた。友人の墓碑銘を読んでいるかのような顔つきをしている。

「親の決めた結婚にしては」彼は言った。「妻に恵まれたほうだろう」

「じゃあ……彼女と結婚してよかったと思っているの？」

今回はフィッツは目をそらさなかった。

「そうは言っていない。知っているだろう。状況さえ違っていたら、ぼくはきみと結婚するためならなんだってした」

「わかっているわ」イザベルがわずかに震える声で言った。「それはわかってる」

玄関のドアが開いて、子供たちのにぎやかな声が聞こえてきた。すぐに子守りが〝静かに〟と注意する声が続く。

「ちょっと失礼」イザベルはそう言って客間を出ると、男の子と女の子を連れて戻ってきた。

「紹介するわ。ヒヤシンスとアレクサンダー・アングルウッドよ。あなたたち、こちらはフィッツヒュー伯爵。ペリーおじさまとママの古いお友だちなの」

ヒヤシンスは六歳。アレクサンダーはその一歳下で、ふたりとも美しい子供だった。目や髪の色は母親と同じだ。ふいにフィッツは言葉が出なくなった。事情が違えば、この子たちは自分の子供だったかもしれない。警戒心と好奇心が半々の顔でこちらを見るのではなく、腕を広げて満面の笑みで駆け寄ってきたかもしれないのだ。

子供たちは一分ほどで客間を出て、子守りとともに屋敷の奥へ走っていった。イザベルはそのうしろ姿を目で追った。「子供の成長は早いわ」

フィッツは喉のしこりをのみ込んだ。「きみは昔からヒヤシンスとアレクサンダーという名前が好きだった」

「ええ。ヒヤシンスとアレクサンダー・フィッツヒュー」目にうっすらと涙を浮かべて、彼女はつぶやいた。

そして椅子に座り直した。開いたカーテンから差し込む光が、受け皿の金縁をきらめかせている。イザベルは受け皿の上でカップをくるくるまわした。元来、じっとしていることができない性質なのだ。

やがてまたフィッツを見つめた。心を決めたかのごとく、まっすぐに。彼の記憶にあるイザベルそのままに。「わたしたちのあいだにあったものを、いくらかでも取り戻すことはできるかしら？　それにはもう遅すぎるの？」

きくまでもない問いだ。インドから最初の手紙が届いて以来、フィッツも幾度となく同じことを考えた。そして、このかけがえのない二度目の機会を両手でつかみ、決して放さないと誓った。

「いいや」彼は答えた。「遅すぎはしない」

3

契約

一八八八年

晩餐の二週間後、双方の弁護士が交渉の席についた。新伯爵はやむなく結婚に同意はしたものの、その代償に要求した持参金は、高峰マッターホルン並みに高かった。伯爵の若さ、そして端整な顔立ちに圧倒されたのか、ミスター・グレイヴスは前のほぼ倍の持参金を払わなくてはならなくなっても、ほとんど文句を言わなかった。そんなわけで交渉は早々に決着し、ミリーはまた婚約中の身となった。

この間、フィッツヒュー卿本人からはまったく音沙汰がなかった。手紙も、花束も、婚約指輪もなし。学業があるからと言って、グレイヴス家からの二度目の晩餐の誘いを断ってきたし、六月四日――イートン校最大の、家族や友人を招いての祝祭の日――にも、グレイヴス家には招待状の一枚も送ってこなかった。

フィッツヒュー卿はあえて距離を置いているのかもしれない。ミリーも自分と同様に、最後の自由な日々を満喫していることだろう、ひとたび結婚したら一生付き合わなくてはならない男を相手に貴重な時間を無駄にしたくないだろう——そう考えているのかもしれない。

でも、彼が冷淡な理由はたぶん違う。それがわかっているだけに、ミリーはいっそう悲しかった。悲しみに打ちのめされていないときは、恥ずかしさでいっぱいになった。彼にとってわたしは、この先直面する不愉快なことすべての象徴なのだ。肩にのしかかる義務、奪われる自由、借金を払うためにあきらめなくてはならない夢の数々。

フィッツヒュー卿の無関心をよそに、ミセス・グレイヴスはローズ・クリケット・グラウンドで行われるイートン校対ハロー校のクリケットの試合にミリーを引っぱっていった。クリケットは老若男女、紳士から労働者まで楽しめる娯楽だ。日曜の午後には大勢の人が観戦に詰めかける。当然ながら、男子学生にとっては一大行事だった。

もっとも、そのイートン校対ハロー校の試合はスポーツ行事ではなかった。明るい太陽のもと、社交界の人々がこぞって一日中にぎやかなピクニックをする口実でしかない。招待状が必要ないため、単なる金持ちが真の貴族と親しくなる、数少ない機会のひとつでもあった。

というわけで、ミセス・グレイヴスは自分と娘がその盛大な催しに何を着ていくか、何か月も前から計画を立てはじめるのがつねだった。とはいえ、この二年間は自粛せざるをえなかった。一昨年はミリーの父方の祖父が亡くなったからで、昨年はミスター・グレイヴスが激しい腹痛に見舞われ、その看病をしなくてはならなかったからだ。

今年は身内に亡くなった者も、具合の悪くなりそうな者もいなかった。ミリーは母親が全精力を傾けて外出の準備にかかるのを、なすすべもなく見守るしかなかった。

試合の初日、グレイヴス家の美しい四輪馬車はピクニック用バスケットを山と積んで、夜明け前にセント・ジョンズ・ウッドを出発した。レディたちのために競技場脇の場所を確保しなくてはならないのだ。当のレディたちはパリのオートクチュール〈ウォルト〉で新調したドレスで盛装するので、屋敷を出るのは一一時頃になる。

クリケットの試合はおまけだった。大切なのはまわりの人たちを見ることと、まわりから見られること。それには午餐の時間ははずせない。

母娘《おやこ》が到着したのは、選手たちがちょうどフィールドを出るときだった。ミセス・グレイヴスは日頃関節炎を訴えているとは思えない身軽さで、自宅から乗ってきた二番目にいい馬車を飛びおりた。競技場はいまや三重、ところによっては五重に馬車に取り囲まれている。彼女はミリーを引きずるようにしながら、両チームが退出して誰もいなくなったフィールドになだれ込む観客に交じった。

空には雲ひとつなく、きれいに刈られた芝生は青々としていた。とびきりの春物をまとった何千人ものレディが歩きまわっている。どこを見てもパステルカラーがきらめき、それがまた紳士たちのかしこまった黒い上着を背景に一段と映えていた。ちょうど宝石箱の内張りの、暗い色のベルベット地にちりばめられた宝石のように。

胸躍る光景だろう、今日は楽しもうと心を決めた者たちにとっては。けれどもミリーはそうではなかった。もともと人の視線を集めて喜ぶ質《たち》ではない。まして、高貴なレディたちの大多数より金のかかった華美なドレスに集まる横目遣いの視線は、苦痛でしかなかった。隣のミセス・グレイヴスがまた、成金の母親そのものなのだ。

ミセス・グレイヴスはふだんは成金趣味ではなかった。自分が生まれた上位中産階級という社会的地位を誇りにしており、上昇志向は決して強くない。ただ夫の親族のため、とりわけ貴族と血縁関係を結ぶことに熱心だった亡くなった義父と義兄への義務感から、調子を合わせているだけのことだった。

しかし、今回ばかりはミセス・グレイヴスも浮き足立っていた。会う人ごとに、娘はあの魅力的なフィッツヒュー卿と結婚することになったと触れまわった。〝ミリーはすぐに社交界をとりこにするに決まってますわ。ええ、ダンスフロアでそれはもう優雅に踊りますのよ。あの話術には誰もが魅了されてしまいます。どんな気取り屋のお眼鏡にもかないない、きっとあの子はあらゆるところから招待を受けるはずですわ〟

わたしなんて、といくらミリーが打ち消しても、ミセス・グレイヴスはいっそう大げさに娘を褒めちぎるばかりだった。

そうこうするうち、ミセス・グレイヴスは古い友人と出会った。彼女もミリーがフィッツヒュー伯爵夫人としてすぐにも社交界の頂点にのぼりつめ、新たな流行の基準になると確信しており、おかげでふたりの話題はミリーの嫁入り道具一式、結婚朝食会、新婚旅行にまで及んだ。

ミセス・グレイヴスが、ローマへの新婚旅行にロマンティックな空想をふくらませていると――彼女自身が憧れていたのだ。ミスター・グレイヴスが二週間マカロニしか食べるものがないと猛反対しなければ実現していたはずだった――周囲の人が移動し、フィッツヒュー卿の姿がかいま見えた。

彼はユニフォーム姿のイートン生の一団の中にいた。両脇に蝶《ちょう》のように華やかな姉妹がいる。ほかに少なくとも五人は女性がいた。けれども彼の視線はたったひとりに向けられていた。漆黒の髪と、鮮やかなピンク色――母が大切にしている牡丹《ぼたん》の花にしか見たことのないような色――の唇をした美しい女性に。

嫉妬を感じた。しかし、最初はさほど衝撃は受けなかった。若者の視線が美しくて若い女性に引きつけられるのは当然のことだ。だが、やがてミリーはフィッツヒュー卿の視線が単なる関心ではなく、切ない思慕をたたえていることに気づいた。まるで囚人が牢獄の中から一片の空を見あげるときみたいなまなざしだ。

ミリーの心は粉々に砕け散った。彼はなぜあれほど結婚に消極的なのかと悩んではいたものの、ほかに思い人がいると考えたことはなかったのだ。でも、いまわかった。彼は気も狂わんばかりに恋をしている。そして愛する人を失うことで胸をかきむしられるような思いをしている。

身を隠したかった。姿を見られたくない。フィッツヒュー卿はミリーがそばにいるとは思ってもいないだろう。自分が彼に特別な思いを抱いていることは断じて知られたくない。

祈りが届いたらしい。ベルが鳴り響いた。ミリーはミセス・グレイヴスの袖口を引っぱった。「じきに試合が再開するわ、お母さま。馬車に戻りましょう」

ミセス・グレイヴスは娘の提案を鼻であしらった。「少なくとも二度目のベルが鳴るまでは、誰もフィールドを出ませんよ」

周囲の様子からして、残念ながらミセス・グレイヴスの言うとおりらしかった。ご機嫌な観客はどっかりと腰を据えたままだ。あちこちで笑い声が大砲のように炸裂《さくれつ》し、そのたびにミリーの心にまたひとつ新たな傷を残していった。

フィッツヒュー卿のほうに目をやった。彼がこちらを見ていないことを期待しながら。だが、ちょうどその瞬間、フィッツヒュー卿が彼女のほうを見た。ふたりの目が合った。彼の表情は――その隠しきれない嫌悪感は、ミリーがすでに知っていたこと、もはや否定しようがないことすべてを物語っていた。

彼女は視線を引きはがした。立ち直れないほど打ちのめされて。

試合再開を告げる二度目のベルが鳴った。一度目よりも大きな、甲高い音が響き渡った。と同時に警官が現れ、必要なら実力行使も辞さない構えを見せたが、もちろんイートン校対ハロー校の試合を観戦する優雅な人々は警官と揉めるつもりなどない。紳士淑女はすみやかにフィールドを出て、観客席やベンチ、馬車へと戻っていった。

もっとも、ミセス・グレイヴスのおしゃべりはその後も一時間は続いた。ミリーとしては試合に背を向ける口実があるのはうれしかったが、どこへ行っても、近くにクリケット好きな若者がいる。そして試合内容を母や姉妹に細かく解説してみせるのだ。何かにつけ、フィッツヒュー卿の名前が飛びだした。

〝見たかい？　フィッツヒューが境界越えの打球を放ったぞ。これで六点追加だ！〟とイートン校を応援する若者が叫んだ。

〝いや、違う！　少なくとも一度地面を跳ねた。だから四点だ〟ハロー校側が不機嫌な声で応じる。〝それにしても、フィッツヒューはひとりで九〇点も稼いでる。いつになったら交替になるんだ？〟

ようやくふたりは馬車へ戻り、バスケットに詰めてきた昼食をとった。

「さあ、うちに帰りましょう」ミリーは言った。

「何を言っているの」ミセス・グレイヴスが応える。「お茶の休憩時間になったら、イートン校のテントに行くのよ。あなたの婚約者に、お友だちの前であなたを紹介してもらわなくては」

友人たちはフィッツヒュー卿が実際のところどういう気持ちでいるか、よく知っているはずだ。たぶん同情しているだろう。彼がまもなく祭壇の前に立つことにきわめて消極的だとは気づかず、ミセス・グレイヴスが喜びをあらわにしたら――ミリーは嘲笑の声が聞こえる気がした。

「でも、わたしたち、招待状を受け取っていないわ。イートン校のテントに入るには――」

ミセス・グレイヴスは手袋をした手を娘の手に重ねた。

「ミリー、あなたはこの結婚に負い目を感じる必要はないのよ。どれほどのものを持って嫁ぐかを忘れてはだめ。彼が若くて美男子だからって、劣等感を持つことはないの。この結婚で得をしたのはあちらなんだから。わかった？」

本当はこう問うべきなのだ――彼はそのことをわかっているの？

わかっていない。わかろうともしていない。

ミセス・グレイヴスはミリーの頬に触れた。「わたしはあなたのお父さまを心から愛しているわ。でも強引すぎると思うときもある、ことに娘の結婚に関してはね。あなたはあなたを大切にしてくれる人と結婚するべきなの。あなたを妻とする男性は、この世で一番の果報者なんだから。

でも、現実はままならない。だからわたしは今日、あなたをここに連れてきたのよ。隠れていてはだめ。逃げてもだめ。つらいかもしれないけれど、うしろに引っ込んでばかりでは状況は悪くなるだけよ。しっかり顔をあげて、自分の権利を主張するの。彼は本来わたしたちを招待するべきなのにしなかった。ということは、自分の存在をどう示すか、自分の地位をどう世間に認めさせるかは、あなた次第なのよ」

わたしにはできない。押しつけがましい真似はしたくない。ただ、消えてしまいたい。

「わかったわ、お母さま」

「いい子ね」ミセス・グレイヴスはミリーの肩をぽんと叩いた。「さて、ほんの少しだけ休ませてちょうだい。そうしたら、フィッツヒュー卿にわたしたちの豪勢な姿を見せてやりましょう。彼は喜んで当然なのよ」

ミセス・グレイヴスはうたた寝をはじめた。ミリーはハンカチをしきりとよじっていた。熱心に観戦している隣の馬車の青年が、試合が動くたびに解説を加えている。だが、ありがたいことに個々の選手の名前が話に出ることはなかった。

ふいに青年が黙り込んだ。それも話の途中で。食べていたものを喉に詰まらせたか何かしたのでは、とミリーは彼のほうを見た。

その青年だけではない。馬車に同乗している両親、妹と弟も、一様に凍りついたような驚愕の表情を浮かべている。ほかの馬車に乗っている人々も同じだった。動きを止め、同じ方角を見つめている。

振り返ってみると、この世のものとは思えないほど美しい女性が目に入った。まるで神話の登場人物だ。たとえばトロイのヘレンが生まれ変わったか、愛と美の女神アフロディーテがアドニスとの逢瀬のため、オリュンポス山からおりてきたかのようだった。

歩いているのではなく、地面を滑っているとしか思えない。クリーム色のレースのパラソルの陰になったその顔は端整そのものだが、どことなく人の心をざわつかせるもの――単なる〝きれい〟と圧倒的な〝美〟を隔てるもの――を持っていた。三〇分ほど前から太陽を覆っていた雲も、一条の明るい光がこの女性に注ぐのを許したに違いない。これほどの美に完壁な照明が当たらないのは無礼というものだ。

信じられないことに、その美女はグレイヴス家の馬車に近づいてきた。

「あなたがミス・グレイヴスですね？」女性が微笑みながら言う。

目もくらむ笑みに、ミリーは思わずのけぞりそうになった。答えようにも声が出ない。わたしはミス・グレイヴスだったかしら？

「え、ええ……そうですけど」

「紹介も受けずにお声をかけて、ぶしつけなのは承知していますが、じき家族となるのですから、ご勘弁いただけるのではないかと思いまして」

この見知らぬ女性がなんの話をしているのか、ミリーには皆目わからなかった。というより、言葉はほとんど耳に入ってこなかった。彼女の唇の動きに目を奪われていたからだ。だが、ひとつだけは確信できた。この女性が何を望もうと、誰ひとり文句は言わないだろう。

「ええ、あの、もちろん」

「わたしはミセス・タウンゼントといいます。こちらの若いレディは妹のミス・フィッツヒューです」

ミセス・タウンゼントが連れを紹介するまで、ミリーは彼女の隣にいる女性に気づかなかった。見ると、それなりに美しい、すらりと背の高い赤毛の女性が立っていた。

「おふたりにお会いできて光栄ですわ」ミセス・タウンゼントの美貌に圧倒されながら、ミリーは言った。

「わたしの双子の兄と結婚の約束をなさっているでしょう」ミリーの困惑に気づいたらしく、ミス・フィッツヒューが言った。

「まあ、あのかたの――」

フィッツヒュー卿に姉妹がいることは聞いていた。その姉妹がともに外国にいたことも思いだした。ミス・フィッツヒューはスイスの学校に、そしてたぐいまれな美貌のミセス・タウンゼントは、夫と狩猟旅行でヒマラヤ山脈にいるはずだった。

「ミスター・タウンゼントとわたしは、先代の伯爵が亡くなったと聞いて、すぐに帰国の途についたんです。できるだけ急いだのですが、イングランド海峡を渡れたのはやっと昨日でした」ミセス・タウンゼントが説明した。「妹とはジュネーヴで合流して」

最初ミリーはミセス・タウンゼントを女神のように時を超越した存在と感じたが、よく見るとかなり若く、二〇歳そこそこのようだった。

「急いでよかったと思っています」ミセス・タウンゼントは続けた。「到着するやいなや、結婚式の日取りが決まったと知らされたんですもの」

婿候補をまたしても運命のいたずらで失いたくなかったミスター・グレイヴスは、金銭面の合意がなされると、すぐに結婚式を執り行うよう要求した。だが、フィッツヒュー卿は断固拒否した。在学中に結婚するつもりはない、と。結局、挙式は卒業式の翌日に決まった。あと二週間ほど先だ。

「弟は立派な若者です、ええ、誰よりも立派な」ミセス・タウンゼントは言った。「とはいえ、しょせん男でしょう。婚約、結婚となってまず何をしたらいいか、まるでわかっていないんですの。期待するほうが無理というものね。それにイートン校にいたのでは、何かしたくてもできませんわ。でもわたしが戻ったのですから、さっそくことを進めましょう。まずはガーデンパーティを開いて、友人たちにあなたを紹介するわ。それから婚約祝いの晩餐会。もちろん新婚旅行から戻ったら、あなたのために舞踏会を開くわね。その頃にはロンドンには誰もいないだろうから、田舎の舞踏会になるでしょう」

ミリーはもう、幻想は完全に捨てたと思い込んでいた。けれどもそうではなかった。心にまだ最後の希望の砦《とりで》を残していた。フィッツヒュー卿がわたしを嫌悪するのは、家族のせいではないか——彼の家族が、破産を免れるために身分の低い相手と婚姻関係を結ぶことに反発しているせいではないかと思うことで。

しかし実際に会ってみると彼の姉妹はやさしく、協力的だった。ミセス・タウンゼントはミリーの社交界入りを全面的に支援しようとしてくれている。ミリーにもう逃げ道はなかった。

この結婚で、わたしは胸を引き裂かれる思いをするだろう。

もう逃げも隠れもできない。結婚式は二週間後に迫っている。

ふと考えが浮かんだとき、それはすでにゼウスの額から飛びだした女神アテナのごとく、完璧な形をしていた。どうしてもっと早く思いつかなかったのか不思議なほどだ。

いや、おそらくずっと頭の奥にあったのだろう。フィッツヒュー卿の妻になると決まったときからずっと。最悪の状況は想像するまいと思いながらも、備えだけは固めてきたのだ。ミセス・グレイヴスは、ミセス・タウンゼントがパーティや晩餐会、舞踏会の計画について話しはじめてすぐに目を覚ました。もうミリーが口を出すまでもない。会話に耳を傾けているふりをしながら、好きなだけ考えごとにふけることができた。

お茶の時間になった。イートン校選手の控えテントまではあまりに長く、同時にあまりに短い道のりだった。

ミリーはフィッツヒュー卿の友人たちに紹介されたが、たぶん印象には残らなかった。内心、ミリーはミセス・タウンゼントに感謝した。彼女を前にした若者たちは、たったいま紹介されたさえない少女をフィッツヒュー卿がどう思っているか思いだすどころか、まともな受け答えすらできなかった。

頃合いを見て、ミリーはフィッツヒュー卿に話があるとささやいた。ミセス・タウンゼントに夢中なほかの選手たちから少し離れると、会話を聞かれる心配はなくなった。しかも大勢の人のざわめきが声をかき消してくれる。

彼はミリーの記憶にあるより痩せて、神経質そうな顔つきになっていた。それでも口調は穏やかだった。「どういったお話かな、ミス・グレイヴス?」

この先も彼はこういう口調でわたしに話しかけるのかしら、とミリーは思った。用心深い、他人行儀な口調で? 「先日あなたがおっしゃったこと、ずっと考えていました。言われて気づきました。わたしも結婚を無理強いされたんです。ほかの選択肢は与えられませんでした。グレイヴスの名を由緒ある、高貴な家柄に結びつけることが自分の役割なのだと教え込まれてきたんです。

虚《むな》しい役割かもしれません。でも人生においてはそれを受け入れ、進むしかない場合もあります。でないと、いっそうつらい思いをするだけです。先代の伯爵と婚約したときは、わたしはできるだけ早い時期に跡継ぎを産むことを期待されていると感じました。けれど——思うに、あなたは一刻も早く父親になりたいとは思っていらっしゃらないのでは？」

フィッツヒュー卿がちらりと左のほうを見た。ミリーはあえて視線の先は追わなかったが、追えば彼の愛する若いレディが目に入っただろう。「きみの言うとおりだ」答えが返ってきた。「ぼくは、いますぐ子供部屋をいっぱいにしたいとは思っていない」

「わたしもです。結婚してすぐ母親になりたいとは思いません。いえ、結婚してしばらくしてでも、ごめんです」

「それで、きみは何を言いたいんだ？　避妊契約を結ぼうとか？」苦笑交じりの口調だったが、目は笑っていなかった。

「もう少しわかりやすいものです。自由契約です」

フィッツヒュー卿が小首をかしげた。ようやく会話に関心を持ったようだ。

「なんだって？」

「跡継ぎの問題が避けて通れなくなるまで、わたしたちはお互いに干渉しない、結婚していないかのようにふるまうという契約です。あなたはしたいことをなさってかまいません。ただし爵位を継いだことによる制約はあります。それは受け入れるしかない。伯爵を兵士として迎え入れたいという将軍がいないかぎり、軍隊入りは難しいでしょう。けれどもそれ以外は自由です。旅行をしたり、お友だちと楽しんだり、気に入った女性に言い寄ったり。お望みなら、大学に行ってもいいわ。家に帰っても、やかましい妻はいませんから、返事をする必要もない。義務も責任もありません」

「きみは？　きみはどうするつもりだ？」

「同じです。もちろん、できないことはありますけれど。未婚女性がしてはいけないことというのはありますし、わたしも掟《おきて》は守ります。でもそれを除けば、わたしも家の女主人という役割を楽しむつもりです。夫のご機嫌をうかがう必要もありませんし――少なくとも何年間かは」

フィッツヒュー卿は無言だった。午後の日差しの中で、まばゆいばかりに白いユニフォームを着た彼は息をのむほど美しかった。

「どうお思いになります？」

「悪くない。どこかに落とし穴があるのかな？」

「そんなものありません」

「何にせよ、いいことにはいずれ終わりが来る」ミリーを心からは信用していない口調だ。

「この契約はいつ切れる？」

具体的な年数は考えていなかった。長いほうがいいだろうということくらいだ。

「六年はどうかしら？」

気が遠くなるほど長い年月だ。彼に半分にしようと言われても、気持ちを整理する時間はじゅうぶんにあるだろう。

「八年」フィッツヒュー卿が言った。

できることなら、永遠にわたしには触れたくないのね。

屈辱には慣れたはずなのに、ミリーの胸はまた痛んだ。それでも肩をそびやかし、片手を差しだした。「じゃあ、決まりね」

フィッツヒュー卿は差しだされた手を見おろした。無表情な顔に一瞬、反抗心がひらめいた。しかし、ほんの一瞬だけだった。すでに話は決まり、署名もすんでいる。選択肢はないのだ。ほかに愛する人がいるというのは、また別の話だ。

彼の目がふたたびミリーを見つめた。うつろな、死んだようなまなざしだった。

「決まりだ」フィッツヒュー卿は彼女の手を握った。声もうつろだった。憤りを覆い隠すように。「ありがとう」

ミリーは身震いした。「感謝する必要はないわ。自分のためにしたことですから」

自分のため――これは彼女の本音だった。

4

一八九六年

道が混んでいたために、ヘレナとミリーがレディ・マーガレット・ディアボーンのお茶会から戻ったのは、着替えて晩餐会に出かけるのがぎりぎりという時間だった。

フィッツはふたりが階段をおりてくるのを下で待っていた。

「ふたりとも、きれいだ」

ヘレナが見るかぎり、八年ぶりにイザベルと会ってきたはずの双子の兄に、これといってふだんと違ったところはなかった。ただ、兄の視線がいつもより少しだけ長く妻に注がれている気がした。

「ありがとう」ミリーが言った。「急がなくてはね。でないと遅れてしまうわ」

彼女のほうも、ふつうの妻が、ふつうの日に、ふつうの結婚生活の中で使う口調で応じている。それをおかしいと感じないフィッツがおかしい、とヘレナは思う。夫に対してどんなときも感情を見せないなんて、かえって不自然ではないか。

クイーンズベリー家に向かう四輪馬車の中での会話も、とくにふだんと変わらなかった。社交界はいまだに姉のヴェネチアとレキシントン公爵の電撃結婚の話で持ちきりだとか、最近はさらに品質のいい缶詰がよく売れるようになったとか。ヘレナが、美しい絵本を描く作家のミス・エヴァンジェリン・サウスと、かねてから望んでいた出版契約を結んだとか。

クイーンズベリー通りに入ってようやく、ミリーがふと思いだしたかのように尋ねた。

「ところで、ミセス・アングルウッドはお元気だった？」

「ああ、元気だ。イングランドに戻れて喜んでいたよ」フィッツは答え、それから少し間を置いて続けた。「子供たちに紹介してもらった」

そこではじめてフィッツの声にかすかな動揺を感じ、ヘレナは胸が締めつけられる思いがした。近々結婚することにしたと家族に告げたときの、兄の絶望した顔はいまでも忘れられない。ヴェネチアの頬を涙が伝った。ヘレナも泣いた。そのあとイザベルとばったり会ったときも、涙を見せないのが難しかった。

「きれいなお子さんたちなんでしょうね」ミリーが小声で言った。

フィッツは窓の外を見ていた。「ああ、とびきりきれいな子たちだよ」

ミリーがその話題を持ちだした頃合いは完璧だった。次の瞬間、馬車はクイーンズベリー家の屋敷の前で止まった。それ以上イザベル・ペルハム・アングルウッドとその子供たちの話をする間もなく、四人は中に入り、集まっていた友人や知人と挨拶を交わした。

ヘレナにとっては腹の立つことに、ヘイスティングス子爵も出席していた。ヘイスティングスはフィッツの親友で、ヘレナの情事を家族に告げ口した張本人でもある。しかも秘密は守るという約束でヘレナをだまし、唇を奪ったあとでだ。それを責めると、名前は伏せると約束したが、情事の件を他言しないとは言っていない、などとうそぶいてみせた。

幸い、晩餐会では隣の席ではなかった。目を突き刺すことのできる道具があるところで、ヘレナに一五分以上彼の相手をさせるのは危険だと思われているのだろう。それでも晩餐のあと、紳士たちがレディのいる客間に戻ってくると、ヘイスティングスはさっそくヘレナに近づいてきた。

彼女はミリー、ミセス・クイーンズベリーと同じ長椅子に腰かけていた。ところが、ふたりはヘイスティングスに愛想よく挨拶すると、示し合わせたように立ちあがって、ほかの人の輪に加わってしまった。

ヘイスティングスは長椅子に腰をおろし、伸ばした腕を椅子の背にのせた。ふたりの会話を他人に邪魔されたくないという意思表示だ。

「欲求不満がたまっているみたいだな、ミス・フィッツヒュー」声をひそめてささやきかけてくる。「最近はひとり寝が多いのかい?」

彼はヘレナが株式市場の株価並みに動きを観察されていることは百も承知のはずだ。ベッドに男性どころか、ハムスター一匹もぐり込ませることもできない。

「あなたこそ元気がないわね、ヘイスティングス卿」ヘレナは言い返した。「イングランド中の美人が満足させてもらえずに、身悶《みもだ》えしているんじゃない?」

ヘイスティングスがにやりとした。「なるほど、きみは満足させてもらえずに身悶えするというのがどういうものか、よく知っているわけだ。まあ、アンドリュー・マーティン相手ではその程度だろうけどな」

ヘレナの口調がきつくなった。「あなただって、その程度でしょうに」

彼は大げさにため息をついた。「ミス・フィッツヒュー、ぼくはいつだってきみを褒めたたえているのに、きみのほうはけなしてばかりだ」

「人はみな、すべきことをするしかないの」彼女は毒を含んだ甘い声で言った。

ヘイスティングスは応えなかった。少なくとも言葉では。

ほとんどの場合、ヘレナは彼のことをあっさりはねつけてきた。けれど、こんなふうに見つめられると——口元にかすかな笑みを浮かべ、みだらな想像をしているかのような顔で見つめられると、体の奥が妙にうずいてしまうのだ。

ヘイスティングスはイートン校とオックスフォード大学でボート部に所属しており、いまでも選手らしい、たくましい体格を維持していた。情事のことを問いつめられた夜、壁に押しつけられてキスをされながら、ヘレナは彼の筋肉質で力強い体を全身で感じた。

「ところで、ぼくはいま出版社を探している」彼が唐突に言った。

ヘレナは真夜中のキスの記憶から意識を引き戻した。

「あなたがものを書くとは知らなかったわ」

彼は舌を鳴らしてみせた。「ミス・フィッツヒュー、片脚が不自由だった大詩人バイロンも、もしこの時代に生まれ変わったら、ぼくの才能に嫉妬するあまり、間違って不自由ではないほうの脚が前に出るときに杖《つえ》をつくだろうよ」

ヘレナは想像して、ぞっとした。「まさか詩を書いたなんて言わないでよ」

「違う、小説のほうだ」

彼女はほっと息をついた。「うちの会社は小説は扱っていないの」

ヘイスティングスはめげなかった。「回想録と思ってくれていい」

「あなたがこれまでの人生でしてきたことに、活字にするだけの価値があるとは思えないわね」

「官能小説――いや、官能的な回想録だと言わなかったかな？」

「その手のものを出版するのに、わが社がふさわしいと思っているわけ？」

「なぜいけない？　きみは売れる本が必要なんだろう。ミスター・マーティンの歴史本を出すためにも」

「だからって、わたしの会社に好色文学の出版社という烙印《らくいん》を押す気にはなれないわ」

ヘイスティングスは長椅子にもたれ、わざとらしく仰天した顔をしてみせた。

「ミス・フィッツヒュー、まさかきみが好色文学に興奮するわけではないだろうね」

熱い何かがヘレナの体をなぞっていった。もちろん怒りだ。でも、それだけではないような気もする。彼女はヘイスティングスのほうへ身を乗りだした。大きく開いた襟ぐりが彼の視線の真ん前に来るよう、胸をぐっとさげて。「それは勘違いというものね、ヘイスティングス卿。わたしは好色文学でしか興奮しないの」

ヘイスティングスが驚いたように目を見張ると、ヘレナはさっとスカートを脇に寄せて立ちあがり、長椅子に彼をひとり残して歩み去った。

「ちょっと話があるんだが、いいかい？」フィッツはきいた。ヘレナは帰宅してすぐに部屋へ引っ込んだ。妻は家政婦と何やら話をしたあとで、階段をのぼろうとしているところだった。

彼女が振り返った。「もちろん」

フィッツは妻の、こんなふうに少し茶目っ気のある話し方が好きだった。結婚当初は水のように無個性な女性だと思った。最高級のウイスキーさながらに刺激的なイザベルと比較するから、なおさらだ。ところが次第に、妻はさりげない機知とすばやい機転、現実的な世界観の持ち主だとわかってきた。

「ヘイスティングス卿はわかっているのかしら？」階段をおりながら、彼女は言った。「ヘレナの心を射止めたければ、あんなふうに意地悪くからかうのは逆効果だって」

髪には真珠やダイヤモンドがきらめいている。ぼくの伯爵夫人は、夜に華やいだ装いをするのが嫌いなわけではないらしい。「当然わかっているさ。だが自尊心が強すぎて、別の接し方ができないんだ」

妻はいつも二階の居間で屋敷内の切り盛りをしている。しかし仕事関係の客が訪れたときや、ふたりで話し合うことがある場合は、フィッツの書斎を使うことが多かった。

彼女はいつものように机の向かいの椅子に腰をおろし、扇を広げた。鼈甲《べっこう》の骨に黒のレースを張った、凝ったデザインの扇だ。妻の装飾品の趣味にはときおり驚かされる。この扇にしても、少なからず挑発的だ。もっとも、彼女が日頃の淑女らしい装いにひとつふたつ意表を突く装飾品で華を添えたからといって、文句を言う筋合いはない。

妻は手袋をはめた指で扇の骨をなぞった。「ミセス・アングルウッドの件かしら?」

当然、予想していただろう。「ああ」

扇がわずかに震えただろうか? フィッツにはわからなかった。彼女は手早く扇を閉じ、膝の上に置いた。「よりを戻したいのね?」

妻には何もかもお見通しらしい。「ぼくたちはそう望んでいる」

彼女は小首をかしげ、小さく微笑んだ。「よかったわね。気の毒に思っていたの、あなたたちふたりがこんなに長いあいだ離れ離れだったなんて」

「契約については——」彼は切りだした。

「そのことは心配しないで。わたし、あなたとミセス・アングルウッドのあいだに割り込む気は毛頭ありませんから」

「きみは誤解している。ぼくが言おうとしたのはそういうことではないんだ。ぼくはミセス・アングルウッドと情事をはじめようというわけじゃない——少なくとも、単なる情事ではない。永続的な関係になると思う。ぼくはこの先ずっと、彼女の面倒を見るつもりでいる」

「誤解はしていないわ」彼女は静かに言った。「あなたならそうするに違いないと思っていた。わたしはあなたたちの幸せを願っているのよ」

思いやりのこもった、理解ある言葉だ。しかし、そこにある何かが胸に引っかかり、フィッツは思わず妻を抱きしめたくなった。彼女が寂しげにしていることはめったにないが、いまはどことなくそう見えた。

「ミセス・アングルウッドとの関係をはじめる前に、まず例の契約を守らなくてはならないと思うんだ」

扇が手から滑り落ち、大きな音をたてて床に落ちた。

「契約を守るって、どういう意味？」

フィッツは扇を拾い、妻に返した。「でないと、ぼくは義務を放棄したことになってしまう。きみときみの家族に顔向けできないよ、これだけ莫大《ばくだい》な資産を受け取っておきながら、この爵位を継ぐ息子をもうけようともしないのでは」

彼女は日頃の才気を失ったようだ。「息子をもうける」ゆっくりと繰り返す。

「当然の義務だろう」

「でも、跡継ぎを産むのにどれだけの時間がかかるかわからないわ。無期限に待たなくてはならないかもしれないのよ」妻は立ちあがった。声が甲高くなる。「わたしが子供のできない体だったらどうするの？　娘しか産めない体質だったら？　ひょっとして――」

自分らしくない反応をしていることに気づいたのか、彼女がふいに言葉を切った。フィッツのほうは呆然としていた。妻がこれほど感情をあらわにしたのは新婚旅行以来だ。しかもあのときは、夫が心身を害する危険にさらされていたからだ。

彼女はごくりとつばをのみ込んだ。「わたしの考えはあなたとは違うわ」声音がまた変わり、いつもの抑えた口調になった。「あなたたちの関係が生涯続くものになることはちゃんと承知しているし、祝福もしている。もうじゅうぶん長く待ったのだから、これ以上時間を無駄にする必要はないんじゃないかしら」

妻はぼくに触れられたくないのだ。そう気づいて、フィッツは愕然とした。結婚生活の中で、ふたりのあいだにはいつしか友情と好意が芽生えていった。それでもベッドをともにすると思うと、彼女はやはり動揺するらしい。

「ならば期限を決める」彼は言った。「六か月。きみが妊娠しようとしまいと、生まれたのが男の子だろうと女の子だろうと、それが期限だ。あとは神のご意志に任せよう」

「六か月」彼女は消え入りそうな声で繰り返した。シベリアに六〇年いろと命じられたかのように。

フィッツは一日の妻の予定を分刻みであげることができる。だが彼女の心は壁をめぐらせた庭のようで、立ち入りを許された者以外は決してのぞくことができない。

「きみがあの契約を棚あげにしたい真の理由はわかっている」気がつくと、彼は言葉を継いでいた。「数か月前も先延ばしにしたいと言った。ミセス・アングルウッドがイングランドに戻るという知らせより前のことだ」

何を言われているのかわからないというように、彼女はじっと夫を見つめた。

「彼の話は一度も出たことがないが、ぼくは忘れていない。きみにも、ぼくと結婚するためにあきらめた人がいたはずだ」

妻は小さく笑い声をあげた。「ああ、彼のこと」

フィッツはふたりの距離を縮めた。彼女は決して香水はつけない。だが、ラベンダーで作った石けんの匂いがする。それに何かの甘い香りがわずかに混じり、さらに体のぬくもりが加わると、本来素朴なラベンダーの香りがなんとも心をそそる芳香となるのだ。官能的と言っていいくらいの。

彼は片手を妻の肩に置いた。その手の下で彼女が小さく身を震わせた。嫌悪感からではなく、驚いたからだろう。フィッツとしてはそう思いたかった。

「ミリー——そう呼んでかまわないかい?」

彼女はうなずいた。

「きみとは友人同士だ、ミリー。いや、いい友人だ。契約はまっとうしよう。すべてがすんだら、昔の夢を追いかけるのはぼくだけでなくていい。きみも自分の夢を追いかければいい。心から応援するよ」

ミリーは顔をそむけた。「なんと言っていいか、わからないわ」

「だったらイエスと言ってくれ」

「でも――今夜からはじめる気ではないでしょう？」

フィッツの脈が速くなった。もちろんそんなつもりはない。けれどもついに彼女とベッドをともにすると考えると、なぜか全身が熱くなる。

やがてふと、なぜミリーがそんなことを言いだしたのかわかった。いつしかフィッツの指は彼女のうなじを這《は》いのぼり、耳の下のやわらかな肌をさすっていた。

愛撫と呼んでもいいような動きだ。

彼はあわてて手を引っ込めた。「いや、今夜からじゃない」

「じゃあ、いつから？」ミリーの声はほとんど聞き取れないほどだった。

フィッツは自分が撫でていたところを見つめた。なめらかな肌。ほっそりした首。可憐《かれん》な耳たぶ。「今日から一週間後でどうだろう？」

ミリーは答えない。

「心配はいらない。大丈夫だ。わからないじゃないか。すぐに子供を授かるかもしれない」

彼女が顔をそむけた。だが斜めから見ても、妻の表情のささいな変化を長年観察してきたフィッツには、彼女が顔をしかめまいとしているのが見て取れた。

ためらいがちに、またミリーに触れた。妻を安心させたい一心で。

「大丈夫、うまくいくよ」そっと彼女を引き寄せ、体に軽く腕をまわした。「約束する」

フィッツは大丈夫かもしれない。でも、わたしはだめ。

彼はわたしに何をしろと言っているか、本当にわかっているのかしら？　期限が来たら、ぽいと捨てられることを承知で――彼の頭と心はミセス・アングルウッドとの幸せな未来でいっぱいだと承知で、ベッドをともにしろというの？

本当のことを言いなさい。言わなければ彼にはわからないわ。誰のせいでもない、自分のせいじゃないの。

フィッツが彼女の髪にキスをした。

やめて。わたしに触らないで。

それでもミリーは、ごくたまの体の触れ合いが何よりうれしかった。抱きかかえられてぐるりとまわされたとき、四曲続けてワルツを踊ってくれたとき、飛行船の上で肩に腕をまわしてくれたとき、そしてもちろん、イタリアでのあの晩。それらの思い出を繰り返し思い起こしては喜びに浸った。細部は磨きをかけられて美しい光沢を放ち、感情は純化されていく。

いまだって、体はフィッツに寄り添いたいと切に願っている。彼の肌に鼻を押しつけ、その香りを思いきり吸い込みたい。彼はいつも日差しの降り注ぐ草原をひと歩きしてきたような香りがする。手で顎をなぞり、伸びかけたひげをてのひらに感じてみたい。シャツの下に手を差し入れ、上半身の形と手触りを知り尽くしたい。

ほかの人なんていない。わたしが愛しているのはあなたよ。これまで愛した人はあなただけなの。お願いだから、こんなことしないで。

フィッツが彼女の耳にキスをした。閉じた唇で軽くそっと。それでもミリーの中で欲求が燃えあがった。そのまま燃え尽きて、灰になってしまいそうだ。

「すぐにすむよ」フィッツがくぐもった声で言った。「きみがそれと気づかないうちに終わっているはずだ」

そのあと一生、わたしは彼とミセス・アングルウッドの輝かしい幸せの陰で、ほとんど忘れ去られるのだろう。

無理よ、できない。わたしのことは放っておいて。

「できるかぎりやさしくするよ。約束する」

必死にこらえようとしたが、かすかなすすり泣きがもれた。

フィッツはさらにきつくミリーを抱きしめた。息ができないほどに。ああ、このまま永久に放さないでほしい。

「大丈夫よ」彼女は言った。「六か月ね、一週間後から」

「ありがとう」フィッツがささやいた。

それが終わりのはじまり。

いいえ、違う。たぶん、そもそもはじまってもいないことが終わるだけなのだ。

5

新婚旅行

一八八八年

フィッツの頭の中に巨人がいて、休むことなく巨大なハンマーを振りおろしているかのようだった。

「起きろ！」巨人が叫んだ。その怒声は鋭い爪のようにフィッツの頭蓋骨に突き刺さった。

「いいかげん起きるんだ！」

怒鳴っているのは巨人ではなかった。ヘイスティングスだ。黙れ、放っておいてくれ、とフィッツは言いたかった。そもそも起きられるなら、質の悪い酔っ払いみたいに床に転がっていたりしない。だが喉に砂とほこりが詰まったみたいに、声を出すこともできないのだ。

ヘイスティングスは毒づき、フィッツのシャツの背中をつかんだ。ふたりはほぼ同じ背丈だが、ヘイスティングスのほうが筋骨たくましい。フィッツは床から引っぱりあげられた。

その動きでまた胃がむかつき、頭が壁に叩きつけられでもしたかのように痛んだ。

「やめろ、くそっ、やめてくれ」

ヘイスティングスはかまわずフィッツを無理やり立たせると、今度は服を着たまま、熱い湯を張った浴槽の中に突き落とした。

「何をする！」

「体を洗って酔いを覚ませ」ヘイスティングスがうなった。「クレメンツ大佐をこれ以上待たせるわけにはいかないぞ」

クレメンツ大佐なんぞ、くそくらえだ。

やがてハンマーがふたたび振りおろされると同時に、フィッツは思いだした。今日は結婚式当日だ。どれだけ願おうと時間は止まってくれない。ましてや、現状を変えたくないだけの若者のために止まってくれるはずもない。

濡れた手で顔をぬぐい、ようやく目を開けた。浴室のはがれかけた茶色の壁紙や、ほつれて薄汚れた緑色のカーテン、中の鏡がなくなってへこんだ枠が見えた。ロンドンのタウンハウスだ。そう気づいて、フィッツはひるんだ。

ヘイスティングスは容赦なかった。「急げ！」

「クレメンツ大佐は――」フィッツは息を吸い込んだ。右目をフォークでえぐられたような感じがする。「一〇時半にならないと来ないだろう」

結婚式は一一時半にはじまる。

「いま一一時一五分前だ」ヘイスティングスが苦い顔で応えた。「二時間前からなんとか用意をさせようとしているんだが、ひとり目の従僕はきみを起こすこともできなかった。ふたり目はきみが部屋から放りだした。ぼくがなんとか礼服を着せたが、きみはその上に消化不良の夕食を吐いた」

「冗談だろう」まったく記憶にない。

「冗談ならいいがな。それが一時間前だ。礼服は台なしだから、ぼくのを着るしかない。ぼくのまで台なしにしたら、うちの犬をけしかけてきみを襲わせてやるぞ」

フィッツは濡れた手を額に押し当てた。たちまち後悔した。有刺鉄線に引っかかれたような激痛が走った。声にならない悲鳴をあげる。「なぜぼくをそこまで飲ませた？」

「止めようとしたさ。鼻を折られるところだった」

「なんの話だ？」

「ゆうべのきみの行状だよ。ちなみにコプレイが雇った女の子のひとりは逃げだしたぞ。きみが要求した不自然な行為はとても受け入れられないと叫びながら」

笑えるものなら、フィッツは笑っただろう。二四時間前までは童貞だった——自分が知るかぎりはいまも童貞だ。「信じられない」弱々しくつぶやいた。

「ままあることさ」ヘイスティングスがいらだちと哀れみ、虚しさがないまぜになった表情で言った。「ともかく、いいかげんにしゃんとしろ。一一時には馬車が出る。本当なら、一一時に教会に着いていなくてはいけなかったんだ」

フィッツは手で目を覆った。「なぜこんなことになったんだ?」

「知るか。知るわけないだろう」ヘイスティングスは声を詰まらせた。手でフィッツの肩をぎゅっとつかむ。「ぼくにできることはあるか?」

彼に何ができる? 誰にも、どうにもできはしない。

「しばらく……ひとりにしてくれないか」

「いいだろう。一〇分やる」

一〇分。

フィッツは両手に顔をうずめた。人生のすべてが音をたてて崩れ去ったというのに、どうしたらしゃんとできるだろう? 一〇分では無理だ。それは間違いない。一〇〇年かけても無理に決まっている。

奇跡的に花婿一行は花嫁よりも先に——ほんの数秒の差ではあったが——到着した。ヘイスティングスはフィッツを教会まで走らせようとした。花嫁の馬車が現れたとき、彼がまだ外にいては具合が悪いからだ。けれどもフィッツは背中にナイフでも突きつけられないかぎり、足を速めることはできそうになかった。

彼は親友の手を振り払って言った。「ぼくは教会に来た。それ以上どうしろというんだ」

教会はフィッツのタウンハウスからほんの一〇分のところにあった。本当なら花婿は一時間前には到着して、祭壇に立つ時間が来るまで聖具室で待つことになっている。

そうしていただろう。間違いなく、そうしていた。結婚相手がイザベルだったら。夜明けとともに起きて、付き添い役が来る前に用意をすませていただろう。それどころか、ひとりひとりの部屋の扉を叩いて、みんながきちんと時間に起きて身なりを整えたか確かめていたはずだ。独身最後を記念してパーティに呼んだ身持ちの悪い女性たちには、もっぱら友人たちの相手をさせたに違いない。結婚前夜に体を汚すような真似はするはずがなかった。

しかし、いまここにいる自分はすでに童貞を失い、服装も乱れ、時間に遅れている。それでも名前を——そして、いずれは自分自身をも売る契約を祝う式にはもったいないくらいだと思う。

明るい日差しが容赦なく照りつけ、頭がいっそうがんがんした。ロンドンの空気はいつも汚れている。煤の味がすることさえある。ところが、ここ一週間——フィッツの最後の自由な、そして苦悩に満ちた一週間——に降った豪雨が汚れを洗い流していた。今日は抜けるような青空が広がり、情けないほど美しく、自分のでなければ結婚式には最適の陽気だった。数キロ分もありそうな白いオーガンジーが教会内に詰め込まれていた。何千本ものすずらんがひしめき、濃厚な香りが漂ってくる。フィッツの弱った胃がまた痙攣《けいれん》を起こした。

席は招待客でいっぱいだった。彼が通路を歩きはじめると、顔がいっせいにこちらを向いた。かすかなどよめきを伴って。おそらくは花婿の許しがたい遅刻について何か言っているのだろう。

それでもフィッツは祭壇に向かって進んだ。一列通り過ぎるごとに場が静かになっていく。

みんな、この顔に何を見ただろう。嫌悪感？　悲しみ？　絶望？

彼には何も見えていなかった。

見えたのはイザベルだけだ。わずかに腰を浮かせ、フィッツのほうを向きかける。

彼は足を止め、イザベルを見つめた。目が赤く腫れている。頬はこけ、肌は氷のように青白い。それでも最高に美しかった。

彼女はじっとこちらを見ていた。唇が開き、言葉を形作る。〝わたしと一緒に逃げて〟

いいじゃないか。ヘンリー・パークなど荒れ果てていればいい。債権者が騒ごうと知るものか。グレイヴスはまた別の誰かに娘を押しつければいいんだ。これはぼくの人生だ。好きなように生きて何がいけない？

手を伸ばすだけでよかった。ふたりだけの場所を見つけ、人生を築きあげる。いまいましい運命など、首根っこをとらえて組み伏せてしまえ。

数センチ、手を持ちあげた。さらにもう数センチ。義務も体面も忘れろ。こうあるべきと教えられてきたすべてを忘れるんだ。大切なのは愛だけだ。

しかし、愛はイザベルからもすべてを奪う。家族、友人、安定した将来――何もかもを断ち切ってしまう。もし成人になる前に自分に何かあったら、彼女は生涯傷物となる。

フィッツは手をおろした。

ヘイスティングスに腕をつかまれたが、振りほどいた。結局のところ、自分はこういう人間なのだ。他人に祭壇まで引きずっていかれる必要はない。

イザベルを見つめたまま、フィッツは口の動きで伝えた。愛している、と。

そのあとは昂然《こうぜん》と頭をあげ、運命に向かってまっすぐに進んだ。


結婚式のあいだ、ミリーは一度も花婿を見なかった。

必要なときはそちらに顔を向けたものの、ベールの奥から、贅《ぜい》を凝らした衣装の縁を飾る重たげなビーズを見つめているだけだった。そしてキスの段になって、そっとベールを持ちあげられたときには、彼の淡いグレイのベストに意識を集中した。

こうしてふたりは夫婦になった。死がふたりを分かつまで。

集まった人々が立ちあがり、教会の出口に向かって歩きはじめた。花婿の友人たちは誰ひとり、祝福の握手を求めなかった。微笑みかけることすらしなかった。レディたちが頭を寄せ合い、指さしながら何かささやいていた。

ふと、ミリーは彼女に気づいた。ミス・イザベル・ペルハム。青ざめ、憔悴《しょうすい》しきった顔をしているが、誇り高く毅然《きぜん》として立っている。その頰を長い時間をかけて涙がひと粒、ゆっくりと伝っていった。

ミリーは衝撃を受けた。レディがこんな大勢の人の前で感情をあらわにするなんて、信じられなかった。みだらとさえ感じる。

こらえきれずにフィッツヒュー卿を見た。彼は涙は流していなかった。けれどもそれ以外のすべて——蒼白な顔、うつろな目、戦いに負けた兵士のような絶望の表情——が胸の内を物語っていた。彼とミス・ペルハムはよく似ている。苦悩がふたりをいっそう美しく見せていた。

ミリーがこの結婚話に消極的だったとしても、内心では胸が引き裂かれるような思いをしていても、そんなことは関係なかった。招待客たちの顔色を見れば、どういう判決が下っているかは読み取れる。ここではミリーが侵略者なのだ。卑しい財産と卑しい野心を持ったグレイヴス一家が、完璧で情熱的なお似合いの恋人たちを引き裂き、ふたりの幸せを台なしにした。

そう思うと、ただでさえ傷だらけの心に、罪悪感が深く食い込んでくるのだった。

ミセス・グレイヴスはみずからミリーの着替えを手伝った。重いウェディングドレスを持ちあげ、脇に置く。ミリーは体が軽くなったとは感じなかった。心にのしかかる重みはおろすことができない。

体は言われるがままに動いた。白いブラウスの袖に腕を通し、濃紺のスカートをはく。ミセス・グレイヴスが同色の上着を差しだした。ミリーはそれも身につけた。

「庭を作るといいわ」ミリーの髪からオレンジ色の花飾りをはずしながら、ミセス・グレイヴスは言った。「庭を作って、ベンチを置くの」

なんのために？　きれいな庭で結婚式の屈辱を思い返せというの？　結婚朝食会もみじめなものだった。ミス・ペルハムの不在ばかりが目立った。そしていま、ミリーは新居で旅行服に着替える代わりに、グレイヴス家に戻っている。新居はまだ整っておらず、彼女のような洗練された若いレディを招く状態ではないとフィッツヒュー卿が言ったからだ。

「庭は運を上向かせてくれるのよ」ミセス・グレイヴスがそっと言った。「それに忙しくしていられるわ。やることがあるほうがいいのよ。作ってよかったと思うわ、きっと」

ミリーはうつむいたままだった。庭を作れば、夫が別の女性を愛しているという事実を、この思いが報われることは決してないという事実を忘れられるというの？

ミセス・グレイヴスは新婚旅行先はローマにするようしきりと勧めていたが、フィッツヒュー卿は姉が主催した婚約披露パーティの席で、こう尋ねた。〝夏場はローマ近郊の沼地にマラリアの危険はないんでしょうか？〟結局、行き先はマラリアにかかる心配がない湖水地方に決まった。

ミリーは列車の駅でフィッツヒュー卿と待ち合わせた。彼は口数が少なく無表情だったが、どこまでも丁重だった。最後に母からもう一度抱擁を受けると、ミリーは花婿と列車に乗り込んだ。

列車の旅は、ほぼ丸一日かかった。ミリーは本を二冊持参していた。フィッツヒュー卿はひたすら窓の外を眺めていた。彼女は三分ごとに几帳面にページを繰ったが、最後のページになっても、いま自分がナポレオン戦記を読んだのか、家事の入門書を読んだのかもわかっていなかった。

晩遅くになって、目的地に着いた。

「レディ・フィッツヒューは部屋で夕食をとる」フィッツヒュー卿は宿屋の主人に言った。夫が言わなくても、ミリーがそう頼んでいただろう。ひとりで手早く食事をすませたいところだ。けれども彼が、疲れた妻を思いやってそういう指示を出したとは思えない。妻を遠ざけたかっただけだ。

「あなたさまは、閣下？」主人がきいた。

「同じだ。最高級のウイスキーをつけてくれ」

ミリーは鋭く夫を見た。死人のように血の気のない顔は深酒のせいなのだろうか？　彼はそれがどうしたとばかりにこちらを見返している。ミリーはあわてて顔をそむけた。

夕食にはほとんど手をつけなかった。ベルを鳴らして皿をさげさせ、自分で旅行服を脱いだ。メイドには湖水地方への旅行期間に合わせて休暇を取らせたのだ。〝新婚旅行〟の真実がもれることのないように。

寝間着に着替えると、ミリーは鏡の前に座って髪をとかした。鏡の中の顔が悲しげにこちらを見つめている。不器量というわけではない。似合うドレスを着て、似合う髪型に結えば、そこそこ器量よしに見える。もっとも、これといった特徴のない、印象の薄い器量よしだが。母の知り合いの何人かは幾度紹介されても、ミリーと会ったことを忘れてしまう。身内でさえ、年老いたおばたちはしじゅうミリーを大勢いるいとこの誰かと混同する。

ぱっとしない顔立ちを生き生きと見せて人を引きつける強烈な個性も、ミリーは持ち合わせていなかった。逆に物静かで、分別くさく、控えめな性格だ。人前で涙を見せるくらいなら死んだほうがましと思うような。こんな自分が情熱的で魅力あふれるミス・ペルハムにかなうはずがない。

部屋の明かりを消した。闇とともに深い静寂が訪れた。フィッツヒュー卿の部屋の音に耳を澄ましたが、物音ひとつしなかった。足音も、ベッドがきしむ音も、ウイスキーの瓶がテーブルをこする音もしない。

窓からは宿の庭が見おろせた。暗がりに花壇や植え込みの影が見える。マッチの火がぽっと燃えあがり、日時計を背に立つ男性の姿を照らしだした。フィッツヒュー卿だった。彼は煙草に火をつけ、マッチを脇に投げ捨てた。数分後、月が雲のうしろから顔を出してはじめて気づいたが、彼は煙草を吸っているのではなかった。右手の人差し指と中指のあいだにはさんでいるだけだ。

煙草が灰になると、彼はまた新しい煙草に火をつけた。

それもまた、指のあいだで灰に変わっていった。


ミリーは長いこと眠れなかった。ようやくまどろんだものの、一分もしないうちにベッドの上ではっと体を起こした。あたりは不気味なほど静まり返っていた。でも、何かがぶつかるような音に驚いて目が覚めたのは間違いなかった。

また大きな音がした。ガラスとガラスが激突したような音だ。

転がるようにベッドを出て、化粧着を羽織ると、隣の部屋に続く扉を勢いよく開けた。薄暗い中、陶器のかけらや食べ物――フィッツヒュー卿の夕食だろう――が床一面に散らばっているのが見えた。壁の鏡も無残に割れている。ギリシア神話の怪物メドゥーサが、その前に立ったかのようだ。粉々になったウイスキーの瓶が鏡の枠の下に転がっていた。

そしてフィッツヒュー卿が、散乱する破片の真ん中に立っていた。旅行服を身につけたまま、こちらに背を向けて。

「ベッドに戻るんだ」ミリーが言葉を発する前に、彼が命じた。

ミリーは唇を噛み、言われたとおりにした。

朝になると、その扉には彼の部屋の側から鍵がかかっていた。廊下の扉も試してみたが、そちらも施錠してあった。ミリーは朝食をとり、そのあとは庭に出て二時間、落ち着かない気持ちを抑え、本を読んでいるふりをした。

やがて夫の部屋の窓が開いた。彼の姿は見えなかった。数分後、また窓は閉まった。

ミリーが昼食をとっている途中、驚いたことにフィッツヒュー卿が姿を現した。

ひどい有様だった。服はしわくちゃで、ひげも剃《そ》っていない。結婚式の日もひどい状態で現れたけれど、それでも本人か――おそらく別の誰かが、多少なりとも身なりを整えたのだろう。今日はその努力すらしていない。

「閣下」ほかになんと言っていいかわからなかった。

「伯爵夫人」彼は向かいの席に座りながら言った。完全に無表情だった。「ぼくの部屋のことは心配しなくていい。もう宿屋の主人と話をつけた」

「そう」

彼が話をしてくれてよかった、とミリーは思った。自分なら恥ずかしくてとても言えない。そもそも、なんと言えばいいの？　大変申し訳ないのですけれど、夫がお部屋のものを壊してしまったようで、とか？

「ぼくは三〇キロほど北に行った宿に移ることにした。ひとりになりたいんだ」

ひとりになりたい？　わたしはどうしろと？

「きみはここに残ったほうがいいだろう」視線をミリーの背後に向けたまま、フィッツヒュー卿は続けた。「ぼくは楽しい連れにはなれそうにない」

結婚して一日目で、早くもわたしから逃れたくなったわけね。「一緒に行くわ」

「妻らしいことをする必要はない。そういう契約を結んだはずだ」

「妻らしいことをしようというわけではないの」冷静で低い声を保つのは難しかった。「夫が部屋をめちゃくちゃにして出ていったあともここにいたら、宿のご主人や従業員から好奇と哀れみの目で見られるに決まっているでしょう」

彼は一分ほどミリーを見つめていた。本来なら美しいブルーの瞳は血走っている。

「だったら好きにするといい。ぼくはあと三〇分でここを出る」

三〇キロ北の土地は美しかった。木々が生い茂る急勾配を中ほどまでのぼると、鏡のようにきらめく湖が見おろせる。丘の色は刻々と変わった。朝はかすんだ灰色、昼には鮮やかな青緑、そして夕暮れどきにはほとんど紫色に染まる。

けれども、宿そのものは美しいとは言えなかった。ミリーは田舎のコテージのようなものを想像していた。少なくとも狩猟小屋か何かを。ところが目の前にあるのは、掘っ立て小屋に毛が生えたような建物だった。ろくな設備もない。

一番近い村までも一〇キロ近くあった。馬車もメイドも料理人もいない。フィッツヒュー卿は三日おきに届けられるパンとバター、瓶詰の肉、果物類を食べて生活するつもりらしい。というより、妻がそれらを食べればいいと思っているのだろう。彼自身はウイスキーさえあればいいのだ。酒なら数箱単位で届けられる。

夜ごと、フィッツヒュー卿は酒瓶を数本持って部屋に引っ込んだ。そして毎晩、部屋で何かに当たり散らした。

ミリーはときおりベッドを出て、厚手の上着を羽織り、外に出てみた。暗闇の中をできるだけ遠くまで行って、星を眺める。この果てしない宇宙の中では、自分はほんの小さなちりのような存在にすぎない、胸の痛みなどたいしたことではないと思いだすために。ところが、やがてまた彼が何か壊したのか夜の静寂が破られ、ミリーの全世界はふたたび絶望という一点に収縮してしまう。

昼のあいだ、フィッツヒュー卿は寝ていた。ミリーは何時間も丘を歩きまわり、疲れ果てるまで戻らなかった。母が恋しかった。やさしくて賢く、いつも変わらない愛情を注いでくれた母。あの家の平和と静けさが恋しかった。そこには毎日へべれけになるまで酒をあおる人間などいない。厳しいピアノの練習すら恋しかった。いまは何もすることがない。達成すべき目標も。目指すべき高い水準も。

夫とはめったに顔を合わせなかった。けれどもある日、フィッツヒュー卿が小屋の裏手の小川で、上半身裸になって水浴びをしているのを見かけた。彼は信じられないほど痩せていた。まるで骸骨に皮をかぶせたようだ。

また別のときは、客間のランプをつけると低くうめく声がした。フィッツヒュー卿がソファに仰向けに寝そべって、片腕を顔の上に投げだしていた。ミリーは謝罪の言葉をささやいてランプを消すと、自分の部屋に向かった。彼の横を通り過ぎる。戸棚はひっくり返り、椅子はいまや薪《まき》にするしかない状態だった。

ミリーは息ができなかった。フィッツヒュー卿の苦悩に——底に怒りをため込んだ暗い潮流にのみ込まれそうだった。はじめて彼を憎いと思った。これほど徹底的におのれの存在を否定されたことはない。自分という人間は、愛し合う恋人たちを引き裂き、将来有望な若者を破滅させ、抜け殻に変えることしかできないのかという気にさせられる。

それでも彼の苦しみを思うと、ミリーの胸は張り裂けるのだった。

人里離れた小屋はたしかに誰にも邪魔されることはないが、あらゆる面で事態を悪くするばかりだった。

フィッツヒュー卿には果たすべき義務もなく、予定どおりにこなさなくてはいけない仕事もない。友人も家族もいないので、見かけだけでもしらふを装う必要もない。

　彼は無気力状態に陥った。ウイスキーも最初は夜のあいだの友だったが、いまでは片時も手放そうとしなかった。

　ミリーはそういう人生の暗い面に触れたことがなかった。それでも夫が危険な坂をどんどん転がり落ちているのはわかった。彼には助けが必要だ。いますぐに。だが助けを求める手紙を書きはじめてみても、それを誰に送っていいかわからなかった。

　ミセス・タウンゼントなら、弟を説得して飲酒をやめさせられるだろうか？　クレメンツ大佐は？　グレイヴス家の人間はなんの力にもなれないだろう。ミリーが自尊心の名残りを捨ててミス・ペルハムに助けを求めたとしても、彼女の家族はいまさら娘がフィッツヒュー卿とかかわりを持つことを許さないに違いない。

　ミセス・グレイヴスの実際的な教えによって、ミリーはよそよそしい夫、軽蔑を隠さない使用人、またもや砦を破って侵入してきた女相続人を警戒する社交界といったものに対処するすべは身につけていた。けれども、夫が若さと生気を瓶口に押し込み、ウイスキーともども投げ捨てようとしているときにどうしたらいいかを教えておこうとは、さすがに誰も思わなかったようだ。

　ミリーは手紙を書くのをやめ、帽子をつかんだ。空を覆う厚い雲が雨を予感させた。でも気にしなかった。この小屋を出なくては。びしょ濡れになって戻り、肺炎でも起こして死んだら、かえって幸いかもしれない……。

彼女ははっとして足を止めた。

ここ数日外に出ていなかった夫が玄関前の階段に座って、ライフルの銃身を見つめている。

「何を——何をするつもり？」思わず声をかけた。細く甲高い声になった。

「なんでもない」彼は銃身を撫でながら、振り返りもせずに答えた。

ゆっくりと、音をたてないように気をつけて、ミリーは小屋の中に戻った。生まれてはじめて心臓が止まる思いがした。喉が詰まり、頭がくらくらする。

彼は自殺を考えているのだ。


フィッツは時間の感覚をなくしていた。それを気にもしていなかった。現在より、未来より、過去のほうがずっと心地いいのだ。現実と妄想の境界線が曖昧になっているいまは、なおさらだった。

彼はもはや湖水地方にいるのではなかった。ペルハム家の屋敷で、イザベルと活気あふれる会話を交わしているところだ。彼女の母親が部屋の片隅で刺繍《ししゅう》をしている。

「話があるの、フィッツヒュー卿」彼女が言った。

フィッツヒュー卿？　フィッツヒュー卿は、またいとこのいとこだが。

「なんだ？」

「こんなことを続けていてはだめよ」

「なぜ?」彼は戸惑った。ぼくはこのままでいたいのだ。自由気ままな若者でいたい。そばに愛する女性もいる。

「自分の身を考えられないなら、せめて家族のことを考えて。お姉さまや妹さんがどれだけ悲しむかを」

フィッツは目を開けた。変だ。これまでずっと目を閉じたまま会話をしていたのか? それにいつ部屋がこんなに暗くなったのだろう?

彼は寝そべっていた。彼女が覆いかぶさるように立っている。手を伸ばせば届きそうだ。腕をあげ、その顔に触れた。肌は記憶にあるよりやわらかかった。ああ、こんなにも愛しい。ずっと彼女だけを見つめてきたのだ。

やさしく、驚かせないよう気をつけながら、フィッツは彼女を引き寄せてくちづけした。なんとも言えず甘い味がする。新鮮な泉の水のようだ。指でそっと髪をすき、ふたたび唇を合わせた。

ドレスの一番上のボタンをはずすと、彼女が身を振りほどこうとした。

「しいっ。大丈夫だから」彼は小声で言った。「やさしくするよ」

「思い違いよ、フィッツヒュー卿! わたしはミス・ペルハムじゃない。あなたの妻よ。お願いだから放してちょうだい」

愕然として、もがくように上体を起こした——くそっ、頭が痛い。

「まったく、なぜこんな真っ暗な中で話しかけてくるんだ?」

「このあいだランプをつけたら、あなたがまぶしそうだったから」

「かまわない、つけてくれ」

明かりがつくと目に痛みが走った。しかしその焼けつくような刺激で、ようやく正気に返った。妻は部屋の隅に逃げ込んでいる。いったいなぜ彼女をイザベルと間違えたりしたのだろう？　これほど違うふたりもいないのに。背の高さ、体格、声、ありとあらゆる面で。

「妻をかつての恋人と間違えるほど酔っ払うのは、そろそろやめたほうがいいんじゃないかしら」彼女が冷ややかに言った。

フィッツはまた寝転がった。ランプの明かりが天井にぼんやりとした明るい輪を描いている。「飲んでいると忘れられるんだ」

「次の日にはまたすっかり思いだすのに、忘れて何になるの？」

もちろん何にもならない。酒におぼれるのは弱い人間だけだ。父なら、そんな女々しい姿を人目にさらすような真似は決してしなかっただろう。もっとも、一九歳のときの父は希望に満ちていた。フィッツのこの先の人生は、不毛な道が果てしなく続いているだけだ。あるのは苦悩だけ。イートン校の級友たちは軍隊入りし、士官に任命された。イザベルはほかの男性と結婚し、子供をもうけるのだろう。

自分は何を心の支えにすればいいのだ？　ヘンリー・パークの屋根が直ること？　イワシの保存方法に詳しくなること？　取り澄ました顔のレディ・フィッツヒューと向かい合わせに座り、一万回朝食をとること？

「一日中しらふでいると気が滅入《めい》ってね」

ときおり、一時間しらふでいられただけで驚くことがある。

「扉を閉め忘れることがあるわね。あなたが頭をかきむしっているのを見たことがあるわ。吐いている音が聞こえたこともある。心が傷つくだけではじゅうぶんじゃないの？　このままでは体までぼろぼろになるわよ」

「やめたくなったらやめるさ」

習慣で、脇に置いたウイスキーの瓶に手を伸ばした。だが、そこには何もなかった。おかしい。中身はすべて喉に流し込んだとしても、瓶は残っているはずだ。

「残念ながら、早くもやめなくてはならないようよ」妻が言った。「ウイスキーは処分したわ」

余計なことを。それでも変に元気づけようとしたり、責めたりしないだけありがたい。まあ、いいさ。一本空にされたところで、まだ箱半分が残っている。

ソファに腕をついて体を支え、ふらふらと立ちあがった。足元がおぼつかない。この前は転んで肩を打った。じきに正真正銘の飲んだくれだ。悩みをグラスに注いで紛らわせる、少なくともなんとか紛らわせようとする情けない男。

隣の部屋の食器棚には、いつも一〇から一五本の瓶をしまってあった。ところが食器棚は空だった。フィッツは毒づいた。外に出なくてはならないようだ。

ふらつきながら小屋の裏手の納屋まで歩いた。本当ならこんな離れたところにウイスキーを置きたくはないのだが、ある晩、部屋のものを叩き割ったときに未開封の瓶を数本、だめにしてしまったのだ。翌日、瓶を安全な場所にしまった。

納屋には木箱がきちんと積みあげられていた。瓶は鈍く光っている。フィッツはほっとした。一本の首をつかみ、乾いた口に向けてぐいとあおった。何かおかしい——瓶が軽すぎる。中は空っぽだった。彼はそれを脇に放り、また別の瓶を引っぱりだした。それも空だった。

空。空。どれも空っぽだ。

〝ウイスキーは処分したわ〟

一本残らず捨てたのか。

フィッツは箱の山を足で蹴り、大きくバランスを崩して、納屋の壁に体ごとぶつかった。

「大丈夫？」うしろのほうから淡々とした声が聞こえてきた。

見てわからないのか？　大丈夫なはずがない。二度と、大丈夫にはなれない。

彼はよろよろと納屋を出た。「村へ行く」

死んでも飲まずにはいられない。

「三〇分もすると真っ暗になるわ。どこに村があるのかも知らないんでしょう」

いつもいつも、もっともらしいことを言う。そこが癪《しゃく》に障るのだ。親切そうなふりをして、ぼくを助けているつもりなのか？

「明日出ていきたいと言うなら、わたしには止められないわ。あなたが次に届けられるお酒を飲み尽くすのも止められない。でも、今晩は出かけないほうがいいと思うの」

フィッツは毒づいた。向きを変え――それがひどく頭に響いたが――納屋に戻って、空の瓶を引っぱりだした。底に一滴か二滴残っていないかと期待して。だが、残っていたのは甘いアルコールの匂いだけだった。

またしても、彼女の冷ややかな声が聞こえてきた。「世界が終わったような気持ちなのはわかるわ。でも人生は続いてる。だからあなたも前へ進むしかないのよ」

彼は納屋の奥に瓶を投げつけた。割れなかったが、壁にぶつかって黄麻布の袋の山に落ちた。フィッツは足音も荒く納屋を飛びだし、彼女に近づいた。

「世の中が終わったような気持ちだって？　きみに何がわかる？　きみのほうは何年も前からこういう暮らしを望んでいたんだろう」

妻が目をあげてこちらを見た。フィッツはどきりとした。平凡な顔立ちとは対照的な激しいまなざしに射すくめられて。

「この結婚で愛する人を失ったのはあなただけだと思っているの？」

彼女はそれ以上、説明しなかった。意味深長な言葉を残して向きを変えると、小屋へ戻っていった。

最初はなんということはないように思えた。おなじみとなった起き抜けの頭痛程度のものだった。ところが夜がふけるにつれ痛みは激しくなり、しまいには耐えがたくなってきた。手は震え、寝間着は汗でぐっしょりだった。はらわたがよじれるような吐き気が、あとから

あとからこみあげた。

これほど苦しい思いはしたことがなかった。生まれてはじめて、肉体的苦痛が頭にあることすべてを追いやった——喉から手が出るほどほしい琥珀《こはく》色の液体以外のことはすべて。グラス一杯でいい。一センチでも、ひと口でもいい。ウイスキーが飲みたかった。高級品でなくてもいい。ブランデーでも、ラムでも、ウォッカでも、アブサンでも。安物のジンを舐めるだけでもかまわない。

だが、蒸留酒の一滴が救助に駆けつけてくれる気配はなかった。けれどもときおり、ぼんやりと自分がひとりでないことは意識していた。誰かが水を飲ませてくれて、顔の汗を拭き、体の下にきれいなシーツを広げてくれているようだ。

いつの間にか切れ切れの眠りについていた。手足を振りまわす怪物の夢、切ない別れの夢ばかり見た。幾度かはっと目覚めては、心臓が激しく打つのを感じ、たったいま高いところから転げ落ちたに違いないと思った。そのたびに耳元で小声でなだめる声が聞こえる。そしてまた眠りにいざなわれた。

ふたたび目を開けると、薄暗い部屋の中だった。さっきまで高熱にうなされていたような気分だ。舌は苦い味がして、筋肉はすっかり衰え、頭がくらくらする。窓にはシーツがかかっていて、いま何時か判断するのは難しかった。オイルランプが壁に暗いオレンジ色の光を投げかけている。あれはなんだ？　フィッツは痛む目をしばたたいた。陶器の水差しにさしてあるのはデイジーの花束か？　どうもそうらしい。ぴんと張った白い花びらと太陽のように鮮やかな黄色の花芯を持つ、小さなデイジーの花だ。

デイジーの向こうで、妻が足台に座ってうたた寝をしていた。ブラウンの髪をゆるく一本の三つ編みにまとめ、肩に垂らしている。

フィッツは上体を起こした。床に敷いたマットレスの隣に、ティーポットとバタートースト、ぶどう、きれいに皮をむいて清潔な白いハンカチに包んだゆで卵二個がのったトレイが置いてあった。

「お茶は冷めてしまったと思うわ」ティーポットに手を伸ばすと、妻の声がした。

たしかに冷めていた。だがそれも気にならないくらい、フィッツは喉が渇いていた。そして吐き気をこらえてでも目の前のものをすべて口に詰め込みたいほど空腹だった。

「どうやってお茶をいれた？」レディは客間で訪問客のために紅茶を注ぐことはあっても、みずから湯を沸かすことはない。そもそも、どうやって火をおこすかも知らないはずだ。

「アルコールランプがあって、その使い方は知っていたの」彼女は近づいてくると、フィッツの膝から空のトレイを持ちあげた。そして浜に打ちあげられた見知らぬ遭難者を見るように彼を見つめた。「少し休んだら？」

フィッツがふと思いついて尋ねたとき、彼女はすでに部屋を出ようとしていた。

「あのデイジーはどうした？」

「カモミールのこと？」彼女は振り返って花束を見た。「カモミールティーを飲むとよく眠れると聞いたの。でもどうやって茶葉を作るかはわからないから、飾るだけでもと思って。

気に入ってもらえたのならいいけれど」

鮮やかなカモミールは目に痛かった。「気に入ったとは言いかねるが、ありがとう」

妻はうなずき、部屋を出ていった。

気がつかないうちに夜になっていた。ほとんど丸一日寝ていたらしい。出かけていって村を見つけ、ウイスキーを確保するには時間が遅くなりすぎた。もっとも、まだ日差しがたっぷり残っていたとしても、徒歩で山を越えるには体が衰弱しすぎていた。

とはいえ、ふた晩目も前夜と同じくらいの苦しみが待っているとわかっていたら、無理してでも出かけたかもしれない。頭痛がうなりをあげて舞い戻り、震え、動悸、うねるような吐き気が一丸となって押し寄せてきた。途方もなく長いあいだ悶絶したあげく、ようやく疲れきって眠りに落ちた。誰かの手を握りながら。

三晩目はだいぶよくなった、夢も見ずに深く眠った。目覚めたときはいくらか頭がすっきりしていた。少なくとも朝だ。このところのように昼や夜ではなかった。

窓にはまだシーツがかかっていた。片手で目をかばいながら、フィッツはそのシーツをはぎ取り、部屋に日の光を入れた。太陽が照らしだしたものは快適な眺めではなかった。壁のあちこちにくぼみができている。中にはかなり大きなくぼみもあった。鋭い爪と長い牙を持つ狂暴な獣が閉じ込められ、逃げだそうと暴れたかのようだ。でこぼこになった壁を指でなぞり、本当に自分がこんなことをしでかしたのかとぼんやり思った。

カモミールの花はいくぶんしおれていたが、まだ色鮮やかに咲いていた。妻はいない。だが、またティーポットが置いてあった。中身はすでに冷めている。ひとりで動きまわれるまで回復したのだから、みずから作った牢獄を出て、彼女が言っていたアルコールランプを探してみるのもいい。

ランプは見つかった。だが、燃料となるメチルアルコールは使い果たされていた。しかたなく暖炉に火をおこし、外の井戸からケトルに水をくんで沸かした。イートン校の新入生が最初に覚えるのは、上級生のためにお茶をいれ、スクランブルエッグを作り、ソーセージを焼くことだ。湯が沸くあいだ、柄の長いフォークにパンを突き刺した。

お茶とトーストができても、妻の姿はどこにも見当たらなかった。

彼女はベッドで寝ていた。服を着たまま、靴も履いたままで、上掛けの上にうつ伏せになっている。ようやくベッドまでたどりつき、そのまま倒れ込んだかのようだ。

のぞき見するつもりはなかったが、向きを変えて部屋を出ようとしたとき、机の上に書きかけの手紙があるのが目に入った。フィッツの姉妹に向けた手紙だった。

親愛なるミセス・タウンゼント、ミス・フィッツヒューへ

先週は心あたたまるお手紙をありがとうございました。返事が遅れまして申し訳ありません。じつはお手紙を受け取ったのが三日前だったのです。ウッズメアの村から週に

二度運ばれてくる食料や日用品と一緒にようやく届きました。

こちらはあいかわらず、すばらしいお天気が続いています。そしてもちろん、湖はどこまでも青く澄んでいます。ここに来て、もう数週間が経とうとしているのに、いまだにまわりの風景の美しさにははっとさせられます。

フィッツヒュー卿も手紙を書こうとなさっているのですが、残念ながらこのところ体調を崩していらして。たぶん口になさったものがよくなかったのでしょう。けれども果敢に病と闘い、いまでは回復に向かっています。

ミス・フィッツヒューのご質問にお答えしますと、フィッツヒュー卿が完全によくなられたらすぐにでも、グラスメアにある大詩人ミスター・ワーズワースの家に行ってみようと思っています。


フィッツが手紙を書こうとしているというくだりを除けば――そもそも手紙を受け取っていることすら知らなかった――妻は嘘は書いていなかった。たいしたものだ。この新婚旅行はおそらく彼女にとって、これまで経験したことがないほど不快な日々に違いないのに。ぎくり振り返って妻を見やり、左手にいくつかの深い引っかき傷があることに気づいた。ぎくりとしてベッドに近づき、彼女の手を取ってじっくりと見た。

妻が身じろぎし、まぶたを開けた。

「この傷はどうした？　まさかぼくが――」自分が女性に危害を加えたとは考えたくない。

酔っていようといまいと。だが、いまは記憶にあちこち穴がある。

「いいえ、違うわ。缶切りの使い方がわからなくて、あれこれやっているうちに切ってしまったの」

最初の頃はフィッツが、彼女の分も缶を開けてやっていた。ところが最近はベッドに寝たきりで、そんなことはすっかり忘れていた。

「すまない」恥じ入って謝った。

「いいのよ」彼女はベッドから起きあがった。「具合はよくなった?」

まだ疲れも痛みも残っていたが、体は軽くなったような気がする。

「だいぶよくなった。朝食の用意ができたと知らせに来たんだ。食べる気があればだが」

妻はうなずいた。この娘は最悪の状態のフィッツを見た。そして彼がみじめな自己憐憫《れんびん》に浸っているあいだも、正気と良識を失わなかったのだ。

「よかった。ぼくは腹ぺこなんだ」

朝食をとりながら、フィッツはたまっていた手紙に目を通した。姉妹から三通、クレメンツ大佐から二通、ヘイスティングスから二通。ほかの級友たちからも六通届いていた。「きみが全部に返事を書いたのか?」

「一番最近の手紙には、まだ返事を書き終えていないわ。でも、ほかの手紙に関してはそうよ」彼女はフィッツを見やった。「心配しないで。幸せの絶頂だなんてことは書いていないから」

彼女の顔立ちは、どこかとらえどころがない。見るたびに戸惑ってしまう。毎回印象が違うのだ。

「書いてあったところで誰も信じやしないさ」

「わかっているわ」静かな、淡々とした口調で彼女は言った。

険悪な雰囲気になってもおかしくない会話だが、彼女の落ち着いた態度が緊張をやわらげていた。

「きみのほうは大丈夫なのか？」フィッツはきいた。

「わたし？」彼女は不意を突かれたようだ。「ええ、わたしは平気よ。別になんともないわ」

「なぜ泣かずにいられるんだ？　例の相手を思うことはないのか？」

「例の、なんですって？」

「ぼくと結婚することであきらめた男性だよ」

彼女は紅茶にスプーン一杯分の粉ミルクを加えた。新鮮なクリームは切らしている。

「わたしの場合は事情が違うわ。ふたりのあいだには何もなかったの。いっぽう的な片思いよ」

「だが、いまでも愛しているんだろう？」

彼女は目を伏せてカップを見た。「ええ、愛しているわ」

ウイスキーの飲みすぎで鈍っていた痛みがふたたび襲ってきた。

「きみとぼくは同じだな。結局どちらも望む相手とは一緒になれなかった」

「そのようね」彼女は目をしばたたいた。

涙をこらえているのだと気づいて、フィッツは驚いた。彼女が静かな強さを秘めた女性だと気づいたところだけになおさらだ。なんといっても、フィッツが完全に道に迷ったとき、どことも知れぬ荒野から連れ戻してくれた女性だ。

「きみはぼくよりはるかにしっかりしている」彼はぎこちない口調で言った。「自分もつらい思いをしているのに、こんな男の面倒を見てくれて。ぼくにはとてもできないことだ」

妻は唇を噛んだ。「誰にも言わないで。じつはわたし、アヘン中毒なの」

一瞬ののち、彼女が冗談を言っているのだと気づいた。フィッツは思わず微笑んだ。不思議な感覚だった。最後に微笑んだのがいつか思いだせない。

彼女が立ちあがった。「村からミスター・ホルトが来る前に手紙を書き終えてしまわないと。きっと――」少しためらってから続ける。「ウイスキーも届くわ」


ミリーとしてはウイスキーの配達を断ることもできた。けれども瓶の中身をすべて捨てた日――自分がそんな大胆な行動に出たことがいまだに信じられないが――夫に宣言したのだ。どうするか決めるのは彼だと。

そうでなくてはいけない。

牛乳、パン、卵、バター、果物、野菜を受け取った。缶詰のイワシや瓶詰の肉、プラム・プディングもあった。すべて〈クレスウェル・アンド・グレイヴス〉社製だ。もちろんウイスキーもあった。

「アルコール類はもういらない」フィッツヒュー卿が言った。ミリーはひげが伸びて髪もぼさぼさの、だらしない酔っ払いに慣れていた。だがいま小屋の前に立つ若者は、きれいにひげを剃り、ぱりっとした身なりをしていた。痩せ細り、顔は青ざめ、瞳の奥には愛と同じくらい深く根づいた悲しみが宿っている。それでもミリーは見つめずにはいられなかった。自然と視線が引きつけられてしまう。

「わかりました、旦那」ミスター・ホルトは言った。「ほかの品は中に運びましょう。おっと、忘れるところでした。電報が来てます」

フィッツヒュー卿は電報を受け取って開いた。表情がさっと変わった。

「荷物をおろす必要はない。三〇分くらい待っていてくれないか。われわれをウッズメアまで連れていってくれたらありがたい」

ミスター・ホルトは帽子の縁に触れた。「仰せのとおりに、旦那」

ミリーは彼のあとについて小屋の中に戻った。「何があったの？　電報はどなたから？」

「ヘレナだ。ヴェネチアの夫が亡くなった」

「なんですって？」ミリーは信じられなかった。あのやさしくて美しい義姉が若くして未亡人になるなんて。結婚式の日、ミスター・タウンゼントは健康そのものに見えた。ミセス・タウンゼントの最近の手紙にも、夫が病気だというようなことはいっさい書かれていなかった。

「ヘレナからの電報には死因は書かれていない。ヴェネチアが悲しみに打ちひしがれているとしか。ぼくたちもロンドンに戻って、葬儀の手配を手伝わなくては」

〝ぼくたち〟彼がふたりをひと組として呼んだのはこれがはじめてだ。心ならずもミリーの胸は高鳴った。「ええ、もちろん。いますぐ荷造りをはじめましょう」

二〇分後、ふたりは帰路についていた。ひどく揺れる馬車は体力が回復しきっていない身にはこたえるだろうが、フィッツヒュー卿は文句ひとつ言わずに耐えた。

いくつかの点で、彼とミリーは似ていなくもなかった。どちらも義務を最優先する。生来控えめな性格だ。そして人が思う以上に忍耐強い。

「ありがとう」村まであと一キロ半というところで、フィッツヒュー卿が言った。「きみがあの時点でウイスキーを捨ててくれなかったら、ぼくは姉の力になれるような状態ではなかった。きみが断固とした態度を取ってくれたことに感謝するよ」

ミリーの心は喜びに舞いあがった。怖いほどに高く。気持ちを悟られないよう、目を伏せて自分の手を見つめる。「あなたが死ぬつもりなのではないかと心配だったの」

「それにはあと数週間は飲みつづけないと無理だったろうな」

しばし迷ってから、思いきって言った。「ライフルのことよ」

彼は戸惑った顔をした。「ライフルだって？」

「いつだったか、銃身をじっと見つめていたわ」

「小屋で見つけた拳銃の模型のことかな？」

ミリーはぽかんと口を開けた。「あれは模型だったの？」

「そう。子供のおもちゃさ」フィッツヒュー卿は笑った。「そのうちきみに本物の銃を見せてあげるよ。次のときは違いがわかるように」

彼女の顔が真っ赤になった。「ばかみたいね、わたし」

フィッツヒュー卿がまじめな顔になった。ブルーの瞳はこの世のものとは思えないほど澄んでいる。「ばかなのはぼくだ。あんなことをやっていたら、誰だってぼくに生きる意志があるのか疑いたくなるだろう」

「でも、つらい別れを経験したんだもの」

「誰だって――きみも含め、つらい思いのひとつやふたつはしている」

彼もまた、胸の痛みや苦しみを覆い隠そうとする。ミリーと同じように。

曲がり角に差しかかった。ふたりの目の前に息をのむような美しい風景が広がった。エメラルドグリーンの峰に囲まれた広々とした湖。岸には晩夏の花が咲き乱れ、その白や薄紫色が水面に映って湖を真珠のように縁取っている。向こう岸には小さな村があった。蔦《つた》に覆われたコテージが点在し、その窓を飾る花箱にはゼラニウムやシクラメンが色鮮やかな花をつけている。

「少なくとも」ミリーは言った。「新婚旅行は終わりね」

「ああ」フィッツヒュー卿が空を見あげた。肌に注ぐ日差しに驚いたかのように。「ありがたいことに」

6

一八九六年

フィッツはイザベルの家の前に立っていた。

前の日は途方もない希望と、同じくらい大きな不安を抑え込むのに必死で、玄関前でしばし躊躇《ちゅうちょ》したものだ。だが、それは昨日の話。未来を――一度はあきらめた未来をともに生きようと約束する前の話だ。だから今日はためらうことなく、足取りも軽く彼女の家に入っていけるはずだ。

けれども昨晩、例の件についてミリーと話し合った。あれから一六時間経っているが、妻の動転ぶりがいまも気になってならない。彼女はなぜ、こちらの提案にあれほど嫌悪感を示したのか。最後には承諾したものの、しぶしぶなのは明らかだった。あたたかな友情と共通の目的を持ってともに過ごした日々が、すべて無になったと言わんばかりの反応だった。

呼び鈴を鳴らすと、中に招き入れられた。日当たりのいいイザベルの客間で、ふたりは長い抱擁を交わしてから椅子に腰かけた。彼女は元気そうだった。子供たちも同様で、午前中は大英博物館に連れていったそうだ。アレクサンダーは甲冑《かっちゅう》の前を離れず、ヒヤシンスはミイラ、ことに動物のミイラに魅了されていたという。いまは、一番年寄りの猫、ゼネラルが死んだら永久保存することを計画中らしい。

「そういう茶目っ気を誰から受け継いだかは想像できるよ」フィッツは言った。

イザベルはうれしそうに笑った。「あの子、そのうちわたしをしのぐいたずらっ子になるわ、きっと」

紅茶のトレイが運ばれてきた。イザベルは立ちあがって、キャビネットに近づいた。

「紳士にお茶を出すのは野暮というものかしら。もっと強い飲み物もあるのよ」

フィッツは湖水地方以来、〝強い飲み物〟をいっさい口にしていなかった。

「いや、けっこう。お茶でいいよ」

イザベルは少しばかりがっかりしたようだった。自分には彼女の知らない部分がたくさんある。それを言うなら、イザベルにも自分が知らない部分がたくさんあるはずだ。もっとも、空白の過去を埋める時間はこれからたっぷりあるが。

彼女は椅子に座り直し、紅茶を注いだ。「昨日、奥さまとお話しする必要があるのだと言っていたわね。話し合いはうまくいったの？」

うまくいったのなら、こんなふうに胸にぽっかり穴が開いたような感覚に悩まされてはいないはずだ。とはいえ望んだとおりの結果になったのだから、うまくいかなかったとは言えない。

「一応はね」フィッツは答え、その内容をかいつまんで話した。

「六か月！」イザベルが叫んだ。「奥さまと話をするって、義理を通すだけなのだと思っていたのに」

「現に結婚しているとなると、そう簡単にはいかないよ」

「でも、もう結婚して八年なんでしょう。それだけの期間があっても子供ができなかったのに、あと六か月待ってどうなるというの？」

その質問は予測していた。「ぼくたちはほとんど子供を作る努力をしていなかったんだ。ぼくはほかで欲求を満たしていたし、レディ・フィッツヒューのほうも、ぼくが知るかぎり、ひとりを楽しんでいるようだった」

「ほとんどしていないって、具体的に言うと？」

「新婚旅行のとき、幾晩か一緒に過ごしただけだ」

嘘は言っていない。意図的に間違った印象を与えただけだ。誰にも、とくにイザベルにはこの結婚がふつうではないこと、実際には成立していないことを知られたくなかった。でないとミリーが傷つくことになる。

彼女をすんなりミリーと呼んでいることに、フィッツはいまさらながら驚いた。おそらくだいぶ前から、無意識に心の中でそう呼んでいたのだろう。

イザベルの反応は複雑だった。失望が顔をよぎったあと、安堵《あんど》の表情がひらめいた。フィッツからすれば、妻とベッドをともにしないのはイザベルへの誠意の証だが、そのせいでこれから跡継ぎを作らなくてはならなくなった。イザベルが素直に喜べないのも、わからなくはない。

「きみは契約なんてどうでもいいと思うかもしれない。それでもレディ・フィッツヒューとぼくが、どこかで義務を果たさなくてはならないということはわかるだろう。きみにとっても、このほうがいいと思うんだ。でないとぼくは、きみと一緒になってから、定期的に妻のもとに帰らなくてはならなくなる」

「なんてことかしら」イザベルは悲しげに言った。「結婚してすぐ、跡継ぎの問題を片づけておけばよかったのに。あなたの怠慢としか言えないわ」

「そのとおりだ」彼は認めた。「ただぼくとしては、きみが戻ってきて、すべてが変わるなんて想像もしなかった」

「納得がいかない」

フィッツは彼女の手を取った。「だとしても、無責任な真似はできないよ。レディ・フィッツヒューにも、ぼくと同様に自由を手にする権利がある。だが、跡継ぎがないままでは自由を追求することもできない。それに彼女がひとりだと思うと、そばに誰もいないと思うと、ぼくも心が休まらないんだ。結果的にぼくたちの幸せにも傷がつくことになってしまう」

「でも、六か月なんて長すぎる。何が起きるかわからないわ」

「離れ離れになっていた期間に比べたら、そして、この先一緒にいる年月に比べたら、六か月なんて少しも長くないさ」

イザベルはこぶしを握った。「わたしが手紙に書いたこと、覚えている？　アングルウッド大佐とわたしは同じ熱病にかかったの。あの人はヤギみたいに丈夫だったのに、結局わたしが生き延びて、彼はだめだったのよ」

彼女の目に涙が浮かんだ。「軽々しく運命を信じてはだめよ、フィッツ。人生は一度、あなたに背を向けた。また背を向けないとはかぎらないわ。待っていてはだめ。いまこの瞬間をつかんで。明日はないと思って生きなくては」

そうしようとした。湖水地方でのことだ。だが、明日は執拗《しつよう》につきまとってきた。つねに朝は訪れた。「そうしたいのはやまやまだが、ぼくはそんなふうに生きられない性格なんだ」

イザベルはため息をついた。「思いだしたわ。あなたがひとたび決心したら、それをくつがえすのは絶対に無理だってこと。とくにあなたが義務を果たすと心を決めたときはね」

「頭が固くてすまない」

「いいのよ」彼女は目つきをやわらげ、フィッツの手を自分の頬に押しつけた。「あなたのそういうところが好きなんだもの。つねに正しいことをすると信じられるところが。この話はもういいわ。さあ、先のことを話しましょう」

彼はほっとした。「そうしよう」

イザベルは立ちあがり、書き物机からたたんだ新聞紙を取ってきた。

「貸家の広告を見ていたの。ふたりで住む田舎の家よ。いまのところ、どれもすごくすてきに思えるんだけれど。中でもとくに気に入ったものをいくつか読むわ。聞いていてね」

イザベルの全身から活気があふれだした。その顔が興奮に輝くと、部屋全体がまぶしいほど明るくなった。彼女の快活さ、頭の回転の速さ、生への欲求——かつてフィッツを魅了したそうした性質はまったく変わっていなかった。彼女が話すのを聞いていると、過去へ、人生に失望する前へと瞬間移動したような気分になる。

それでもフィッツはどことなく居心地の悪さを感じずにはいられなかった。彼の状況は複雑だが、幼子をふたり抱えるイザベルの状況もまた、単純なものではないはずだ。アレクサンダーが寄宿学校に行くまでにはまだ何年もあるだろうし、ヒヤシンスのほうは結婚するまで家にとどまることになる。

同居生活には相当な注意と慎みが必要となるだろう。でないと子供たちに、それが正しい行いであるかのような誤った印象を与えてしまう。友人たちの前で恥ずかしい思いをさせることにもなりかねない。

それが、まず最初に考えなくてはならない問題だ。家なら簡単に手に入れられるのだから。しかしイザベルは興味を引かれた物件を列挙したあと、今度は子馬選びをはじめた。クリスマスに子供たちに一頭ずつ贈りたいのだという。

「あなたはどの品種がいいと思う？」

まだ時期が早い。そう言いそうになったものの、フィッツは思い直した。現実のつらさをいやというほど味わったあとなのだ。しばらく夢を見たっていいじゃないか。新生活を送るに当たっての現実的な問題を考える時間は、これからいくらでもある。

「子供の頃はウェールズ産のポニーを持っていた」彼は言った。「お気に入りだったよ」

ヘレナは事務室の中を行ったり来たりしていた。なんとかしてアンドリューと会わなくては。けれども新しいメイドのスージーが、ハエ取り紙さながらにぴたりと張りついている。そのうえスージーが半日休みの日には、ミリーがいつも午後を約束で埋めるのだ。そんな調子だから、家を抜けだす機会はまったくない。

顔を出さなくてはいけない種々の催しで、せめてひと目アンドリューの姿を見ることができたら。そうしたら、これほど気を揉むこともないだろうに。でなければ、彼がまた手紙を書いてくれたら。だが、どちらの願いもかなわなかった。

ドアを叩く音がした。「ミス・フィッツヒュー」秘書の声だ。「お荷物が届いています」

「受け取ってくれてよかったのに」

「配達の者が、直接手渡しをしなくてはと言い張るものですから」

作家が貴重な原稿を送ってきたというわけね。ヘレナはドアを開け、大きな包みを受け取った。「送り主は誰？」

「ヘイスティングス卿です」配達人が答えた。

冗談じゃないわ。あの男の鼻をへし折ってやるのは愉快だけれど、彼のおそらく膨大な猥《わい》褻《せつ》本コレクションから一冊送ってよこしてなんて言った覚えはない。

書き物机に戻り、包みを隅に放り投げた。だが五分後、好奇心に駆られて包みを開けた。

ヘイスティングスはたしかに、ヘレナをどきどきさせるすべを知っている。本はマトリョーシカのごとく、何重にも包まれていた。

一番外側の布地、厚紙、油布をどけると、ようやく大きな封筒が現れた。ヘレナは封筒を傾けて中身を机の上に出した。麻布に包まれた紙の束。その一番上に手書きの手紙がのっている。

親愛なるミス・フィッツヒュー

ゆうべクイーンズベリー邸で交わした会話はじつに楽しかった。官能的な状況における人間心理を描いたぼくの小説——回想録と言うべきか——に大いに興味を示してくれたことが何よりうれしかった。

きみの、とりわけきみの肉体のしもべ
ヘイスティングス

ヘレナは鼻を鳴らした。あのろくでなし。

しかもヘイスティングスの場合、悪影響を受けるのは本人だけではない。田舎には一緒に住んでいる実の娘がいるはずだ。ただでさえその子に婚外子という汚名を着せているのに、今度は官能作家になって、さらに恥ずかしい思いをさせようというの？

手紙の下に原稿の一ページ目が見えた。題名〝ラークスピアの花嫁〟とヘイスティングスの筆名、〝不謹慎な紳士〟――少なくとも自覚はあるらしい。次のページの献辞には〝この世の歓びを追求する者たちよ、彼らは地を受け継ぐ〟（マタイ伝五章五節〝柔和な人々は幸いである。彼らは地を受け継ぐ〟をもじったもの）とあった。

あの男の厚顔ぶりは、とどまるところを知らないらしい。

ヘレナはページをめくった。

第一章

まずはベッドの描写からはじめることにしよう。一行目から物語の舞台を明示しておくことは大切だ。錚々《そうそう》たる歴史を持つベッドである。幾人もの国王が眠り、高貴な貴族が死を迎え、数えきれないほどの花嫁たちがここで学んだ――母がなぜ〝目を閉じ、イングランドを思って、妻の務めを果たしなさい〟と言い聞かせたかを。

樫材《かしざい》でできた骨組みは重くがっしりとして、何物にも耐えそうだ。四隅にそびえる支柱は、冬には重いカーテンがさげられる。が、いまは冬ではない。厚手の寝具はまだシーダー材の戸棚にしまわれている。羽毛のマットレスの上にはフランス製のシーツがかかっているだけ。フランスの詩人、ボードレールの詩さながらの耽美《たんび》的なシーツだ。

もっとも、このところではフランス製の高級寝具を手に入れるのもさほど難しいことではない。歴史あるベッドといっても、結局のところただの家具だ。このベッドを特別なものにしているのはほかでもない、そこにいる女性——手首をうしろ手に縛られ、特別頑丈なベッドの支柱につながれた女性だ。

まさに愛の神エロスの作品。彼女は当然のことながら、全裸だ。

花嫁はわたしのほうを見ない。今日でさえ、ふたりの結婚初夜でさえ、彼女はわたしを視界の隅に押しやろうとしている。

彼女に触れた。その肌は大理石のように冷たい。下に若々しく引きしまった肉が感じられる。彼女の顔を自分のほうに向け、瞳をのぞき込んだ。記憶にあるかぎり、いつもぼくを蔑んできた高慢な瞳だ。

「どうして手を縛ったの?」彼女が小声できいた。「怖いの?」

「もちろんさ」ぼくは答える。「雌ライオンに近づこうと思ったら、用心しなくては」

次のページは全裸の女性の素描だった。豊満というよりは痩せ型で、腕の位置のせいで胸がつんと突きでている。顔は横を向いていて、長く垂らした髪に隠れていたが、そのたたずまいに恥じらいや恐れはまったく感じられなかった。むしろ見られることを望んでいるよう、自分の魅力を存分に見せつけて男をもてあそび、楽しんでいるかのようだ。

ヘレナの呼吸が速くなった。腹立たしいことに。ヘイスティングスは言葉によって猥褻画を描きだすことができるらしい。ヘイスティングスが才能をこうしたくだらない目的に使ったからといって、彼に対するヘレナの意見が変わるはずもないし、こんなふうに――自分が丸裸にされたように感じるはずもない。

ヘレナは脇によけてあった一枚目のページを原稿の上に叩きつけるようにして戻し、すべて封筒に押し込んだ。そして引き出しの一番奥に突っ込み、鍵をかけた。

仕事が終わって事務室を出るときになってはじめて、ヘイスティングスの官能小説をアンドリューからの恋文の上にしまったことに気づいた。

「今日はあの気の毒なミスター・コクランを厳しく問いつめていたな、ミリー」フィッツが言った。

それまで馬車の中は沈黙が続いていた。ふたりは〈クレスウェル・アンド・グレイヴス〉での試食会を終え、家に帰るところだった。いや、馬車が家の前で止まったら、ミリーひとりがおりることになるのだろう。フィッツは別のところ――おそらく、またミセス・アングルウッドを訪ねていくに違いない。

「いくつか質問をしただけよ。あなたのほうは、今日はやけにおとなしかったわね」むっとした口調で応える。実際、いらだっていた。八年経っても、結局わたしは彼の二番目にすぎない。「いつもなら新製品を承認するまでに三回は工場に送り返して、改良、改善を求めるのに。あの新しいシャンパンに関しては、そういう厳しい審査抜きですぐに承認したわ」

「文句ない出来だったからだよ。上品な泡立ちで、甘みがあり、ほどよくぴりっとした味で」

イザベル・アングルウッドの話をしているみたい。

「わたしも悪くないとは思ったけれど、感心するほどのことはなかったわ」

「珍しいな」フィッツが静かに言った。「ぼくたちの味覚は似ていて、意見が割れることはめったにないのに」

ミリーはかたくなに窓の外を見ていたが、ようやく彼に視線を向けた。見なければよかった——夫は人生に満足しきった顔をしている。

手にはミリーが贈った印章付きの指輪が光っていた。それを抜き取り、馬車から投げ捨てたかった。それだけではない、金とオニキスの懐中時計や、深いブルー——フィッツの瞳と同じ色——の磁器の柄がついたステッキも放り投げたかった。

どれもこれも、クリスマスや誕生日の贈り物だ。夫に自分の印をつけようという見え透いた試み。金属や陶磁器の品々で、人の心を変えられるわけもないのに。

「あなたの判断もふだんならもっと信頼できるんだけど——その、いまみたいに浮かれているときでなければ」

「浮かれているとは、ずいぶんな言い方だな」彼は微笑んだ。「これまで誰からもそんな非難を受けたことはない」

フィッツの微笑みは隠された楽園を指し示す道しるべだと、ミリーはよく思ったものだ。

事実、そうなのだろう。けれどもよく見ると、こう書いてある。〝イザベル・ペルハム・アングルウッドの地。通る者は胸を引き裂かれる〟

「このところは事情が変わったから」

「それはそうだが」

「またミセス・アングルウッドと会ったんでしょう。六か月待つことを、彼女はどう感じたのかしら？　喜んだとは思えないわ」

「きみはぼくの妻だ、ミリー。誰に遠慮する必要もない。ミセス・アングルウッドも、そのことは理解している」

フィッツの口調の何かがミリーの胸を高鳴らせた。思わず目をそらす。

「彼女のためなら、わたし、喜んで身を引くわ」

彼が向かいの席を立ち、ミリーの隣に腰かけた。夫婦なのだから、隣に座ることにはなんの問題もない。でもふたりだけで乗り物に乗るとき、フィッツはいつも向かいの席に座る。本当の意味でまだ夫婦ではないことを思いださせるように。

フィッツが片腕をミリーの肩にかけてきた。彼女は馬車の扉を開け、外に飛びだしたかった。契約を守ることには同意したけれど、そのときが来る前に体に触れていいと言った覚えはない。

「そういらいらするな、ミリー。すばらしいことが待っていると考えよう。ぼくたちの子供ができるんだ」もう片方の手を彼女の腕に置く。袖の薄い生地越しに、てのひらのぬくもりが伝わってきた。「きいたことがなかったな、男の子がいいかい？　それとも女の子？」

「わからないわ」

「きみはすばらしい母親になるだろうな。やさしくて、しっかりしていて、よく気がつくが押しつけがましくない。きみのような母親がいたら、どんな子供も幸せだよ」

心のどこかで、ミリーはまだかすかな希望を抱いていた。ついに結婚が成就したとき、愛の行為が魔法のひと振りとなって、ふたりの友情を真実の愛へと羽ばたかせてくれるのではないかと。けれどもいま、それも単なる生殖行動でしかないことがわかった。友情は地に根づいたまま。高みにのぼることはない。

フィッツヒューの屋敷の前で馬車が止まった。ミリーは彼を押しのけるようにして、馬車から飛びおりた。

7

アリス

一八八八年

フィッツの義兄、ミスター・タウンゼントの死には背景があったことがわかった。ミリーは義兄とは二度ほどしか顔を合わせていない。婚約披露パーティと結婚朝食会。どちらのときも彼女は心穏やかではなく、その自尊心の高そうな美男子に関しては表面的な印象しか持たなかった。

彼の突然の死は衝撃だったが、さらに衝撃的だったのは、その死に方だった。睡眠薬の過剰摂取で自殺をはかったという。それだけでなく、妻の知らないうちに破産していたらしい。ミセス・タウンゼントは債権者への支払いのために全財産を——両親から受け継いだ土地の売却益も含め——手放さなくてはならなくなった。

ミリーはこれまで、義姉のような美貌には一種の強力な魔よけ効果があるに違いないと思っていた。絶世の美女ともなれば嵐や怪物から守られ、愛と笑いというふたつの潮流に乗って、順調に人生を進んでいくのだろうと。ところがそうではなかった。不幸は相手が誰であっても――アフロディーテに匹敵するほどの美女であっても、容赦はしないらしい。

ミセス・タウンゼントは夫の死から立ち直ることができず、精神的に不安定な状態が続いた。ミリーはミス・フィッツヒューとともに、できるだけ力になろうと努めた。ミセス・タウンゼントがきちんと食事をとるよう気を配り、日の差さない客間に一日中こもっていることのないよう、馬車で外に連れだした。ときには一緒に薄暗い客間で過ごし、ミス・フィッツヒューが姉の手を握るそばで刺繍に励んだ。

そんな中、フィッツヒュー卿はじつに頼りになった。もう自暴自棄の飲んだくれではない。毎日のように姉のもとを訪れ、さまざまな問題を、分別と思いやり、そして必要とあらば強い意思を持って処理していった。遺体が検死にまわされそうになると――検死となれば個人の死が見世物となってしまう――彼は警官を前に断固とした態度で臨み、ミスター・タウンゼントの死因は突然の脳内出血だったという説明を受け入れさせた。

彼らは故人の財務整理がすむまで六週間ほどロンドンに滞在した。気の重い日々だったが、ミリーにとって忘れがたい瞬間もあった。ミス・フィッツヒューがヘイスティングス卿の真似をして、姉をほんの少しだが笑わせたこと。フィッツヒュー卿がミセス・タウンゼントに腕をまわし、そっと抱き寄せたこと。ミセス・タウンゼントがミリーの手を取って、〝あなたはすばらしい人ね〟と言ってくれたこと。

ロンドンを発《た》つ前の日、女性たちは一緒にお茶を飲んだ。ミス・フィッツヒューはオックスフォード大学のレディ・マーガレット・ホールで講義をはじめることになっており、ミセス・タウンゼントはそこまで妹に付き添ったあと、子供時代を過ごしたハンプトン・ハウスに滞在することになっていた。

「本当にわたしたちとヘンリー・パークにいらっしゃいません、ミセス・タウンゼント？」最後にもう一度だけ、ミリーはきいた。フィッツヒュー卿が爵位と同時に受け継いだ――そして、なんの利益ももたらさなかった――領地で一緒に過ごそうと、再三義姉を誘っていたのだ。

「あなたとフィッツには、もうじゅうぶんお世話になったわ」ミセス・タウンゼントは言った。「でも、ありがとう、ミリー。あなたのこと、ミリーと呼んでかまわない？」

「ええ、もちろん」ミセス・タウンゼントが親しみのこもった名で呼んでくれると思うと、ミリーはうれしかった。

「わたしのことはヴェネチアと呼んでね」

「わたしのことはヘレナと」ミス・フィッツヒューが言った。「わたしたち、姉妹になったんですもの」

ミリーは自分の手を見おろし、胸の高鳴りを抑えた。義理の姉妹と親しくなれるなどという大それた期待は、はなから持っていなかった。缶詰工場の相続人など、見下されて当然と思っていたのだ。けれどもミセス・タウンゼントとミス・フィッツヒュー――ヴェネチアとヘレナは最初からミリーを受け入れ、何かと助けてくれた。

「わたし……姉も妹もいなくて」ミリーはおどおどと言った。「ひとりっ子なんです」

「あら、それは幸運というものよ。わたしなんて、あなたは両親が田舎を散歩している途中にりんごの木の下で拾われたんだって言われつづけたんだから」ヘレナはヴェネチアに向かって片方の眉をあげた。「あと、黒い食べ物ばかり食べたら、あなたもみんなみたいな黒い髪になる、とかね」

ヴェネチアが首を横に振った。「いいえ、それを言ったのはフィッツよ。自分がラズベリーをたくさん食べたいものだから、あなたにブラックベリーばかり食べさせようとしたの。まさかあなたがイカスミを試すなんて、考えつきもしなかったわ」

ひとつ屋根の下で育ったきょうだいにはこういう特別な結びつきがあるのだと、ミリーは不思議な気持ちで聞いていた。その心あたたまる会話は、フィッツヒュー卿とともに特別車両でヘンリー・パークへ向かうあいだも耳に残っていた。

今回、本を読んでいるのはフィッツヒュー卿だった。エドワード・ギボンの『ローマ帝国衰亡史』第四巻だ。ミリーは窓の外を見ていた。ほとんどの時間を。そうでないときは気づかれないよう夫を見つめた。

酒浸りの三週間で落ちた体重はまだ戻っていない。服はだぶだぶで、目は落ちくぼみ、頬骨が突きでている。それでも、もう具合が悪そうには見えなかった。ただ痩せて、いかめしい顔つきをしているだけだ。短く切った髪がその表情にいっそう禁欲的な印象を与え、年齢以上の重々しさを感じさせる。

フィッツヒュー卿が本を下に置き、ポケットに手を入れて何かを取りだした。

「ヤマネ？」

彼はうなずいた。「アリスというんだ」

アリスは小さく、美しい黄金色の毛と好奇心いっぱいの黒い目をしていた。フィッツヒュー卿がヘーゼルナッツをひと粒やると、一心にかじった。

「このところ太ってきた」彼は言った。「一週間もすると冬眠に入るだろう」

「あなたのペットなの？　はじめて見たわ」

「三年ほど飼っている。このところはヘイスティングスが世話をしてくれていた。このあいだ戻ってきたばかりだ」

その小動物の愛らしさにミリーは魅了された。「どこかで見つけたの？」

「いや、ミス・ペルハムからもらったんだ」

イザベル・ペルハム。ミリーの笑みが凍りついた。幸い、彼はこちらを見ていなかった。

アリスだけを見つめていた。

新婚旅行にアリスを連れてこなかったのも当然ね。

「かわいいわね」ミリーは無理して言った。

フィッツヒュー卿はアリスの頭のてっぺんの毛を撫でながら応えた。

「最高さ」

彼はアリスを抱いてごらんとは言わなかった。ミリーもあえて頼まなかった。

ずっとしらふでいるのは簡単なことではなかった。
眠れない夜もあった。息もできないほどイザベルが恋しくなる晩、フィッツは痛みをやわらげてくれるものを想像した。ウイスキー。アヘン。モルヒネ。ことにモルヒネがほしくてたまらなかった。感覚が心地よく麻痺《まひ》し、何も考えないでいられる。

ここにはあったはずだ。最初にヘンリー・パークを訪れた際、見かけた気がする。だからフィッツは外に出た。歩き、走り――いや、ほとんど走った。疲労困憊《こんぱい》するまで。

アリスは冬眠に入った。フィッツは敷物を敷いて空気穴を作った箱に彼女を入れ、一日に二度、様子を確かめた。何もかもが変わってしまった。けれどもアリスだけは変わらない。過去の生活を彷彿《ほうふつ》とさせる唯一のものだ。

ヘンリー・パークに着いて二週間後、妻から言伝《ことづて》があった。書斎で会いたいという。毎晩夕食をともにする以外、顔を合わせることはめったにない。それでも日中はフィッツ同様、彼女も屋敷や領地に関する仕事で忙しくしていることは知っている。

書斎は北棟――屋敷内でも一番傷みのひどいところ――にあり、かびくさくて、薄暗い。彼女は本の損傷を調べていた。意外にも、あずき色の昼用ドレスを着ている。ミスター・タウンゼントが亡くなって以来、彼女はずっと喪に服していた。フィッツにとっては、物静かでくすんだ人影として意識の周辺に存在しているだけだった。ところが今日は、明るい秋色のドレス姿が目に飛び込んできた。

「おはよう」彼は言った。

妻が振り返った。「おはよう」

暗い色の服を着ていないと、彼女はなんと若々しく見えることか。一瞬、フィッツはどきりとした。通りですれ違ったら、一五歳くらいと思ってしまいそうだ。

グレイヴス家は年齢をごまかしたのか？

「失礼だが、きみはいくつだったかな？」

「一七歳よ」

「一七？　いつから？」

彼女はばつが悪そうに目を伏せた。「今日から」

今度はフィッツがばつが悪くなった。まるで知らなかった。

「誕生日おめでとう」

「ありがとう」

気まずい沈黙がおりた。彼は咳《せき》払いした。

「贈り物がないんだ。何かほしいもの、村で手に入りそうなものはあるかな？」

彼女は、いいのよ、というふうに手を振った。

「誕生日だって、ふだんと変わらない日よ。大騒ぎするほどのことはないと思うわ。それにお姉さまと妹さんが、本と、きれいな箱入りのハンカチを贈ってくださったの」

「あんなことがあったヴェネチアが覚えているなら、ぼくには言い訳のしようがないな。ただ、日にちの感覚がなくなっていてね」

「気にしないで。また来年があるわ。それより、一緒にいくつかの部屋を見てまわらない？」

フィッツはすでにひととおり部屋を見まわっていた。しかし、今日は彼女の誕生日でもある……。「お先にどうぞ」彼は言った。

妻は明らかにひとつひとつの部屋をじっくり調べ、傷み具合を詳細に記録したようだ。歩きながら解説し、すべてを修復したらいくらかかるか見積もりをあげていく。金額はみるみるふくれあがった。

二階の三番目の部屋まで行くと、フィッツは言った。

「この屋敷全体をダイナマイトで吹き飛ばしたほうがよさそうだな」

「それは極論だけれど、北棟を解体するというのは悪くない考えだと思うわ」

彼は足を止めた。「なんだって？」

「元帳と設計図によると、この棟は今世紀はじめに増築されたようなの。間違いでなければ、本来の外壁はちょうどここにあったはず。増築にはこれといった理由はなく、当時の伯爵がいとこが新しく建てた立派な屋敷を妬《ねた》んで、張り合おうとしただけみたい」

以来、一族は借金漬けとなった。

「屋敷全体をダイナマイトで吹き飛ばすというのは冗談なんでしょうけれど、北棟の改築はしないというあなたの冷静な判断には賛成よ。設計もお粗末なら、建築もお粗末。あらゆるところに継ぎを入れたとしても、しじゅう水もれ、傷み、ひび割れに注意しなくちゃならないでしょうね」

北棟は母屋の五分の二を占める。フィッツはしばし妻を見つめた。いたって真剣らしい。この娘は度胸が据わっている。当然だ。たったひとりで大の男を崖っぷちから引き戻したのだから。

「わかった。そうしよう」

あっさり同意すると、彼女のほうが不意を突かれた顔になった。

「議会に申請する必要はないのかしら？」

フィッツは少し考えてから言った。

「事故が起きる前に申請するやつはいないだろう？」

彼女は微笑んだ。「たしかにそうだわ。では、この話し合いもなかったということね」

彼も微笑み返した。

妻はひょいと頭をさげた。「さて、失礼してよければ、わたしは書斎に戻って、保存する価値のある本があるかどうか調べないと」

自室に戻り、安らかに眠るアリスを眺めながら、フィッツはふと妻と自分が今日はじめて、ごくふつうの夫婦のように話し合いでものごとを決めたことに気づいた。

その晩、ミリーはひとりで食事をした。フィッツヒュー卿は言伝をよこし、村の酒場で夕食をとると伝えてきた。夕食というのは〝女性〟の婉曲《えんきょく》表現だろう。気晴らしに少しばかり楽しんだからといって、彼を責めるつもりはない。ただ――。

違う、代わりに自分の部屋に来てほしいわけではない。欲求のはけ口に利用されるのはごめんだ。そうは思っても、ミリーは彼の愛人たちに嫉妬を覚えずにいられなかった。わたしだって、夫に――彼がしらふのときに――触れられ、キスされるのがどんなものか知りたい。彼は仕草ひとつひとつになんとも言えない優雅さがある。つい想像をめぐらせてしまうのだ。いつかフィッツヒュー卿は、わたしがただの妻ではなく女性だと、しかも好ましい女性だと気づく。そして……。

ふとわれに返り、ミリーはあわてて白昼夢を断ち切った。希望が芽を出すのはしかたないことかもしれない。でも、その芽に水をやって育ててはだめ。容赦なく一気に摘み取るしかないのだ。庭で雑草を見つけたときのように。

夕食後、彼女は客間で仕事にかかった。母の勧めに従って美しい庭を作ることにしたものの、趣味の庭作りより、まずは実用的な家庭菜園を復活させるほうが先だった。敷地内に菜園はあったが、一〇年ほど前に庭師が亡くなってからというもの、荒れ放題となっている。

古い図面にじっくり目を通し、園芸の入門書を読んだ。西洋ごぼうは食べたことがあるけれど、根用セロリはない。でも名前を聞いたことはある。フタナミソウとはいったい何？ムカゴニンジンは？　カルドンは？

百科事典で〝コゥヴィ・トロンシューダ〟なるものを調べていると、突然フィッツヒュー卿が客間に入ってきた。ミリーは驚いた。帰りは自分が寝たあと、かなり遅くなってからだろうと思っていた。

「こんばんは」彼女は言った。

明かりのせいだろうか、彼は……ひとまわり大きく見えた。

「やあ」フィッツヒュー卿は手をうしろにまわしたままで応えた。ミリーの脈が速くなった。「今夜、村の酒場に行ってきた。明日は屈強な男が二〇人ここに来て、北棟を解体する。少なくとも、その仕事に取りかかる」

「そんなにすぐに！」

ミリーの父は優柔不断だった。基本方針を変えることに決まっても、何年もその具体的な方法に関して迷うような人だった。だから彼女は、夫がヘンリー・パークの修繕をさっそくはじめると聞いて仰天した。

フィッツヒュー卿が客間を見渡した。ミリーはとりあえず新しいカーテンと絨毯を入れていたが、それでもみすぼらしい部屋だ。屋根と煙突を新しくしないかぎり、水や煤の染みがついて丸まった壁紙を張り替えても意味がない。

「早すぎるということはないさ。少なくとも五〇年前からはじめるべきだったんだ」

田舎に着いたとき、ミリーはフィッツヒュー卿がまたウイスキーにおぼれるのではないかと心配した。けれども彼は踏ん張り、しらふで通していた。日中は彼女同様、仕事に没頭している。夜は酒瓶に向かう代わりに外へ向かった。ミリーが暗い部屋の窓際で待っていると、ときおり彼が戻ってくるのが見える。激しい運動のあとらしく、屋敷の前で膝に手をついて身をかがめ、荒い息をついている。

何もかもが、この呪われた屋敷のせいだ。せめてこの半分は、五〇年前に誰かが取り壊しておくべきだった。

だが、フィッツヒュー卿の口調は穏やかだった。起きてしまったことはしかたがない。死者を責めても、ここ十数年のあいだに農作物の価格が急落したというやむをえない事情を嘆いても意味がない。

「それと、これはきみに」彼はうしろに隠していた茶色の包み紙を差しだした。「雑貨店に寄ってきてね。たいしたものはなかったが、中でも一番ましなものを選んだつもりだ」

ミリーは驚いた。「そんな、よかったのに」

包みの中身は飾り気のないオルゴールだった。五年以上は店の棚に置かれていたに違いない。最近になって手入れをした様子はあるものの、角やくぼみにはまだほこりが固まっていた。ふたを開けると《エリーゼのために》の調べが流れてきた。たどたどしい金属的な音だった。

「言ったとおり、たいしたものではないんだが」

「いいえ、すてきよ。ありがとう」オルゴールを胸に抱きしめないよう、ミリーは必死に自分を抑えた。「大切にするわ」

「来年はもっといいものを用意するよ」彼は微笑んだ。「おやすみ」

「おやすみなさい」

雑草のような希望もある。それなら、ぐいと引き抜くだけでいい。けれども中には、またく間に根を張って蔓《つる》を伸ばし、簡単には駆除できなくなるものもある。ひとり客間でオゴールを奏でながら、わたしの希望は後者だとミリーは思った。

この希望は決して潰《つい》えることがない。

屋根の上にいる夫を見て、ミリーはわが目を疑った。

雇った男たちと一緒になってスレート板をはがしている。古いツイードの服にウールの帽子といういでたちで、誰かが〝閣下〟と呼ばなければ、村の若者と間違えるところだ。

「何をしているの、フィッツヒュー卿?」

「みんなに指示を出しているんだ」

「わたしの見間違いでなければ、一緒に働いているように見えるけど」

彼は年上の男にタイルを放った。受け取った男はまた別の男に渡し、その男は四五度の斜度をつけた長いおろし樋《どい》にタイルを落とした。タイルは下で待っているふたりのうちひとりに取りあげられ、さらに数人の手を経て、注意深く積み重ねられていく。

「見間違いだろう」

「きっとそうね」ミリーは叫び返し、フィッツヒュー卿は作業に戻った。

肉体労働は紳士のするべきことではないと言われる。だが考えてみれば、イートン校時代のフィッツヒュー卿は運動一色だった。秋学期にはサッカー、春学期には陸上競技、夏学期はクリケット。結婚して体を動かさなくなったことも憂鬱の原因のひとつかもしれなかった。北棟の取り壊しは、自分の人生を狂わせた屋敷を破壊するという満足感はもちろんのこと、彼の鬱積した精力にはけ口を与えたようだ。

同時に、夕食時の話題を提供してくれた。夕食は一日でふたりが顔を合わせる唯一のときだったが、ふだん時間は短かった。だらだらと食事をする理由もない。実際、フィッツヒュー卿はいまだに学生のような勢いで食べるので、ミリーはとてもついていけないのだ。

ところが解体中は会話もはずみ、彼女ははじめて屋根裏にコウモリが巣をあることを知った。漆喰《しっくい》の壁の中でかびが繁殖していること、雇った中で最年長の男には、若い頃クリミア戦争で戦った経験があることも知った。

いっぽうミリーは、さまざまな改装計画を話して聞かせた。発電装置を作って家中に電気を通し、配管を新しくするのだ。

「ロンドンで売りつけられそうになった水洗トイレ、すごいのよ。信じられないことに、便器に女王の顔が描いてあるの」

フィッツヒュー卿はラム肉を喉に詰まらせた。「嘘だろう」

「本当よ。びっくりしたわ。でも売主は、無礼には当たらないと言うの」

「それだけは買わないでほしいな。どう考えても無理――」ふたりは一瞬顔を見合わせ、同時に吹きだした。

「わたしも無理よ、絶対！」ミリーも笑いながら言った。「うちの新しい便器は青の琺瑯《ほうろう》にするわ。白いデイジーの模様入りの」

彼がまた喉を詰まらせた。「デイジーだって？」

「もう少し男性的なものを探したんだけれど。本当よ、たとえば内側に狩りの場面や竜が描いてあるもの。でも、そういうのはないみたい」

「デイジーか」フィッツヒュー卿は呆れたように言った。「友人たちはみんな、笑い転げるだろうな」

彼が友だちを家に呼ぶことをほのめかしたのははじめてだ。一瞬、ミリーの想像力が暴走し、友人でいっぱいの客間を脳裏に思い描いた。活気と笑い声に満ちた陽気な一団の真ん中にいるふたりが、フィッツヒュー卿とレディ・フィッツヒューだ。誰かがグラスを掲げて言う。〝われらがホストに〟

「ここには誰も招くつもりはないからいいが」現実のフィッツヒュー卿が言った。

ミリーはうつむいて皿を見つめ、がっかりした顔を見られないようにした。

この結婚がいわゆる政略結婚であることはわかっている。それでも共通の目的に向かって作業をしているとき、秘密の〝修繕〟を企《たくら》んでいるとき、テーブルの向かいで彼が笑っているとき、自分たちがともに何かを築いているような気になってしまう。

もちろん築いている。よりよい住まいを。

ほかには何もない。

フィッツヒュー卿はしばしばヘンリー・パークを離れた。たいがい朝に屋敷を出て、夜に戻ってくる。オックスフォードに寄ってヘレナやヘイスティングス卿に会い、ときには大学からさほど遠くないところに住むヴェネチアを訪ねていく。だが、まれにしばらく家を空けることもあった。

夫が一週間ほど出かけたとき、ミリーは母を屋敷に招待した。父は北棟のことを知ったら激怒するだろう。でも母なら、適切に維持できない屋敷を抱えて自分たちや跡継ぎが苦労することのないようにという、ふたりの判断を理解してくれると思ったのだ。

ミセス・グレイヴスは屋敷を訪れたとき、北棟があったところが骨組みだけになっているのを目にして唖然《あぜん》とした。「これは誰の考えなの?」ぽかんと口を開けたままできく。

「ふたりで決めたの」ミリーは答えた。口調に少しばかり誇らしさが交じるのは抑えようがなかった。「この件に関しては完全に意見が一致したのよ」

ミセス・グレイヴスはさらに一分ほど、北棟の残骸を見つめた。それから微笑んで、ミリーの手をぎゅっと握った。「よかった。そうやって一緒にいろいろ決めていけるといいわね。それが土台となって、ふたりの生活が築かれていくと思うわ」

一一月の終わりだった。寒く、じめじめした日が続いていた。ミリーはミセス・グレイヴスと一日のほとんどを室内で過ごし、ココアを飲んだり、さまざまな問題について話し合ったりした。けれども母が帰る日になって、まぶしいばかりの青空が広がった。ふたりは敷地内を散策することにした。

ミリーは母を塀で囲った家庭菜園に案内した。いまだに人手不足で、使用人を雇うのに忙しい段階だが、庭作りははじまっていた。

ミリーは南の塀に沿って垣根仕立てにしたりんご、梨、マルメロの木々を手で示して言った。「新しい庭師頭のミスター・ジョンソンは、この果樹は残しておいたほうがいいと考えているの。先週、何年も伸び放題だった雑草を刈り取ったところよ。料理人のミセス・ギブソンは、実をジャムや砂糖煮にするのを楽しみにしているわ」

「来年、実をつけそうなのはここにある木だけなの？」ミセス・グレイヴスは尋ねた。「お父さまが知りたがっているんだけれど」

「いちごの苗も植えたの。それも実がなるでしょう。もっとも、お父さまが言っているのが孫のことなら、残念ながらもう少し待ってもらうしかなさそうだわ」

「フィッツヒュー卿はあなたの寝室に来ないの？」

恥ずかしさで顔が真っ赤になったが、ミリーは平然と答えた。

「それもふたりで話し合って決めたことのひとつなの。お父さまができるだけ早く孫をと望んでいるのは知っているけれど、フィッツヒュー卿もわたしもいまは子供をほしいと思っていないし、こういう問題に関しては自分たちの意志が第一だと考えているわ。お父さまの望みではなくてね」

ミセス・グレイヴスは何も言わなかった。ふたりは雑草のはびこった花壇や古びた蜂の巣箱――とうの蜂は花を求めてほかへ旅立っていた――の脇を歩いた。

「自分の庭はどうするの？　何か考えている？」

ミリーはほっと息をついた。母が黙認してくれたことがありがたかった。

「ええ、考えているわ。でも、まだ何も手をつけていないの」

ミセス・グレイヴスは娘の腕に腕を絡めた。「忘れないで。庭は春を呼ぶわ」

ミリーは誰もいない屋敷のほうを見やった。「それで幸せになれるかしら？」

「わたしには答えられない。でも、少なくともやることと居場所、それに先の楽しみを与えてくれるはずよ」母は手袋をした手をつかのまミリーの頬に当てた。「それを幸せと言えるかどうかはわからないけれど、はじめの一歩としては悪くないんじゃないかしら」


日曜日の午後、フィッツは屋敷に戻った。

使用人には休みを取らせており、邸内はしんとしていた。たまっていた郵便物に目を通す。クレメンツ大佐からの手紙があった。夫妻でクリスマス後に訪ねてくるという。

フィッツはさっそく妻を探しに行った。

彼女は屋敷の中にはいなかった。庭を探し、厩舎《きゅうしゃ》をのぞき、流れの滞った川の近くまで行った。だが、どこにも姿が見えない。北側から屋敷のほうに戻ると、金づちの音が聞こえてきた。

今日は日曜日だ。村の男たちは酒場にたむろしている。働いている者はいないはずだ。

壁をまわり込むと、妻が帽子もかぶらず、だぶだぶの服に茶色のマントという格好で、すでに母屋から切り離された部屋に立っていた。小さな金づちを持ち、暖炉を壊している。マントルピースの正面を砕き、いまはその下のれんがに取りかかっていた。扉はすでになくなっている。フィッツは窓枠を軽く叩いた。

彼女がはっと振り返った。「あら、帰っていたのね」

「何をしている？」

「ほら、あなたもこれをやっているとき、楽しそうだったでしょう。だからわたしも試してみようと思って」

この結婚で幸せになれなかったのは自分だけではないということを、フィッツはすぐに忘れてしまう。彼女だって、何かを壊したい衝動に駆られるときがあるに違いない。

「手にまめができるぞ」

「まだ大丈夫よ」

彼女はまた金づちを振りあげ、れんがをいくつか叩き落とした。そのはずみで、きっちり結った髪——既婚女性としても一七歳には老けた髪型だ——が幾筋かほどけた。

フィッツは外套《がいとう》を脱ぎ、ひとまわり大きな金づちを手に取った。

「ぼくも手伝おうか？」

妻が驚いた顔で彼を見た。「お願いするわ」

ふたりは規則的なリズムで暖炉を打った。紅茶のカップを持つ以上に腕力を使うことはしたことがない少女にしては、妻は金づちの使い方が巧みで、力強かった。交互に金づちを振りおろしたが、彼女はちゃんとフィッツのペースについてきた。

それでも暖炉の名残りがただのれんがの山になる頃には、どちらも荒い息をついていた。彼女は胸に手を当て、頬を紅潮させて言った。「これでいいわ」

フィッツは金づちを放り投げた。「食べるものはあるかな?」

「貯蔵室にスポンジケーキとビーフパイがあるはずよ」

ふたりは厨房に向かった。いくつかのスープ鍋が火の上でぐつぐついっている。フィッツは空の鍋に水を満たし、火を強くして沸かした。いっぽう妻は食器類を探し、スポンジケーキとビーフパイを見つけてきた。

「彼が恋しいのか?」ビーフパイを食べ終えると、フィッツはきいた。

妻がいぶかしげに片方の眉をあげた。

「だから暖炉を壊していたんじゃないのか?」

彼女は肩をすくめた。「かもね」

ふいにフィッツは妻が気の毒になった。自分は数時間すべてを忘れさせてくれる相手をいつでも見つけることができる。彼女はどうやって悲しみを紛らわせているのだろう?

「ロンドンはどうだった?」妻がきいた。「楽しかった?」

その質問には含みが感じられた。フィッツがロンドンで何をしてきたか、ちゃんと承知しているのだ。まったく、彼女は思っていたほど初心《うぶ》ではないらしい。

「まあね」

「そう、それならよかったわ」

その口調に何か引っかかるものがあった。「本当にそう思っているのか？」

妻はまっすぐに彼を見た。生娘らしい無邪気な顔つきに戻って。

「あなたに楽しい思いをしてほしくないわけがある？」

答えられなかった。そこでクレメンツ大佐の手紙を渡した。

「大佐が訪ねてくるらしい」

彼女はさっと手紙を読んだ。感心なことに眉ひとつ動かさなかった。

「お茶がすんだら、もう少し北棟の取り壊しを進めたほうがいいかもしれないわね」


「覚悟はいいかい？」クレメンツ大佐とミセス・クレメンツを乗せた馬車が見えてくると、フィッツは尋ねた。レディ・フィッツヒューはうなずいた。一番地味なドレスを着て、髪をまたきっちりとひとつにまとめている。今回はフィッツも不満は言わなかった。未成年ふたりが手ごわい大人と対峙《たいじ》するのだ。年齢相応に見える必要はない。

「あなたのほうは？」妻が小声できいてくる。

「正直に言うと、武者震いしているよ」

「来た、見た、壊した（ローマ軍の勝利を伝えたカエサルの言葉〝来た、見た、勝った〟をもじったもの）」彼女は淡々と言った。

「ああ、まさに」

馬車は屋敷の前で止まった。私道は北棟が建てられたあと、来客にその増築部分を見せびらかすべく舗装し直してあるので、大佐はすでに屋敷の一部がなくなっていることに気づいているはずだ。

実際、ふたりが歓迎の言葉を口にする間もなく、大佐は吠えた。

「この屋敷はどうなっているんだ、フィッツ？」

「大佐」フィッツは言った。「ミセス・クレメンツ。わざわざお越しいただいて、ありがとうございます」

「まあ、なんてすてきなブローチなんでしょう、ミセス・クレメンツ」レディ・フィッツヒューがはしゃいだ声を出した。「どうぞ中にお入りください」

クレメンツ大佐は簡単にははぐらかされなかった。

「わたしの質問に答えなさい。ここの屋敷はどうなっている？」中に通されながらも、大声で怒鳴った。

フィッツは冷や汗が出るのを感じた。「いまも修復中なんです。不便はご容赦ください」

「修復だと？　建物の半分がなくなっているぞ」

「修復が予期しない結果を生むことも、ままあるものです」

「こんな結果は許されない。北棟を建て直しなさい」

「もちろん屋敷はきちんとした形にするつもりです。もっとも、今夜すぐというわけにはいきませんわ」レディ・フィッツヒューが年に似合わぬ自信と如才なさで言った。「お茶はいかがです、ミセス・クレメンツ？」

大佐は話題を変えさせなかった。「信じられんな。きみは自分の屋敷を半壊させて黙っているのか、レディ・フィッツヒュー」

フィッツは息を吸った。クレメンツ大佐が過剰反応しているというふりをするのと、彼の憤怒《ふんぬ》をまともに受けとめるのはまるで違う。ところがレディ・フィッツヒューは少しもひるまずに答えた。「わたしが黙っているとおっしゃいました、閣下？　とんでもありません。そもそも、わたしの発案なんです」

彼女は大胆というだけではない。とんでもなく肝が据わっている。クレメンツ大佐は紅茶を吹きそうになった。「どういうことかな、お嬢さん？」

「北棟がもっときちんと建てられていたら、フィッツヒュー卿もわたしも修復する努力をしたでしょう。けれども、この建物は設計も建て方もずさんです。いま修復したとしても、この先永久に修復しつづけなければならず、維持するためにはかぎりない出費を強いられることになります。かぎりない資産を持っている人なんていません。ですから、わたしたちは自分たちで維持できる程度の慎《つつ》ましい屋敷にすることを選んだのです。

別の解決方法としては、いずれは生まれるであろう長男に裕福な女性と結婚させるという手もあります。ですが、それにはわたしは断固反対です。フィッツヒュー卿がそういう宿命を負いました。悲劇は一度でじゅうぶんです。わたしの息があるうちは、同じことは繰り返させません」

きわめて理路整然とした話し方で、しかも親しげな笑みを絶やさない。それでも言葉の裏にある激しさは隠しようがなかった。クレメンツ大佐もしばし口がきけなかった。そしてフィッツは――自分の結婚相手が月並みな女性ではないことを、はっきり思い知った。

紅茶が運ばれてきた。レディ・フィッツヒューが全員のカップに注いだ。

「おいしいお茶ね、レディ・フィッツヒュー」ミセス・クレメンツが言った。

「ただの詭弁《きべん》だ」ようやくクレメンツ大佐が口を開いた。「この屋敷は限定相続となっている。勝手なことをするのは法律上――」

「あなた、あまり若いおふたりを困らせないで。こちらのサンドイッチを少し召しあがったらいかが？」ミセス・クレメンツがぴしゃりと言った。「ところで、レディ・フィッツヒュー、サマセット州をどう思うか教えてちょうだいな」

それで話は終わった。

お茶がすみ、クレメンツ夫妻が着替えをするため部屋に案内されていくと、フィッツは妻に近づいてその手を握った。「さすがだ。よくやった」

レディ・フィッツヒューはその仕草に驚いたように彼を見た。それから微笑んだ。そうやって笑うと、彼女は愛らしかった。きれいにそろった歯がのぞく。

「あなただって、よくやったわ。このあとは大佐の滞在中、いっさい逆らわないようにしましょうね」

フィッツは彼女の意をくんでうなずいた。「ああ、おべっか使いになりきるさ」

北棟はすべて破壊されたわけではない。大部分は注意深く保存された。たとえばサンルームのガラス板は温室の建て直しのために取っておいたし、外壁の石はのちに行う厨房の修復用、屋根のタイルは鳥小屋用や鳩舎《きゅうしゃ》、きのこ小屋用となった。

それにしても不思議なのは、フィッツヒュー卿が幅五メートルほどの壁を残してあることだ。どうして取り壊さないのか尋ねてみると、彼は軽い調子で答えた。

「ぼくたちがまた何かをぶち壊したくなったときのためさ」

そのときはまず、ふたりの結婚記念日——特別なことは何もなく過ぎた——のあと、一週間ほどしてやってきた。

早朝、ミリーの居間に金づちの音が聞こえてきた。疑問に答えてくれたのは《タイムズ》紙だった。ミス・ペルハムの母親が娘とアングルウッド大佐の婚約を発表していた。その名前はどこか聞き覚えがあった。結婚式の来客名簿を引っぱりだしてみると、そこにアングルウッド一族の名前が載っていた。アングルウッド大佐はフィッツヒュー卿のイートン校時代の級友か、その兄らしい。

正午になると、ミリーは夫にサンドイッチと紅茶の入ったポットを持っていった。彼はシャツ一枚で窓ガラスのない窓台に座り、壁に頭をもたせかけていた。手にはアリスをのせている。

「お気の毒に」苦しむ彼を見るのは胸が痛んだ。

フィッツヒュー卿は肩をすくめた。「よくある話だ」

「もう少し時間が経ってからなら、と思っていたでしょう。いいえ、できたらずっとひとりでいてくれたら、と」

「誰にも渡したくないという思いはもちろんある。とはいえ、彼女にひとりで生きていってほしいとも思わない。結婚したほうが彼女のためなんだ。ただ考えてしまうと――」

彼は空を見あげた。「彼女の近況はまったく知らない。結婚したとき、完全に縁を切ると決めた。だから婚約のいきさつはわからない。気にはなるよ。彼女がひとりでいることに耐えられず、アングルウッド大佐にイエスと言ったのではないかと心配でたまらない。もちろん愛し合って結婚したという可能性もある。それなら安心か？　ぼくもうれしいか？　うれしくはない。彼女が不幸なら、ぼくも不幸だ。彼女が幸せでも、ぼくはここに来て、金づちで壁をぶち壊す」

ミリーはどうしていいか、なんと言っていいかわからなかった。涙があふれ、気づかないうちに頬を伝った。どうして涙が出るのだろう？　夫の悲しみと自分の悲しみがなぜだか同化してしまうのだ――取り戻せないものへの思いと、はじめから手に入らないものへの憧れが。

彼女は見られる前に涙を拭いた。

「それはともかく」フィッツヒュー卿が言った。「昼食をありがとう。きみもやることがたくさんあるんだろう」

言い換えれば、いまはひとりになりたい、ということだ。

「あるけれど──明日にまわしても大丈夫よ」思いきって言ってみた。

彼は軽く首を横に振った。「せっかくだが、ここは暑いし、ほこりっぽい」

「そうね。じゃあ、中に戻るわ。ずっと過ごしやすいし」

夫はミリーを見なかった。アリスを、愛しいアリスをじっと見つめていた。

いつになったらわかるのだろう、ふたりの悲しみが同じなはずはない。ミリーは夫のそばにいる機会があれば、それがなんであれ──ほかの女性への思いを聞かされることになってもうれしい。けれど、彼はときにミリーの姿を目にすることも耐えられなくなるのだ。

多少は心を通わせたように思えても、結局のところ彼女はいまも、そしてこの先も、フィッツヒュー卿にとっては本来手にするはずの幸せを奪った運命の象徴でしかないのだろう。


夫への思いは捨てよう、とミリーは決意した。

どうしてもっと早くそのことを考えなかったのかわからない。恋に落ちたとき、当然のようにその恋は永続的なもの、生きているかぎり続くものと思い込んだ。

よく考えてみれば、必ずしもそうではない。この愛が特別というわけではないのだ。わたしはただの若い娘で、同年代の容姿端麗な若者にのぼせあがっているだけ。愛と思っていたものは単なる独占欲なのかもしれない。彼の愛もまた、ミス・ペルハムの心と体を自分のものにしたいという、似たような衝動にすぎないのかもしれない。

世の中には本当に困難なことがある。たとえばナイル川の源流を探し当てること。南極を探検すること。でも、決して振り向いてくれない男性への思いを断ち切ることが不可能な挑戦であるはずがない。

アリスの様子がおかしかった。もう九月だ。本当なら長い冬眠に備えて脂肪を蓄えようと、たらふく食べる時期だった。ところが食欲がない。フィッツはありとあらゆる種や果実、木の実を与えてみた。長い散歩に連れだし、アブラムシなど興味を持ちそうな小さな虫を探しもした。庭師たちにさまざまな植物を発芽させてもらい、春以来口にしていない新鮮な葉の芽を与えた。

何をしても効果はなかった。アリスはあいかわらずほとんど食べず、起きている時間もだるそうにしていた。目がどんよりして、息は苦しそうだ。

年を取ってきているのだ。しかしフィッツは、せめてあと一年はもってくれると思っていた。あと一二か月は穏やかに眠り、うれしそうに食べ物をかじってくれるだろう。アリスが永遠に生きるわけではないという事実を受け入れるための期間が、あと三六五日はあるだろう。そう思っていたのだ。

早すぎる。しかもイザベルの結婚式が迫っていた。婚約期間は短く、式はアングルウッド大佐の帰国休暇が終わる前に執り行われる。新婚旅行はスペインとイタリア。その後アングルウッド大佐の駐屯地、インドへ向かう。

フィッツも大佐となったあかつきにはイザベルと結婚するつもりだった。インドからの帰国休暇中に。そしてフランスとイタリアを経て、ともに過ごす新しい生活の地へと向かうはずだった。ついに結婚できたという喜びと幸せに浸りながら。

ふたりで計画した人生を、彼女は精いっぱい実現したのだ。フィッツ抜きで。

イザベルの手紙はまだ持っている。写真も全部ある。しかし、どれも静止状態のもの、過去のある一瞬を切り取ったものだ。だがアリスはふたりが幸せだったとき、将来を夢見ていたときの、生きた象徴だった。アリスがいるかぎり、ふたりのつながりが断たれることはなかった。時間も距離も問題ではなかった。

けれどもアリスが、美しいアリスがいなくなったら……。

フィッツのまわりでは生活は続いている。屋敷の修復も仕上げ段階に入っていた。床が張り替えられ、壁紙も新しくなり、つややかな青の琺瑯の便器がひとつ、またひとつと備えつけられた。妻は花でいっぱいの庭園を作る、壮大な計画を練っている。いばらや藪《やぶ》は一掃され、球根の大袋と一緒に、天然肥料となるペルー産の鳥糞《ちょうふん》が山と届けられた。春には花々が色鮮やかに咲き乱れるだろう。

ときおり妻がつばの広い帽子をかぶり、設計図を手に庭師とあれこれ相談している姿を見かけた。寸法を測りながら、ここに新しい花壇を作って、小道を敷いて、と話し合っている。

動揺してはいたが、フィッツは毎日アリスを連れて書斎に向かい、執事、建築士、作業長と会った。借地料を受け取り、揉めごとがあれば調停を行った。そしてクレメンツ大佐に週間報告書を書いた。

ある意味、彼は妻に似てきていた。禁欲的で、何があろうと務めは果たす。

いっぽうのアリスはそうはいかなかった。

「おまえはいずれ冬眠中に逝くものと思っていたよ」フィッツはアリスのために作ったやわらかな綿布団を直してやりながら、話しかけた。「知らないうちに天国に行くほうが楽だろうに」

アリスは苦しげに息をしている。目は閉じていた。衰弱しきって、小さな足の片方をときおり引きつらせる以外は、ほとんど動くこともできない。

「おまえは美しいところへ行く。そこはいつだって春だよ。ぼくは一緒に行けないが、おまえのことは忘れない。きっとまわりに新鮮な葉の芽やヘーゼルナッツがいっぱいある。そうしたら、またおなかがすくさ。そして若返る」

アリスは息をしなくなった。

フィッツは泣いた。涙がとめどなく流れた。「さようなら、アリス。さようなら」


フィッツヒュー家にイザベル・ペルハムの結婚式の招待状が届いた。だが、ミリーもフィッツヒュー卿も出席しなかった。

というより、ミリーの知るかぎり、フィッツヒュー卿は出席していない。彼女は田舎の屋敷でひとり過ごし、夫はどこかへ出かけていた。実際のところ、何日家を空けたのか数えてさえいなかった。七日以上一〇日未満だろうという程度だ。

フィッツヒュー卿は結婚式の二日後に帰ってきた。また金づちの音が響くかと思ったが、ミリーの部屋の開いた窓からは風の音と、作業員が仕事に励んでいる音しか聞こえてこなかった。

好奇心が、知らぬふりを通そうという決意に勝った。崩れかけた壁が見おろせる部屋にそっと入る。フィッツヒュー卿はその前に立っていた。旅行服を着たままで、片手を壁面についている。やがて手を壁に沿わせたまま、ゆっくりと歩きだした。まるではじめてポンペイの遺跡を調べに来た考古学の学生のように。

ミリーは午後の散歩に出た。戻ってみると彼はまだ同じ場所にいて、指先に煙草をはさみ、石壁にもたれていた。

妻が近づいてきたことに気づいたのか、フィッツヒュー卿が顔をあげた。悲しみと切なさに満ちたその表情がすべてを物語っていた。

「結婚式に行ってきたのね」ミリーは前置きなしに言った。

「いいや。でも、行くには行った。中には入らなかった」

「彼女が誓いの言葉を交わしているあいだ、教会の外で待っていたということ？」

みじめったらしくて、感傷的なふるまいだ。こんな人を愛しつづけてどうなるの？　それでも彼の気持ちを思うと、ミリーの胸は張り裂けそうになった。

「ふたりが教会から出て、待っていた馬車に乗り込み、走り去るのを見守っていた」

「彼女はあなたに気づいた？」

「いいや、気づいていない」フィッツヒュー卿は小声で答えた。「人込みの中に紛れていたから」

「美しい花嫁さんだったでしょうね」

「ああ、すばらしく美しかった。花婿は感極まった様子だった。彼女も幸せそうだったよ」

顔をあげて続ける。「彼女の結婚式の日が来るのが怖かった。だがこうして過ぎてしまうと、なんとなく……ほっとしている。ついに来るべきときが来た。彼女は別の男の妻となった。それについて思い悩む必要はもうない」

「じゃあ――心から彼女の幸せを願えるの？」

「相手がぼくだったらと思う。彼が妬ましい。この気持ちはずっと消えないだろう。それでも彼女が花婿に微笑みかけるのを見たとき、肩の荷がおりたように感じた」

フィッツヒュー卿はミリーを見た。「自分が思ったほど利己的でないとわかって、ほっとしたよ」

そんなこと言わないで。いまさら寛大で気高い心を見せないで。

彼はポケットに手を入れ、絹布で包んでリボンをかけた小さな包みを取りだした。

「これはきみに」

「誕生日の贈り物はもうもらったわ」

「ヴェネチアに先を越されたけどね。きみはずっとぼくを支えてくれた。なのに、これまで感謝の気持ちをきちんと示したことがなかった。それでも心から感謝してることはわかってほしい」

やめて。ほとんど声に出かかった。お願いだからやめて。

「きみはぼくがウイスキーにおぼれるのを止めてくれた。クレメンツ大佐が訪ねてきたときも、そばにいてくれた。きみはいつも、いつもやさしかった。いずれぼくも、きみを支える立場になれたらと思っている」

ミリーは唇を噛んだ。「その包みの中は何？」

「ラベンダーのさし穂だよ。きみの庭にどうかと思って。メイドから、きみはラベンダーが大好きだと聞いたんだ。イザベルの結婚式のあと、レディ・プライヤーの店に行って、いくつかさし穂を用意してもらった。本来なら春に植えるほうがいいのはわかっているが、秋でも大丈夫だろう」

ミリーは包みを開けた。ラベンダーの小さな枝が入っていた。

「明日にはもっと届く。でも、これだけは直接渡したかったんだ」

「こんなこと、してくれなくていいのに」本当にいいのに。彼への思いを断ち切ろうと必死に努力してきたのに、すべてが無駄になってしまった。

「ぼくたちがこれまでここでしてきたのは、壊すこと、これ以上の荒廃を防ぐことだけだった。これからは何かを育てよう。新しいもの、ぼくたちふたりのものを」

何を言っているのか、あなたはわかっていない。自分の言葉がわたしの胸にどんな希望をかきたてることになるか、まるでわかっていない。

「ありがとう」ミリーは言った。「花が咲いたら、さぞきれいでしょうね」

8

一八九六年

「ラベンダーの蜂蜜ね」イザベルはガラス瓶の手書きのラベルを読んだ。

「ぼくの記憶が正しければ、きみは蜂蜜が好きだっただろう」フィッツは言った。「ヘンリー・パークでできた蜂蜜なんだ。すごくおいしいよ」

格子縞の布でくるんだ瓶の中には、金色に輝く美しい澄んだ液体が入っている。

「まあ、ラベンダーの蜂蜜ができるなんて、相当広いラベンダー畑があるのね」

「ああ、何エーカーと広がっている。壮観だよ。とくに三か月ロンドンで過ごしたあとに見ると」思い浮かべるだけで誇らしさがこみあげ、胸が熱くなる。あれほどの光景はほかにない。

「何エーカーもあるラベンダー畑の話なんて、一度もしてくれなかったわね。わたし、ヘンリー・パークは廃墟《はいきょ》同然なんだと思っていたわ」

「廃墟同然だったよ。ぼくの代になってはじめて、ラベンダー畑ができたんだ。といっても、ほとんどがレディ・フィッツヒューのおかげだが。彼女は庭作りに情熱を注いでいてね」

瓶を持ちあげ、光に当てて眺めていたイザベルがふいに手をおろした。

「彼女の庭でできたものをくれようというの？」

その口調には不信感と不満が交じっていた。ただの贈り物なのに。深読みしすぎだ。

「ぼくたちふたりの庭だ」フィッツはきっぱりと言った。「ぼくが最初にレディ・プライヤーの店でさし穂を買った」

イザベルは唇をすぼめた。「だったらもっと悪いわ。つまりこれは、あなたたちの共同作業の賜物というわけね」

「きみが一緒にいるのは既婚者なんだ。ぼくの生活の大部分は妻と重なっている」

「わかっているわよ」彼女はいらだたしげにため息をついた。「だけどそう言われても、わたしの気持ちは晴れないわ」

朝食の席で蜂蜜の瓶を見かけ、イザベルがトーストに塗るのが好きだったことを思いだし、家政婦に未開封のものはあるか尋ねた――それだけのことだった。だが、なにごともそう簡単にはいかないらしい。

「気に入らないなら持ち帰る。ほかにきみが喜びそうなものを探してくるよ」

「気に入らないわけじゃないわ。もちろん、あなたがくれるものならなんだってうれしい」

イザベルは唇をわずかにゆがめて言った。「ただ、たまらないの――あなたの人生にわたしの知らないことがたくさんあると思うと」

「じきに変わるさ。ぼくと妻だって、結婚したときには何ひとつ共通点がなかった」例として挙げたのは失敗だったと気づき、フィッツはあわててつけ加えた。「時間がかかるというだけのことだよ。ぼくたちは離れていた年月を埋め合わせなくてはいけない。そこから新しいものを築いていくんだ」

「まるでわたしたちのあいだに距離があって、橋を渡す必要があるというふうに聞こえるわね」

そう反論されて、フィッツは面食らった。「しかたないことじゃないのか？　ぼくたちは変わった。かつてのようにお互いをわかり合うのに、少しばかり時間がかかるのは当然だ」

「わたしは変わっていないわ」イザベルの口調が激しくなった。「もちろん結婚したし、出産も経験した。でも、わたしという人間は前と少しも変わっていない。あの頃のわたしをわかっているなら、いまのわたしのこともわかっているはずよ」

「わかっているさ。ただ、もっとわかりたいし、わかり合えるはずだと思う」自分の耳にも言い訳めいて聞こえる。

「奥さまとはとことんわかり合えているわけ？」

なぜまた妻の話題に戻ってしまうのか、フィッツにはわからなかった。

「たしかに妻の一日の予定は自分のと同じくらいよく知っている。性格もわかっている。ただ、レディ・フィッツヒューは感情を表に出さない女性でね。何を考えているかはよくわからない」

「わたしはどう？　何を考えているかわかる？」

そう尋ねてくるイザベルの表情は半ば挑戦的で、半ば悲しげだった。自分が過剰反応しているのはわかっているものの、それを認められずにいるのだろう。フィッツは微笑んだ。安堵感から。「きみは——少なくともきみの一部は、話題を変えたいと思っている」

「そうかもしれないわね。奥さまがあなたの心の中には入り込んでいないという確信さえ得られれば」

「ばかなことは考えるな。妻を愛していたら、なぜぼくはいまここにいる？」

その理屈は通ったらしい。イザベルははにかむような笑みを浮かべた。

「新婚旅行の話をしない？　あなたの六か月が終わったあとに旅行へ行くところ」

「真冬になるんじゃないか？」

「そうよ」彼女の瞳が輝きはじめた。「あたたかいところへ行ったほうがいいわね。ニースなら気候は完璧よ。でも、冬は人でいっぱいかしら。知り合いとしょっちゅう鉢合わせするわけにはいかないから……。マジョルカもいいわね。イビサ島とか、カサブランカもすてき」

フィッツの胸に戸惑いが広がった。いまやヘンリー・パークのクリスマスは、家族や友人が大勢集まる恒例行事となっている。どことも知れぬ土地へ旅するために、せっかくの催しを縮小したくはなかった。それにクリスマス直後に妻を置き去りにするのは、さすがに気が引ける。

おそらくフィッツも彼なりに、妻のように感情を隠すことが巧みになっているのだろう。イザベルの熱のこもったおしゃべりは続いた。スペインの地中海沿岸には風光明媚《めいび》な観光地が無数にあるらしい。彼女はフィッツが自分ほど乗り気でないことには、まったく気づいていなかった。

とはいえ、これでいいのだとも思う。自分はいまの平穏な生活に慣れきってしまった。習慣はときにふるい落としたほうがいいのだ――あまり凝り固まってしまわないうちに。それにしても、イザベルが新生活のはじまりにこれほど期待をかけないでくれたらいいのだが。結局のところは不倫の関係なのだ。人目につかないよう控えめに行動するべきではないか。

だが、イザベルはイザベルだ。つねに衝動的、情熱的で、生気に満ちあふれている。彼女が少しばかり楽しい想像をめぐらせたからといって、やしの木とあたたかな海を思い描いたからといって、責めるのは間違っている。

ただ、一月にミリーをひとり屋敷に残して出かけるのは気が重い。一年で一番寒い日に、温室の扉を開けたままにして出かけるような気分だ。戻ってみたら、大切に育ててきた植物たちはすっかり枯れているだろう。そんな冷酷な仕打ちに耐えることができずに。

ヘレナは自分の見たものが信じられなかった。アンドリュー！　彼が駅のホームに立っている。ほんの五、六メートル先で列車を待っていた。

メイドのスージーに新聞と、駅の外で行商人が売っている炒《い》った木の実を買いに行かせた。

スージーが人込みにのまれたのを確認してからアンドリューに近づき、そっと肩を叩く。彼の顔に浮かんだ驚きと喜びの表情は、長い別離のときを埋め合わせるにじゅうぶんだった。

「ヘレナ」アンドリューは恭しく言った。もっとも、その静かな声は駅の騒音にほとんどかき消されたが。

アンドリューの色合いはヘレナを少しぼかしたような感じだ。黄色がかった赤褐色の髪にはしばみ色の瞳。付き合いはじめた頃は、よく話題にのぼった。どちらもきょうだいの中でひとりだけ赤毛。ヘレナのきょうだいはみな漆黒の髪で、アンドリューのほうはみな金髪だ。彼はえくぼがあり、髪がいつも少し乱れていて、しじゅう机に向かっているせいか猫背気味だった。ぼくはきみより髪の毛一本分、背が低い――彼はよく冗談めかしてそう言い、屈託なく笑った。

アンドリューはつねに温厚で誠実だった。斜に構えた人間の多いこの世の中には珍しい、知性と純粋な心をあわせ持った人だ。

「アンドリュー」両手で彼の手を握りしめかったが、さすがに人前でははばかられた。代わりに握手をして、ほんの少しだけ長めに指を絡めた。「どこかへ行くところ？」

「ああ。読みたい文書があって、ボドリーに」アンドリューは学生の頃から、オックスフォード大学にあるボドリーことボドリアン図書館で多くの時間を過ごしていた。「きみは？」

「ヴェネチアが今日、新婚旅行から戻ってくるの。だから、その出迎えに」

「偶然だね。個人的にお祝いを言う機会がなかったから、うれしいよ」そう言ったものの、アンドリューは唇の端を嚙んだ。「でも彼女はもう、ぼくには会いたくないかもしれないな」

「いったいなんの話？」

握手の際、彼は右手の手袋をはずしていた。いまはそれを落ち着かなげにいじっている。

「ぼくは、その——きみの兄上が——知らないのか？」

「フィッツ？」いやな予感がした。「兄が何をしたの？　まさか、あなたを訪ねていったんじゃないでしょうね？」

だからアンドリューは突然、会うのをやめようなどと手紙を書いてきたの？　わたしの評判だのなんだのにかかわるから、と理由をつけて。

「兄上は非常に紳士的だったよ。でも彼の言うとおりだ、ヘレナ。ぼくたちのしていることは危険きわまりない。きみの名に傷がつくようなことになったら、ぼくは生きていけないよ」

つまりフィッツはずっと前から知っていたのだ。ヴェネチアとミリーも。この情事に積極的だったのは、どちらかといえばわたしのほう。それなのに兄はあえてアンドリューと話をするほうを選び、わたしを蚊帳《かや》の外に置いた。そして何もなかったようなふりをしつづけた。人の人生を左右する決断をしておいて、まるで絨毯の下のほこりを払っておいたとでも言わんばかりだ。

「信じられないわ。そんなこと、わかっていたはずよ。人生には世間の評判より大切なものがあると話し合ったじゃない。幸せを得るためには、危険のひとつふたつは冒す価値があるということで意見が一致したでしょう」

「ぼくだって、いまでもそう思っている。だが、それはことが発覚する前の話だ。ありがたいことに、まだきみの兄上しか知らない。ほかにも誰かに知られたらどうなるかは考えたくもないよ」

ヘイスティングスだわ。彼がフィッツに話したに違いない。

「あなたはいまでもわたしに会いたいと思っている?」

「ヘレナ」アンドリューの声はかすかに震えていた。「わかっているだろう、ぼくはきみに会えるならなんでもするよ。でも、兄上と約束を——」

「兄との約束のほうが、わたしとの約束より大事だということ?」

アンドリューがたじろいだ。「ぼくは——」

視界の隅で、戻ってくるスージーの姿をとらえた。「あなたはわたしにもう一度会うわ。わたしを失望させるようなことはしない人だから、絶対に」

ヘレナは向きを変え、スージーが近づいてくる前に彼から離れた。


ところが振り返ると、数メートルほど離れたところにヘイスティングスが立っていた。うっすらと好奇の表情を浮かべている。アンドリューと話しているところを見られたらしい。

ヘレナは今度は買い物を頼むといった面倒なことはせず、スージーがそばに来ると、ヘイスティングス卿と個人的な話があるからと断って、彼に近づいた。

約束を破ったことを責める前に、ヘイスティングスのほうから切りだしてきた。

「フィッツにはきみの愛人の名は明かさなかった。おかげで、知っていることを全部話さなかったと知られたときには顔をぶん殴られたよ」

「じゃあ、誰が話したの？」

「家族思いのきみのきょうだいが、きみが以前アンドリューと恋人関係にあったことを忘れたと思うかい？　二と二を足して答えを導きだせないとでも？　それに、きみの愛する人からは毎日のように恋文が届いていた。たまたまそれを目にすれば、おのずと相手はわかったはずだ」

アメリカから戻ったあと、言い訳のしようがない手紙が一通だけあった。

「みんな、どうしてわたしには何も言ってくれなかったの？」

「きみが道理に耳を貸すはずがないと思っていたんだろう」

「ひどい話ね」

「耳を貸したというのか？」

「みんな、保守的な考え方を押しつけようとする。でも、それは道理とは違うわ。誰もが同じ論理に従って生きているわけではないのよ」

「それでも、ほかの人たちと同じ約束ごとを守っていくしかないんだよ。自分の行為がどういう結果を引き起こすかを考えれば」

「わたしがまったく後先を考えていないと言わんばかりね」

「考えてはいるだろう。ただ、自分の身に災難が降りかかることはありえないと思っているんだ」

「当然よ。わたしは細心の注意を払っているもの」

「そうか？　ハンティントン家で三晩続けて、きみが逢い引きに出かけ、戻ってくるのを見かけたぞ。きみは見られたことにまるで気づいていなかった。最後の晩には、やはり秘密の逢い引きをしていた別のふたり組が、きみたちのほうへまっすぐに向かっていった。ぼくは彼らの注意をそらさなきゃならなかったよ。そんなことがあったから、きみの家族に話すしかないという結論に達したんだ」

たしかにまるで気づいていなかった。それでもヘレナの怒りはおさまらなかった。

「そのうえ、だましてキスまでして」

「出版に携わる人間なら、言葉の選び方にはもっと注意を払ってほしいな」ヘイスティングスはにやりとした。「誠心誠意、キスをしたはずだぞ」

この好色男。

「ところで、ぼくの本は気に入ってくれたかい？　文章の美しさにため息が出ただろう？」

「いやらしい絵が入った猥褻本のこと？」

「なるほど、読むには読んだわけだ」

「二ページ目を通すだけで、じゅうぶんだったわ」

ヘイスティングスがまたにやりとした。「それほどよかった？」

ヘレナは呆れた。「紙の無駄よ。ところで、あなたはここで何をしているわけ？」

「公爵夫人の出迎えさ。ロンドンまでお連れしようと思ってね。なんといっても、彼女とはきょうだい同然だから。さてと、ぼくは失礼するよ」

「どこへ行く気？」彼の行き先が知りたいからというより、また何か企んでいるのではと気になって、ヘレナは尋ねた。

「フィッツもじきここに来る。マーティンはクヌート一世が領地にする前の東アングリアの歴史については詳しいかもしれないが、見たところ、さっさと引きあげて、きみに会いに来たという印象を人に与えないだけの頭はないらしい」

「わたしに会いに来たわけじゃないわ。たまたまオックスフォードに行くところなのよ」

「それでもフィッツに誤解されないに越したことはないだろう。やましいことをしていないなら、余計な疑いは招かないほうがいい」

ヘイスティングスはぶらぶら歩いていくと、アンドリューの肩をつかみ、ふたりしてその場を離れた。


フィッツが駅に着くと、ヘレナとヘイスティングスが並んで立っているのが目に入った。例によって丁々発止《ちょうちょうはっし》の小気味よいやりとりをしている。その棘《とげ》を含んだ皮肉の応酬を聞くと、フィッツはいつもながらおかしくなり、少しばかり切なくなった。ヘレナはいまだにへイスティングスの長年の恋心に気づいていない。ヘイスティングスの決意と機転の賜物だが、誇りが邪魔をして告白できないなんて、そんな愛は虚しくないのだろうか？

妻も同じなのかもしれない、とフィッツは思った。自由を与えられても、内気な彼女はひそかに思っている人を求められないのではないか？

不思議なのは、その相手がいまだに誰かわからないことだ。彼女が社交界にデビューしたのはレディ・フィッツヒューとなったあとだから、結婚前には若い男性と知り合う機会はほとんどなかったはずだ。ともに暮らすあいだに、フィッツはグレイヴス家と付き合いのある人々と会ったが、彼女がなんらかの反応を示した男性はひとりもいなかった。

「これはこれは、ミセス・アングルウッド！」ヘイスティングスが声をあげた。「こんなところでお会いするとは、なんとうれしい偶然だ」

フィッツははっと物思いから覚めた。黒いベルベットの散歩用ドレスを着たイザベルが、ふっと彼の脇に現れた。そしてヘイスティングスとヘレナに心のこもった握手をした。

「お会いできたのはうれしいけれど、偶然じゃないのよ。フィッツから、公爵夫人が今日の午後お帰りになると聞いてね。わたし、公爵と公爵夫人にお会いしたくてたまらなかったから。もちろん、みなさんにも。ここに集まっていらっしゃるとわかったら、矢も楯《たて》もたまらなくなってしまって」

みなさん――そこにはミリーも含まれる。

イザベル以外の女性だったら、フィッツは彼女が妻の座を奪おうとしていると思うだろう。

だがイザベルは衝動的なだけで、打算的な性格ではない。悪意や策略とは無縁なのだ。

とはいえ、家族の集まりに堂々と割り込んでくるとは、あまりにも配慮に欠ける。ヴェネチアの出迎えのことは、新聞の告示で読んだのだろう。昔の恋人との再会がどれほどロマンティックでも、これはやはり不倫なのであり、フィッツとしては人目につかないよう行動し、妻に対してもできるかぎりの配慮はしたかった。

そう感じているのは彼だけではないようだ。ヘレナとヘイスティングスも、イザベルがわざわざ駅に来て一緒にいるつもりだとわかると、同時にプラットホームの入口のほうを見た。ミリーが来るのは時間の問題だ。

ふたりはそのあと同時に、いぶかしげにフィッツを見やった。イザベルの行動を認めているのか、それとも同じ居心地の悪さを感じているのか、反応を推しはかっているのだ。

ヴェネチアを乗せた列車が駅に入ってきた。彼女と夫のレキシントン公爵が特別車両からおりてくる。今シーズンの前半、ふたりの話題は社交界を席巻《せっけん》しつづけた。最後には突然の結婚でまわりを――家族も含め――驚愕させたのだった。ふたりが結婚を急いだ背景には何かあるのではとフィッツは思っていたが、いずれにしろ自分の目で姉の幸せな顔を見ないことには安心できなかった。ふたりは新婚旅行のあと短期間ロンドンに滞在し、そのまま田舎にある公爵の領地に戻った。そしてようやくロンドンに腰を落ち着け、社交界に顔を見せることになったのだ。まずはフィッツとミリーがふたりのために舞踏会を開くことになっている。その晩にフィッツとミリーの婚姻も成就するはずだった。

もう二日後に迫っている。

ヘレナが手を振った。ヴェネチアが満面の笑みで手を振り返す。駅のざわめきが一瞬静まった。ヴェネチアはたぐいまれな美女で、彼女が登場すると、そのあまりの美しさに場がしんとなることは珍しくない。だがヴェネチアが夫と腕を組んで家族のほうへ歩いていくと、見とれていた人々も徐々に自分の関心ごとへと戻っていった。

ヴェネチアの笑みが、イザベルに気づくなり、ふっと消えた。夫の腕を持つ手に力が入ったのだろう、公爵が妻のほうへ軽く身をかがめた。公爵がどんな質問をしたのかはわからないが、ヴェネチアの答えは口の動きからだいたいわかった。〝問題ないわ。詳しいことはあとで話すから〟

彼女は愛想よくイザベルに挨拶し、夫を紹介した。みな、古い友人同士だ。イザベルとヘイスティングスはペルハム・ハウスでよくいろんないたずらをした仲だし、イザベルとヘレナも昔から馬が合っていた。何年か前にヘレナがぽろりともらしたのだが、フィッツの結婚式が近づいて、イザベルが運命の残酷さに泣いていたとき、ずっとその手を握っていたのはヴェネチアだったという。

ならば、もっと陽気な再会になっていいはずだ。それなのに喜んで興奮しているのはイザベルだけだった。彼女はヴェネチアと公爵の結婚を祝福し、ヘレナはあいかわらず毒舌ねと言ってヘイスティングスをからかい、もう少し生活が落ち着いたらぜひ昔の仲間が集まる晩餐会を開きたいと言った。

誰もが礼儀正しく応じていたが、その顔に浮かぶ笑みは、話が長すぎる司祭を前にしている信徒の表情を思いださせた。

「そうなの」出口とその向こうで待っている馬車のほうに向かいながら、イザベルが言った。「とてもすてきなおうちなのよ。フィッツから聞いている？　そこを見つけてくれたのは彼なの」

探るような視線がいくつもフィッツのほうへ向けられた。

「フィッツは控えめな性格だから」ヴェネチアが言った。「お友だちのために何かしても、それを吹聴《ふいちょう》するような真似はしないのよ」

イザベルは笑った。「控えめ？　フィッツ、いつからあなた、控えめな性格になったの？　どちらかといえば自己顕示欲の塊だったと思うけど」

そうだったのだろうか？　健康で運動好きの若者がよくするように、肩で風を切って歩いていた気もする。目の前であらゆる夢が潰えたことで、いきがった態度もぺしゃんこになったのだろうと人は言うかもしれない。だが本当のところは、空いばりをするくらいなら自信は胸に秘めておくほうがいいと、つねづねフィッツは思っていた。人生に打ちのめされなくても、いずれはそんな虚勢も影をひそめていたはずだ。

「ぼくのような年寄りには謙虚さのほうが魅力的に映るものなのさ」

イザベルがまた笑った。「まあ、おかしなことを」

冗談めかして言ったものの、本音だった。

「ところで、愛しのミセス・アングルウッド、今日はこのあと何をするご予定で？」ヘイスティングスがきいた。

「やることはたくさんあるの」イザベルがフィッツのほうを見た。明らかな期待の表情で。ヘイスティングスがステッキの柄を指で叩いた。ヴェネチアは帽子の向きを直した。ヘレナは襟元のブローチを引っぱった。まわりが、ことに姉妹が気まずい思いをしていることに、イザベルはまったく気づいていない。

「ミセス・アングルウッドは一日か二日、アバディーンにいる妹さんを訪ねることになっている」フィッツは言った。

「まあ、それはいいわね」ヴェネチアが応える。「しばらくあちらに滞在するの？ スコットランドはいまの時期、きれいでしょうね」

そうしてほしいという口調だった。

「いいえ、せいぜい一週間かしら。社交シーズンが終わったあとには、もう少し長く滞在しようと思っているけれど。いまはロンドンが恋しくて」イザベルはまたフィッツのほうを見た。いちゃついているも同然なのは気にしていない。それどころか楽しんでいる。

フィッツは控えめを通り越し、いわゆる堅物になったのかもしれない。しかしイザベルには子供がいて、自分には妻がいる。公共の場でふるまいに注意するのは当然だろう。家族と、きわめて親しい友人の前であっても。

そのとき、妻の姿が見えた。ミリーが馬車からおり、通りを渡ろうと左右を見やっていた。

そしてフィッツに気づいた。うれしそうな顔をしたのもつかのま、隣にイザベルが歩いているのを――家族の中にすんなりおさまっているのを見ると凍りついた。

そこは本来、ミリーのいるべき場所だ。

彼女は二、三度、まばたきをした。落ち着こうとしてか、そのやさしく繊細な顔が引きつった。やがてうつむき、振り返って、また馬車に乗り込んだ。

誰にも気づかれないまま馬車は走り去り、渋滞にのみ込まれていった。

アリスはいつもの場所に、フィッツの書斎のマントルピースの上にいた。目を閉じて、丸っこい体にくるんとしっぽを巻きつけている。中のものをほこりや湿度から守る透明な鐘形ガラスが、とうにあの世へ旅立ったことを示しているものの、アリスはまるで生きているようだった。いまにも目を覚まして動きだしそうだ、とミリーは思った。

「家中を探したよ」うしろから夫の声がした。「今日はなぜ来なかった?」

すぐには振り返らなかった。一分ほど、気を取り直す時間が必要だった。駅から出てきたフィッツヒュー一家の残像は、いまだに目に焼きついている。イザベルが当然のようにミリーに取って代わっていた――まるで八年間という年月が存在しなかったかのように。

「早いお帰りだったのね。みんなで公爵のお屋敷でお茶をいただくものと思っていたわ」

「そのみんなにはきみも含まれる。だから呼びに来たんだ」

ミリーが契約はなかったことにしようと言ったとき、フィッツは契約を果たすのは当然のだ。

義務だと言った。今回も彼は義務感から、妻を正当な地位に復帰させようとしているのだろう。でも、わたしはやましさから気を遣ってほしいわけではない。心から必要とされたいのだろ

「ミセス・アングルウッドがご一緒では居づらいわ」

「彼女はもういない」

フィッツがマントルピースに近づいてきて、ミリーの隣に立った。上着の肩には雨粒が散っている。彼女が家に着くと同時に雨が降りだしたのだ。やがて彼は思いもよらない行動に出た。手をミリーのウエストに当て、頬にキスをした。

恋人にというよりは家族にするようなキスだったが、それでもはじめてのことだった。会釈したり、微笑みを交わしたりしたことはあっても、頬へのキスなど一度もなかった。彼の唇が触れたところが焼けるように熱くなる。

フィッツはガラスケースの向きを少し変えた。

「きいたことはなかったが、ミリー、なぜアリスを剥製《はくせい》にした？」

自分の思いつきだったということを、ミリーはときおり忘れてしまう。剥製師を頼んだのも自分なのに。「あなたがすごく大事にしていたから。土に埋めてしまうなんて耐えられなかったの」

彼は黙り込んだ。親指でアリスの名前が記された小さな銘板をさすっている。

「いまでも恋しい？」

「以前ほどではないな。恋しく思うときもあるが、あくまで学生時代の思い出の一部としてだ。アリスのことを考えると、自分が一七歳でこの世に心配ごとなど何もなかった頃がよみがえるんだ」

「昔が懐かしいのね」わかりきっていることではあるけれど、言われるたびに胸が痛む。

「誰だって昔を懐かしむことはあるだろう？」フィッツはケースを元に戻し、ミリーのほうを向いた。「二〇年後には、いまの生活を懐かしく思うのかもしれない。自分がもう二七歳には戻れないというだけの理由で。旅のどの行程にも思いだす価値はあるということだよ」

「結婚してからの年月にも？」

「もちろん」彼は――ミリーの思い込みかもしれないが――感慨深げな表情で言った。「たとえば北棟を取り壊したこと。あんな機会は二度とないだろう。ミセス・クレメンツが大佐を黙らせたこと。女王の顔が描いてある便器の話――あれはこれまで聞いた中で一番笑える話だよ」

なぜかミリーの目に涙がこみあげた。最初の一年はとにかく大変だったけれど、彼にそう言われてみると、ともに過ごした年月の中で最もつらかったあのときが不思議と懐かしく思えてくる。あとから振り返れば、悲しみも悩みもふるい落とされ、美しいものだけが残るかのようだ。ともに笑ったひととき。きらめく記憶。

「もちろん」フィッツが微笑みながら続けた。「あれも忘れられない、ぼくがおもちゃのライフルで自殺しようとしていると思って、きみがあわてたこと」

ミリーは吹きだした。「そのことで一生からかうつもり?」

「いいや。そういえば、まだきみに銃の使い方を教えていないな」

「ほかに切羽詰まった問題が山積みだったから」

「今年こそ、はじめよう。きみならすぐに達人になるさ」

「ライチョウは喜ぶでしょうね。わたしが全部、的をはずしたら」

「撃つのはライチョウとはかぎらない。キジやウズラのシーズンは二月の初旬まで続くし、たくさんの……」

言葉が途切れた。

理由はすぐにミリーにもわかった。南国の夕暮れさながらに突如、夜の闇がおりた。ふたりに来年はない。一月になったら、彼はミセス・アングルウッドのもとへ行く。

「いいのよ」彼女は気丈に言った。「誰もが銃の達人になれるわけではないもの」

フィッツが久しぶりに見るかのように妻を見た。というより、もう二度と会えないかもしれないから、顔立ちを胸に刻み込もうとしているかのように。

それでもしばらくして口を開いたときは、なにごともなかったかのように言った。

「みんな、ぼくたちを待っている。さあ、行こう」

9

共同経営

一八八九年

アリスが逝った三週間後にミリーの父が亡くなった。アリスの命が長くないことは誰の目にも明らかだったのに対し、ミスター・グレイヴスの心臓は唐突に動きを止めた。まだ四二歳だった。

ミリーは激しい衝撃を受けた。母も突然のことにおろおろするばかりだった。不幸中の幸いだったのは、ミスター・タウンゼントの死後にそうしたように、フィッツヒュー卿があとを引き受け、さまざまな処理に当たってくれたことだった。

ミスター・グレイヴスの遺言は簡潔だった。長年勤めた使用人や従業員には信託預金を与え、親戚にはさまざまな形の贈与を、未亡人にもたっぷりと財産を遺したうえで、〈クレスウェル・アンド・グレイヴス〉を丸ごとミリーに譲るというものだった。

葬儀のあと、ミリーのおばのミセス・ハノーヴァーは、悲しみに打ちひしがれているミセス・グレイヴスを温暖な明るい土地で、しばらく静養させたほうがいいのではないかと勧めた。

そこでミリーとおばは、ミセス・グレイヴスをイタリアのトスカーナ地方へ連れていった。明るい太陽のもと、糸杉の林とぶどう畑が広がる土地で、彼女の健康が回復することを期待して。

少なくとも三か月は滞在するつもりだった。ところが一か月ほど経ったある日、ミリーのもとに夫から手紙が届いた。これまでも律儀に週一度は手紙が来ていたが、たいていは挨拶と結びのあいだに五行もない短い手紙だった。けれども、今回の手紙は便箋三枚に及んでいた。

ミスター・グレイヴスは会社の経営にきわめて慎重な姿勢で臨んでいた。この一〇年間に出した新製品といえば、プラム・プディングとサバ缶だけ。よいものを数少なく、が彼の哲学だった。だが市場に参入してくる会社が増え、しかもそれらが日々新製品を発表してくる中、〈クレスウェル・アンド・グレイヴス〉は販売量こそ横這いながら、小売店の在庫に占める割合は年々小さくなってきているのが現状だった。

そのうえ、いまや自社商品を最高品質の缶詰と言いきれなくなっていた。たしかに原料は厳選され、徹底的に品質検査が行われ、製造工程も清潔で、細心の注意が払われている。しかしこの一〇年で、食品をより新鮮に、より長く保つための新たな技術や生産方法が次々と開発されてきたにもかかわらず、〈クレスウェル・アンド・グレイヴス〉はそのいずれも取り入れていなかった。

　会社は停滞している。それでもフィッツヒュー卿が見るところ、危機的状況にまではいたっていない。ただしこの調子でいくと、遠からず八方ふさがりになるだろう。

　抜本的な改革が必要だ。いま改革を起こさなくても、いずれ変わらざるをえなくなる。弁護士や経営陣と会合を開き、新たな経営方針について検討したい。ついては、レディ・フィッツヒューにも出席してもらえないだろうか？

　ミリーは呆然とした。会社が傾きかけているということ以上に、夫からの申し出に驚いたのだ。生まれてこのかた、彼女はレディとなるべく育てられてきた。事業のことなど何も知らない。〈クレスウェル・アンド・グレイヴス〉の工場には足を踏み入れたことすらなかった。新婚旅行のときまで、缶詰製品を食べたこともなかったのだ。

　どんな形にせよ、女性が会社経営に口を出すのは冒瀆《ぼうとく》のように感じる。母は決してそんなことはしなかった。父だって生きていたら、ミリーが会議に出るなどけしからんと憤っただろう。

「どうしたらいいかしら？」ミリーは母に尋ねた。

「あなたはどうしたいの？」ミセス・グレイヴスがきき返した。喪服姿で、痩せて青ざめていたが、かつての強い意志は復活しつつあった。

「フィッツヒュー卿の力になれるものなら、なりたいわ。自分のためでもあるわけだし。でもわたしが出席したところで、なんの役に立つのかわからない。事業に関しては知識も経験もまったくないもの」

「けれど会社はあなたのものなのよ。あなたの承諾がなければ、フィッツヒュー卿だって経営を引き継ぐことはできないわ」

「彼が会社に関わりたいと思っていることも信じられなくて」貴族というのは、お金がどういう経緯で懐に入ってくるかには関心を示さないものだ。

ミセス・グレイヴスは手元がよく見えるよう、刺繍枠を傾けた。

「そうかしら。若い男性には挑戦が必要なのよ。ありあまる精力を傾けられるような大きな仕事が。ヘンリー・パークの修繕もまだやることは残っているけれど、だいたいのところはすんだでしょう。でも〈クレスウェル・アンド・グレイヴス〉の問題は現在進行中よ。挑戦の連続になるわ」

その夜、ミリーはほとんど眠れなかった。考えに考えたすえ、夜が明けると朝食の前に返事を送った。

今週末にはこちらを発ちます、と。

ミリーの乗った列車がロンドンに到着したとき、フィッツヒュー卿はプラットホームで待っていた。本人がいるとは思わなかった。ミリーが夫のあとに目的地に到着する場合、彼はいつも馬車を差し向けてくれるものの、みずから出迎えに来たことはなかったのだ。

妻を見つけると、フィッツヒュー卿は軽くうなずいた。ミリーはほとんど窓に顔を押しつけるようにしていた。いつもながら彼は美しい。でも今日は、ふだんとどこか印象が違う。トップハットに黒のフロックコートという少々かしこまった服装で、腕には喪章をつけている。だが、違うのはそれだけではなかった。

やがて気がついた。出会ってはじめてのことだが、フィッツヒュー卿は興奮している。やむなく受け継いだ伯爵領とは違い、〈クレスウェル・アンド・グレイヴス〉の再建に本気で意欲を燃やしているらしい。

列車からおりるミリーに、彼は腕を差しだした。

「旅はどうだった、レディ・フィッツヒュー？」

「順調だったわ。カレーでは一日待たなくてはいけなかったけれど。海峡が霧に覆われていてね。そこ以外はすんなり帰ってこられたわ」

「ミセス・グレイヴスの具合は？」

「だいぶよくなったわ。あなたによろしくって。それと、会社の改革は大いに進めてほしいそうよ」

「きみの母上は、ぼくがこれまで出会った誰よりも先見の明がある人だな」

「母が聞いたら、きっと喜ぶわ」

「では、今度お会いしたときに直接そう言おう。ところできみは、レディ・フィッツヒュー？　ぼくの意見に賛成かい？」

別の人間と会話しているような気分だ。ミリーの知っているフィッツヒュー卿は禁欲的で、与えられた義務を黙々とこなすだけの人だった。ところがいま目の前にいる若者は、何かをやり遂げたいという意欲に満ちあふれている。

母はふたりでものごとを決めていくことが生活の土台になると言った。けれども土台ができたら、次は骨組みが必要だ。〈クレスウェル・アンド・グレイヴス〉がその骨組みになってくれるのかもしれない。

「賛成よ」ミリーは答えた。「あなたに会社の経営を任せたいと思っているわ」

フィッツヒュー卿は彼女を馬車へと案内し、自分もあとから乗り込むと向かいの席に座った。「ありがとう。きみが不愉快な思いをするのではないかと気になっていたんだ」

「わたしが所有する缶詰会社をあなたが経営することになるなんて思ってもみなかったけれど、今日では製造業と商業にお金が集まるんですもの。そのお金を使うことに引け目を感じないなら、稼ぐことに引け目を感じる必要もないはずだわ」

「すばらしい」彼はステッキで馬車の屋根を打った。馬車はゆっくりと走りだした。「少し休んだら、ぼくが作った決算書と元帳の概略に目を通してくれないか？」

「ええ。決算書と元帳そのものも見たいわ」

フィッツヒュー卿が片方の眉をあげた。「ぼくの計算能力を信用していないのか？」

「とんでもない。ただ、わたしたちの目的はあなたを経営者に据えることなのだから、わたしも会社の現状について、あなたと同じくらい詳しくなくてはいけないと思うの。何も知らないとなったら、発言に重みがなくなってしまうでしょう」

彼は体の前で両手の指を合わせた。「その半面、きみがあまりに詳しいと、まわりの連中はきみを脅威と感じ、結束して対抗しようとするかもしれない」

「さじかげんが難しいわね」

「それだけじゃない。ぼくが社長になったところで、いっときの勝利でしかない。ぼくと考えを同じくする、息の長い経営陣が必要だ。そのためには、こちらの計画を彼らの発案だと思わせる必要がある」

「ますます難しいわ」

「やるべき仕事はたくさんあるぞ、レディ・フィッツヒュー」

彼の口調は真剣だったが、期待に満ちていた。ミリーも気おくれと同時に、意欲がわきおこるのを感じていた。もしかすると、ふたりがともに育てていくのは庭だけではないのかもしれない。会社の再建もまた、わたしたちの共同作業となるのかもしれない。

「仕事をするのは平気よ」彼女は応えた。「目的があればがんばれるわ」

「きみは本当によくがんばるな」五日後、フィッツは感心したように言った。

「子供の頃は一日五時間ピアノの練習をしたのよ」彼女が応じる。「いやでたまらなかった。それに比べたら、こんなのなんでもないわ」

微笑んだのだろう——妻の目尻にしわが寄った。しかし顔のほかの部分は、黒いスカーフに隠れて見えない。彼女はほとんど黒一色の装いだった。黒のドレスに厚手の黒いマントを着込み、腕には毛皮のマフをつけている。フィッツのほうも同じく厚着で、ブーツの中には靴下を三枚重ね、手袋と毛織の襟巻き二枚で防寒していた。暖炉には火が燃えているが、それでも寒くてたまらない。

結婚以来、ふたりはもっぱらヘンリー・パークの修繕に力を注ぎ、ロンドンの住まいはほったらかしだった。そのため、こちらはいまでもじめじめして、隙間風が入り込んでくる。夏はまだ耐えられたが、冬場は寒さのあまり関節炎になりそうだった。

夜はとくに凍えるほど寒く、フィッツは妻の部屋のドアを叩き、一緒に寝ていいかと尋ねることを真剣に考えた。契約を破るつもりはない。ただ暖を求めてのことだ。

「きみの演奏はすばらしいじゃないか」家族やヘイスティングスがヘンリー・パークを訪ねてくると、ときおり妻が頼まれてピアノを弾くことがある。

「そこそこ上手だとは思うけれど、すばらしくはないわ。すばらしい演奏には音楽的才能が必要よ。わたしは鍵盤を押して音を出しているだけ」

「違いがわからないな」

「たいていの人にはわからないと思うわ、練習に練習を重ねたもの」

「なるほど。では、ぼくたちも練習を重ねたら、誰にも気づかれずにいまの経営陣を操ることができるかもしれないな」

「本気でそう思う？」

「ああ」フィッツは言った、「きみは言葉に説得力があるし、意外と抜け目がないからね。連中をやすやすと手玉に取ってしまうだろう」

妻がまた目尻にしわを寄せた。夜、きみを抱いて寝ていいかときいたら——あくまでぬくもりを求めてだが——彼女はどう答えるだろう？　そんな考えがふたたびフィッツの頭をよぎった。もちろん口にはしない。契約は契約だ。

彼女は顔にスカーフを巻き直した。「じゃあ、あなたがミスター・ホークスだと思って、もう少し練習しましょうか？」

「いや、今度はミスター・モーティマーになるよ」

「いいわ。あなたのミスター・モーティマー役、すごくうまいのよね」妻は明るい澄んだ瞳でフィッツを見た。「危険な賭けなのはわかっているけれど、じつはわたし、けっこう楽しんでいるの」

「じつを言うと」フィッツはうなずいた。「ぼくもだ」


会議は一月、フィッツヒュー卿が二一歳の誕生日を迎えたあとに開かれることが決まった。彼が成人の仲間入りをしていることが重要だった。もはや何を決めるにせよ、クレメンツ大佐の承認または許可を得る必要はなくなる。

その前夜、夕食のあと、ミリーは彼に誕生日の贈り物をした。フィッツヒュー家の紋章が入った印章付きの指輪だ。内側には一家の座右の銘が刻まれている。〝アウデンテス・フォルトゥーナ・ユウァト〟

「〝幸運は勇者に味方する〟」フィッツヒュー卿が訳した。「いまのぼくたちにぴったりだな。明日、これをつけていくよ」

「それがいいわ」感激していることを悟られないよう、ミリーはさりげなく応えた。

フィッツヒュー卿は指輪の寸法を目で測り、右手の人差し指にはめた。

「ちょうどいい」

今度は息が詰まって何も言えなかった。どっしりした四角い指輪がはまっていると、彼の手はまったく違って見える。というより、結婚後に身につけた落ち着きと威厳が指輪によって強調されるようだ。

あの指輪をはめた手で、わたしに触れてほしい。ミリーは切に思った。

「指輪が幸運を運んでくれることを願うわ」

「ぼくもそう願っている。万が一うまくいかなくても、それは運命の気まぐれのせいで、ぼくたちはできるだけのことはした。それは間違いない」フィッツヒュー卿は彼女の腕に手を置いた。「明日どんな結果になろうと、今回のことで――いや、たぶん何においても、ぼくはきみ以上にいいパートナーは望めなかったと思う」

愛の告白ではない。けれども友情の誓いだ。ミリーの胸はちくりと痛んだものの、同時にぬくもりで満たされた。指輪のはまった彼の手に手を重ねる。

「うまくいくわ」ミリーは言った。「もし明日がだめでも、いつかは。遅かれ早かれ、勝つのはわたしたちよ」

会議は一種の舞台だった。

先立つ五週間、ふたりはこの日に向けてあらゆる準備をし、服装にいたるまで細かく検討を重ねた。レディ・フィッツヒューは幼く小柄に見えるよう、特別注文で喪服を少しゆるめに仕立てた。フィッツのほうはやや浮ついた印象を与えるため、あえて髪を伸ばした。どちらも力ない握手をした。

ミスター・グレイヴスの古い事務室に入ると、フィッツは義父の机の前にふたつの半円を描くように並べられた椅子には腰かけず、部屋の奥の隅に所在なげに立った。自分は妻の付き添いで来ただけで、なりゆきには興味がないという顔で。

彼女も計算どおりの印象を与えることに成功していた。猫背気味に座り、集まった面々の前で話をするどころか、顔をあげることもできないというふうだ。

やがて、わずかに声を震わせて口を切った。「みなさま、今日はお越しいただいてありがとうございます。こうしてここにお集まりくださったこと、うれしく思っております。この椅子に座るのがもはや父でないことは残念でなりませんが、それは神のご意志であり、わたしたちは悲しみを乗り越えていかなくてはいけません。

ご存じのように、父は〈クレスウェル・アンド・グレイヴス〉をわたしに遺してくれました。わたしは若く、経験もありません。なので、こうしてお集まりいただいたのも、この先どうしていけばいいのか、みなさまに導いていただきたいからなのです」

何より大事なのは、レディ・フィッツヒューが——正当な所有者であるとはいえ——経営に口を出そうとしていると思わせないことだった。彼女は女性であり、夫はポロと射撃以外何も知らなそうな若造なのだから、なおさらだ。

ミスター・ホークス——先代のミスター・グレイヴス、つまりレディ・フィッツヒューの祖父の右腕だった老人で、いまはもう日常業務には携わっていない——が言った。

「まあ、レディ・フィッツヒュー、あなたは会社には関わらないのが一番でしょうな。女性の居場所は家庭と相場が決まっている」

ヘレナなら、あなたはエリザベス女王を知らないのか、彼女はどんな男性よりも巧みにイングランドを統治したではないか、と食ってかかったことだろう。だが、フィッツの妻はおとなしくうなずいただけだった。

「同感ですわ。うちのような会社を経営していくのは大変な仕事です。優れた能力と深い経験が求められるでしょう。わたしとしても、屋敷の中という狭く快適な世界にとどまっていたいのはやまやまです。けれどグレイヴス家の最後のひとりとして、会社に背を向けるわけにはいきません。義務の放棄と言われてもしかたありませんもの」

彼女は潔くあきらめたように言った。自分のしていることは正しいという信念から、勇気を持って運命を受け入れる若き殉教者さながらに。

何週間にも及ぶ練習期間のあいだに、妻が名女優であることはフィッツにもわかっていた。

だが、すべての俳優が本番に稽古中よりいい演技をするわけではない。学校の劇であがってしまい、汗だくでせりふもめちゃくちゃになった級友を見たこともある。しかし、今日ばかりはそんな心配は無用だった。彼女なら、きっとうまくやる。

ミスター・ホークスは意表を突かれたようだった。女性に出しゃばるなと言うのは簡単だが、こういう従順な女性らしさを前面に出されると、父上が会社をひとり娘に譲ったのがそもそも間違いなのだと指摘するのはためらわれた。

かつてはミスター・ホークスの部下で、いまは勢力を競い合っているミスター・モーティマー——禿げかけた小太りの四〇代後半の男性——が言った。

「悲しみを乗り越える一番の方法は、あなたの場合これまでどおり家事と慈善事業にいそしむことだと思いますよ。われわれは決定事項については必ず報告を入れるようにします。そうですね、年に一度くらいは」

「それはご親切に、ミスター・モーティマー。この部屋にいるみなさまが、わたしのために心を砕いてくださっていること、本当にありがたく思っております。みなさまがこれほど寛容な心をお持ちなら、わたしも四半期に数日ほど、〈クレスウェル・アンド・グレイヴス〉の仕事に時間を割けない理由はなさそうですわ。それでもあまりに楽をさせていただくようで、気が引けるのですけれど。父はわたしがもっと会社に関わることを望んでいました。た とえば月に一度は報告を受けるとか」

「いやいや、四半期に一度の報告でもじゅうぶんすぎるくらいでしょう」ミスター・モーテイマーがあわてて言った。

机を囲むほかの紳士たちも同じ意見を口にした。

フィッツは笑いを嚙み殺した。年に一度が四半期に一度になったのに、反対の声はひとつもない。妻はゆっくりとさりげなく、彼らを自分の思う方向へ誘導している。こちらの意図をまったく気づかせることなく。

「そう言っていただくと安心できますわ。お気遣い、ありがとうございます。ところでわたし、もうひとつだけ気になっていることがあるんです。みなさまの中からひとり、長となる人を選ぶべきではないかということです。父の存命中は、父がその人でした。いまは一二人の責任者がいて、長となる人がいません。わたしは世間知らずですが、それでも統率者のいない集団は個々の能力がいかに優れていても、いずれ派閥ができ、崩壊していくものだということはわかります」

机を囲む紳士たちは互いに顔を見合わせた。味方を見やる者あり、競争相手をうかがう者ありだった。フィッツは自分なりの観察結果を詳しく彼女に報告していた。ミスター・グレイヴスのやり方に満足していた保守派と、拡大成長路線を進めたい改革派が社内でしのぎを削っているのだ。

「いまのような先の予測がつきにくい時代、社内の結束と協調を保つことは何より大切です。誰にせよ選ばれて会社を率いるかたは、公正で誠実でなくてはなりません。そして荒海の中で舵《かじ》取りをするだけの経験と能力がなくては」

フィッツの脈が跳ねあがった。いまこそ、戦略が成功するかどうかの分かれ道だ。この場で社長を選ばせることで——水面下の交渉や密約の時間を持たせないことで、最も中立的な人物、誰もが御しやすいと思う人物が選ばれる。

つまり、フィッツが選ばれる。それが狙いだった。

これまでのところ、妻の演技は完璧だ。だが、どんな不確定要素が飛び込んでくるかはわからない。彼らが事前に打ち合わせをし、すでに長となる人物を決めているという可能性もある。その場合はおそらく保守派のひとりだろう。

そうなると、フィッツの意図する改革はかぎりなく困難になる。正当な所有者といっても、その意見が具体的に実行に移されるまでには、さまざまな手続きを踏まなくてはならなくなるのだ。

「わたしがどなたか候補者のお名前を挙げたほうがいいのかしら」彼女が言った。「それともこのまま、全員が納得するようなかたを探して部屋を見渡していたほうがいいんでしょうか？」

彼女の発言の原稿を書いたのは基本的にフィッツだ。しかし最後のせりふは即興だった。それを合図に、一番前列に座っていた二派閥の長が同時に振り返った。ふたりが見たのは、部屋の奥に手持ち無沙汰な様子で立っている、まったく経験値のない若者だった。

鷲のような二対の目がフィッツを値踏みした。彼は自分がなんでも描ける白いキャンバスに見えるよう、どうにでも形を作れる粘土の塊に見えるよう努めた。

「三〇歳若かったら、みずから手を挙げるところだが」ミスター・ホークスが言った。「わしはもう老いぼれだ。だが、若い者の熱意と勇気は大いに評価している。フィッツヒュー卿に会社を任せてみてもいいと思う」

演技をするまでもなかった。フィッツは同席していたほかの紳士同様、仰天していた。これ以上は望めないシナリオ――ふたりでさんざん考え、練りに練ったシナリオがそのまま現実となったのだ。

「ぼくですか？　でも……缶詰のことなんか何も知らないんですよ」

レディ・フィッツヒューも抗議した。「わたしも経験豊かなかたのほうがいいと思います。もちろんフィッツヒュー卿もすばらしい才能をお持ちですが、経験といえばクリケットしかありませんもの」

「ナポレオンを破ったウェリントン公爵がおっしゃったのではなかったかね？　ワーテルローの勝利はイートン校の運動場から生まれた、と」

いまやミスター・ホークスは全力でフィッツを推していた。彼を社長に据えれば、自分の意のままにできると踏んでのことだ。

改革派は顔を見合わせた。自分が社長に選ばれそうにないと悟ったミスター・モーティマーは、急いでフィッツ擁立に賛意を表した。

「経験はこれから積めばいい。フィッツヒュー卿は頭脳明晰《めいせき》で気立てのいい若者だ。うまく会社を率いてくれるだろう」

「そうだ、そうだ」誰かが言った。

フィッツヒュー卿が社長になることが決まると、ミリーは会議の場をあとにした。その後は一日中ひたすら家の中を歩きまわり、夫の帰りをじりじりと待った。

彼が戻ったのは夕方になってからだった。書斎の扉を閉めるなり、フィッツヒュー卿は妻をぎゅっと抱きしめた。

不意打ちだった。ミリーの全身にたちまち熱いものが駆けめぐった。ああ、彼はなんてすてきな香りがするのかしら。体は細身で引きしまっていて、力強い。いまは彼女を抱きあげ、くるくるまわしている。

「よくやった。きみはすばらしい！」

ミリーは笑い、おろしてと言うように肩を叩いた。

「わたしが部屋を出てからはどうだった？　教えて！　知りたくてたまらないの」

「あのあと一時間ほどで会議はお開きになった。ミスター・ホークスがぼくを脇に呼んで、急激な変化は好ましくないとの忠告を垂れてきたよ。ところが急激な変化を好まない男性でも、ときにはひとつふたつ何かを思いつくことはある。そこでぼくは瓶詰工場の話を持ちだした」

「瓶詰工場って？」

「一二年前、ミスター・ホークスは瓶詰飲料に手を広げたいと考え、それを生産する新工場建設に関して詳細な計画書を作成したんだ。敷地、建物の建設計画、機械の設計図など、すべてがそろっていた。飲料の製法をまとめたものや、使用する瓶の試作品まで何種類か用意していた。

その提案が却下されたとき、彼がどれほどがっかりしたかは想像がつく。だからぼくは言ったんだ。ぼくが社長となったら、あなたの瓶詰工場を実現させてみせます、それも早い時期に、と。〈ノリッジ・アンド・サンズ〉は瓶詰工場を建設中に倒産した。ぼくとしては自費でその工場を買い取り、会社に譲渡してもいいと考えている。社長就任を記念して」

「ミスター・ホークスは不審に思わなかった？」

「とんでもない。古い友人を見るような目つきでぼくを見ていたよ。世界で自分を理解してくれるのはこいつだけだと言わんばかりだった。そのあとはいたって協力的でね。しまいには、ぼくの背丈ほどある新企画リストができあがった。次の会議には試食用の新製品がずらりと並ぶだろうな」

フィッツヒュー卿は彼女を抱きしめた。「ぼくがどれほど興奮しているか、言葉では表せないよ。何もかもが思った以上にうまくいった。きみのおかげだ」

ミリーは最高に誇らしかった――自分と、そして夫のことが。

「あなただって、よくやったわ」

扉をノックする音がした。執事がコーヒーを持ってきた。

「シャンパンでも開けようか？」フィッツヒュー卿がきいた。

「いいえ」彼女は答えた。「コーヒーでじゅうぶんよ」

それを言うなら、水だってじゅうぶんだ。

ミリーはコーヒーを注いだ。フィッツヒュー卿が自分のカップを掲げた。

「ぼくたちが作る未来に乾杯」

音をたてて、カップが触れあった。「わたしたちが作る未来に」

本当にふたりで未来を作っていけたら……彼女は心からそう祈った。

10

一八九六年

招待状――というより実際には召喚状――は土壇場に、舞踏会の朝に届いた。従僕が銀のトレイを持って現れたとき、ミリーはヘレナの仮縫いに立ち合っているところだった。右下の隅に薔薇が一輪浮き彫り印刷された封筒を見れば、差出人はすぐにわかった。ミセス・アングルウッドだ。

親愛なるレディ・フィッツヒュー

わたしたちが正式に紹介を受けた間柄でないことを考えれば、こんな形でお誘いするのがきわめて不適切であることはじゅうぶん承知しています。でもわたしたち、お互いの存在をつねに意識しているのですもの、儀礼的な手続きは抜きにいたしません？今日の午後二時にお待ちしています。ご都合をお聞かせください。

敬具

ミセス・ジョン・アングルウッド

ある程度は予想していたことだった。いまのミリーとミセス・アングルウッドは、一本の骨を争う二匹の雌犬のようなものだ。どこかの時点でひと息つき、今後どうするべきか冷静な話し合いを持つべきなのだろう。もっとも、ミリーにとっての〝どこかの時点〟はまだ先、少なくともあと五か月後だった。

ミセス・アングルウッドの考えは違ったらしい。

舞踏会の直前であることを思えば、断る理由はじゅうぶんにあった。何しろ目がまわるほど忙しい。けれどもミリーは招待を受けようと思った。今日するべきことを八年間先延ばしにしたらどうなるか、すでに学んでいる。いずれ話し合いを持たなくてはいけないなら、今日でもいいではないか。

今日が、本当の意味でフィッツとミリーが夫婦となる日であっても。

いいえ、それだからこそ。

ミセス・アングルウッドとフィッツは一対のブックエンドのようだった。これ以上ないほど体型が似ている。フィッツと同じく彼女も上背があり、すらりと引きしまった体つきをしていた。そして同じく、身のこなしは自然で優雅だった。

ミリーは特別背が低いわけでも、太っているわけでもない。けれどもミセス・アングルウッドの威厳すら感じさせる容姿を前にすると、どうしても自分が不器量に思えてしまう。いや、そもそもイザベル・アングルウッドを見て、劣等感以外のものを感じたことがあっただろうか。

「前にお会いしたときと比べて、変わられたわね」紅茶を飲みながら、ミセス・アングルウッドが言った。「背が伸びたし、きれいになられたわ」

彼女らしい。前置きも挨拶もなしだ。

ミリーは深く息を吸った。「結婚式の日よりもいまのほうがいいと言っていただけて、うれしいわ」

「あのときはドレスに着られているようだったけれど」

それはミリーも同感だった。「いまから思えばひどいドレスだったわ。一番似合うものではなくて、一番お金がかかるドレスを選んだんですもの」

あのウェディングドレスは成金趣味だったとあっさり認めると、ミセス・アングルウッドは驚いたようにミリーを見た。

「それでも」ミセス・アングルウッドが妬ましげな口調で言った。「わたしなら喜んであのドレスを着たわ。いいえ、あの一〇倍悪趣味なドレスだってよかった。彼と並んでバージンロードを歩けるなら」

ミリーは何も言わず、ビスケットをかじった。

「わたしは彼を愛していたの。将来の計画は何もかも、ミセス・フィッツヒューになることが前提だった。彼があなたと結婚したとき、すべての夢と希望が崩れ去ったわ。二か月間、明け方から夕方まで、そしてまた朝までベッドに座っていたものよ。何も喉を通らなかった。三日に一度くらいは眠れたかしら。以来、顔つきが変わってしまって」

たしかに変わった。壊れた花瓶を継ぎ合わせたよう、とでも言おうか。もちろんいまでも美しい。すべてが元どおりに、あるべき場所にある。だが、何かが損なわれていた。それに気づいて、ミリーはたじろいだ。火のついたマッチを近づけられたような気がした。

「母と姉に説得されて、なんとかそんな生活から抜けだせたの。家に引っ込んでばかりいないで、ロンドンへ行って夫を見つけなさいと言われたわ。それで、次の社交シーズンにはそのとおりにしたの」

「彼はあなたの結婚式に行ったのよ。あなたは美しかったと——それに幸せそうだったと言っていた」ミリーは言った。人生がままならなかったのはあなただけじゃないと気づいてほしかったのだが、無駄だった。

「それなりには幸せだったと思うわ。でも、同じではない。いわゆる模造品よ。かつての完璧な幸せとは似ても似つかなかった」

息を吸うごとに、ミリーは肺が焼かれるような思いがした。だが、ミセス・アングルウッドは容赦なく続けた。

「わたしは失ったものを取り戻したいだけ。本来送るはずだった人生を送りたいの。大それた望みではないでしょう？」

ミリーは押しだすようにして答えを口にした。「そうね」

「フィッツはすてきな人よ。外見のことだけじゃないの。ご存じのように、意志が強く、名誉を重んじる人。責任を果たすために必要とあらば、みずからを犠牲にすることもいとわない。そして――」彼女は一瞬、言いよどんだ。「いまはあなたがその責任なの」

「どういう意味かしら？」

「彼はあなたにとても気を遣っている。あなたにはなんの罪もないと考えているし、あなたの今後の幸せに傷をつけるような真似はするまいと心に決めているの」

ようやくミリーにものみ込めてきた。「わたしが彼を手放さないのでは、と心配しているのね。涙に訴えて、引きとめようとすると」

「そうは言っていないわ」ミセス・アングルウッドは反論した。「でもわたしがあなたの立場だったら、たちまち彼に恋してしまうし、離れるのがつらくなると思うの」

「安心して。わたしは彼のこと、なんとも思っていないから」

ミセス・アングルウッドはミリーを見つめた。そのまなざしには巨岩のような重みがあった。「彼を愛していないの？」

いままで誰からも、単刀直入にそうきかれたことはなかった。だから嘘をつかずにすんでいた。

「フィッツヒュー卿とわたしは、彼がわたしの父の財産を必要としていたから、そして父が爵位のある義理の息子をほしがったから、結婚しただけよ」ミリーは言葉を選んで言った。「仲よくやっているというだけでも不思議なくらい。物語の世界ならいざ知らず、愛なんて生まれようがないわ」

「彼に男性としての魅力を感じないの？」ミセス・アングルウッドが信じられないというように言った。

「好意は持っているわ」

「そうではなくて、はっとするような美男子だとは思わないの？」

「もちろん美男子だとは思うわ。でもそれを言うなら、彼の級友の多くや、新しい義兄のレキシントン公爵だって美男子よ。出会ったすてきな男性に片っ端から恋をしていたら、体がいくつあっても足りないんじゃないかしら」

「でも、彼は美男子というだけでなく、やさしいわ。思いやりがあって、責任感も強い。何年ものあいだ一緒に暮らしていて、彼に自分だけを見つめてほしいと思ったことはないの？」

ミリーはあえてミセス・アングルウッドのまなざしを受けとめつづけた。

「恋愛だけがすべてではないのよ。フィッツヒュー卿とわたしはいい友人。それ以上でも、それ以下でもないの」

「じゃあ、彼と離れて平気なの？」

「彼の行動を束縛したことはないわ。結婚してから一度も」

「これから六か月間、ベッドをともにするんでしょう？　それで気持ちが変わらないと言いきれる？」

「ベッドをともにするだけで恋に落ちていたら、この国の妻はみな、夫に恋していることになるわ。夫は妻にね」

ミセス・アングルウッドはティーカップを置いて立ちあがり、開いた窓まで歩いて通りを見渡した。人通りは少なく、行商人も大道芸人もいない。客を探す二輪馬車の絶え間ない蹄《ひづめ》の音もしない。フィッツが細心の注意を払って、この家を選んだことがわかる。

ミセス・アングルウッドが振り返った。「わたし、怖いの、レディ・フィッツヒュー。これまで運命の気まぐれに翻弄されて、つらい思いをたくさんしてきたから。でも、ほかにどうしようもないわね。あなたが約束を守る女性だということに賭けるしかない。そうでしょう？」

ミリーはミセス・アングルウッドになんの約束もしていない。フィッツを譲るとは言っていない。八年間添い遂げた貞淑な妻は、夫に対して多少の権利があるのではないか？　せめて平等な機会を与えられていいはずだ。

「あの人、結婚式に来ていたのね……」ミセス・アングルウッドがつぶやいた。ゆっくりとまばたきをする。その目は涙が光っていた。「道理でね。彼の存在を感じたもの」

わたしったら、なんてばかなのかしら。ミリーは思った。平等な機会なんてあるはずもない。はじめから、わたしは略奪者。彼女の夢を壊し、いまでも顔の造作にくっきりと残るほどの大きな悲しみを与えた張本人なのだ。

「彼がずっと愛していたのはあなたよ」気がつくと、ミリーはそう言っていた。「あとにも先にもあなただけなの」

ヘレナは下書きを手に席を立つ前、もう一分ほど、その愛らしい子ガモを眺めた。ミス・エヴァンジェリン・サウスには間違いなく絵の才能がある。事務室のドアを開け、秘書に下書きを渡した。

「これをタイプしてちょうだい、ミス・ボイル」

「わかりました」

スージーはいつもの場所にいた。この人は洗面所を使う必要もないらしい。ヘレナは事務室に引っ込み、ドアを閉めた。

一日半ほどミス・サウスの描く子ガモやカメ、魚たちの世界に浸ったあと、なぜかわからないが、ヘレナの手はヘイスティングスの原稿を押し込んだ引き出しに伸びていた。

そしてもう一度原稿を机の上に取りだし、このあいだ閉じたところではなく、無作為にページを開いた。

ろうそくの光の中で、彼女の肌は浅黒く見えた。指で肋骨《ろっこつ》の脇をなぞる。その指を肩から腕へ、それからベッドのヘッドボードに絹のスカーフで結びつけてある手首へとおろしていった。

「こんなふうに縛られたわたしを見るのにも、そろそろ飽きたんじゃない？」彼女がささやく。

「いいや」ぼくは答える。「全然」

「触ってほしくないの？」

「ほしいさ。でも、引っかかれたくはない」

彼女が唇を舐める。濡れたピンク色の舌がのぞいた。「背中に多少の引っかき傷もできないようでは、夜のお楽しみになんの意味があるの？」

ヘレナの脈が速くなった。官能小説を読んだことがないわけではない。ふつう、その手の小説は男性読者を喜ばせるのが目的で、女性のほうは完全に無個性だ。単にお尻を叩かれ、突き入れられる対象でしかない。

でも、これは違った。ラークスピアの名のない花嫁は自分の意志を持ち、恐れることも、男性の性器を無条件に崇拝することもない。

「多少の引っかき傷で満足してくれるなら、ありがたいが」

ぼくは頭をさげ、彼女の唇を噛む。甘い息が顎にかかった。視線がぼくの体をなぞっていく。「もう準備万端なのね」

「いつだって準備は万端さ」

「毎晩大いに楽しませてくれるものね、ラークスピア」

「昼のあいだはぼくのことは考えないのか、レディ・ラークスピア?」

彼女が微笑んだ、「一度も」

「嘘だ」

「証明してごらんなさい」

ぼくは奥深くまで突く。彼女が唇を開いた。つかのま目を閉じたが、次の瞬間にはまた大きく開いた。彼女は獣のごとく欲情するぼくを見るのが好きなのだ。めろめろになったぼくを見ながら、心は誰のものでもないのよ、とじらして喜んでいる。


ヘレナは原稿を伏せた。落ち着かない気分だった。心の奥深くに潜んでいた妄想を引きずりだされたような気がする。紙に書かれたものを読むまで、自分が抱いていることも知らなかった妄想だ——男性を翻弄する自分と、それを楽しみ、挑んでくる男。

ノックの音がした。彼女はあわてて原稿をしまった。「どうぞ」

スージーが顔を出した。「お嬢さま、今夜は舞踏会です。レディ・フィッツヒューに、いつもより早く帰るように言われているのをお忘れなく」

ヴェネチアとレキシントン公爵の結婚を祝うその舞踏会には、当然ながらヘイスティングスも招待されている。

「ええ、早めに会社を出るわ」ヘレナは応えた。「そうしないと、レディ・フィッツヒューがやきもきするでしょうから」

列車が轟音《ごうおん》をたてて駅に入ってきた。プラットホームはエンジンが吐きだす煙に包まれ、やがて薄れた煙が渦を巻いてフィッツとイザベルのあいだを抜けていった。

子供たちは家庭教師と一緒にすでに列車に乗り込んでいた。いとこを訪ねていく旅に興奮して、窓からフィッツに手を振っている。彼も手を振り返した。

「ふたりとも、あなたのことが大好きなの」イザベルが言った。

「ぼくもふたりが大好きだよ。いい子たちだ」フィッツはステッキを片方の手から、もういっぽうの手に持ち替えた。青い磁器の取っ手がついたステッキだ。先ほどイザベルに褒められたが、ミリーからの贈り物だとは言えなかった。「きみも、もう乗ったほうがいい。そろそろ列車が出る」

「あなたと離れたくないわ」イザベルはささやいた。「招待を受けなければよかった」

「きっと楽しいさ。妹さんには何年も会っていないんだろう。それに一週間もすれば戻ってくるじゃないか」

「一週間は長いわ。何もかも変わってしまうかも」

ほかの日だったら、フィッツは彼女のそんな不安を一笑に付しただろう。しかし今夜は、何かが変わるかもしれなかった。

婚姻を成就させること自体は、なんということはない。フィッツはこれまでにも何人かの女性と関係を持ってきた。相手に好意を持つこともあったし、さほど関心がないまま終わることもあった。ベッドをともにしたから気持ちが変わるわけではない。相手の人間性次第だ。彼はいまでもミリーのことをすばらしい女性と思い、尊敬している。明日の朝にはもっと好きになっているかもしれない。だが、根本的にふたりの友情が変わることはないだろう。

おそらく。

「一週間なんて、たったの七日だよ」フィッツは言った。

何も変わらないとイザベルに約束しなかったことに、彼は気づいた。イザベルもそれに気がついたらしく、唇を引き結んだ。

また警笛が鳴った。煙があがり、発車時刻が来たことを知らせる甲高い音に、車輪のガラガラいう低いとどろきが続いた。

「急がないと」フィッツは身を乗りだして彼女の頬にくちづけした。「子供たちがきみ抜きでアバディーンに着くはめになるぞ」

イザベルが彼の手をぎゅっと握った。「わたしのこと、ずっと思っていてね」

「片時も忘れないよ」

彼女は列車のほうを向いたが、また振り返った。「前に、何があろうと永遠にわたしを愛すると言ってくれたわね。いまでもそう？」

「もちろんさ」フィッツは答えた。いささか答えが早すぎたかもしれなかった。

「それを信じているわ」

「きみが帰ってくるとき、ぼくはここで待っている」

イザベルは彼に腕をまわした。「愛してる。わたしは死ぬまであなたを愛しつづけるわ」

11

ベンチ

一八九〇年

ミリーは夫の書斎のドアをノックした。「お呼びかしら？」

「ああ。入ってくれ」

彼女はテーブルの向かいのいつもの椅子に座った。けれどもフィッツヒュー卿は座らずに、マントルピースの前に立ち、火かき棒を手にして火床の石炭を突いていた。彼のこわばった顎を見て、ミリーはなんとなく落ち着かない気持ちになった。

「何かあったの？」

フィッツヒュー卿は肩をすくめた。

「話して」

彼は火かき棒を戻した。「ゲリー・ペルハムから手紙が来た。姪が生まれたと、得意げに伝えてきたよ」

ゲリー・ペルハム。イザベル・ペルハムの兄だ。ミス・ペルハムがミセス・アングルウッドとなって、ほぼ一年が過ぎた。今度は子供が生まれたのか。おなじみとなった痛みがミリーの胸を刺した。フィッツヒュー卿はまたしても、失ったものを思いだしている。

夫は自分の椅子に座った。「すまない。驚いただけだ」

不意打ちを食らったようなものだろう。「お話は別のときにしましょうか？」

「いや、きみがいてくれたほうがいい。気を紛らわせることができる」

こういうとき、いままでのフィッツヒュー卿なら妻を遠ざけようとした。ミリーの胸の痛みに、ゆっくりとほろ苦い喜びが混じってきた。「でしたら、どうぞ」

彼は机の上に書類を広げた。「きみの父上はほとんど宣伝というものをしなかった。〈クレスウェル・アンド・グレイヴス〉の製品は高品質だから、黙っていても売れるというお考えだった。だが瓶詰飲料に手を広げるに当たって、ぼくは宣伝がものを言うとにらんでいる。もっとも、ミスター・ホークスの考えは違っていてね。まずは小売店に働きかけ、店に置いてもらうべきだと言った。客の目につけば、新製品は飛ぶように売れていくと信じていたんだろう。

それが正しいかどうか、三か月間、彼の思うとおりにやらせた。ところがうまくいかず、いまやうちの新商品は店でほこりをかぶっている。そこで、ぼくは広く宣伝活動を行うよう指示した。家庭で飲料を購入するのはたいがい女性だ。だからこのポスターについて、きみの意見を聞きたい」

ミリーの心はうれしさでいっぱいになった――が、同時に少し怖くなった。

「わたしの意見が参考になるなら、喜んで」

フィッツヒュー卿に下絵を渡され、彼女は広げてみた。ポスターは白黒だった。

「これは完成図？」

「そうだ」

ミリーはためらった。「わたしの審美眼は当てにならないと思うけれど」

彼がかすかに微笑んだ。「言い換えれば、この広告にあまり魅力は感じないということかな？」

「はっきり言って、そうね」ゆっくりと答えた。違う意見が言えたらいいのに、と思いながら。

「そんな申し訳なさそうな顔をする必要はない。何にでも賛成すると思ったら、きみの意見を聞いたりしないよ。魅力を感じないのはどういう点か、教えてくれないか？」

促されて、ミリーは先を続けた。「ラズベリー・ソーダも、オレンジ・ソーダも、ストロベリー・レモネードも、みんな色がきれいで、わくわくするような飲み物でしょう。白黒のポスターでは、そのよさが伝わらないと思うの。それに瓶のまわりに宣伝文句を並べるだけというのは、あまりに味気ないわ。薬の広告じゃあるまいし」

「ならば、どうしたらいいと思う？」

「わたしたち、こういう瓶詰飲料を、若い人たちに休日のピクニックや海辺で飲んでほしいのよね？」ためらいがちに言った。「だったら、それを広告で表現してみたらどうかしら？　若いレディが木陰に座ってピクニックのお料理を広げ、うちの瓶を掲げて乾杯している絵とか。浜辺で青い空と青い海を背景に、白い服を着た若者たちがこの瓶を手にしている絵とか」

フィッツヒュー卿はすばやく数行のメモを取った。「いいね。担当者に作り直すよう指示を出すよ」

「わたしの意見だけで決めてしまうの？」

彼は顔をあげた。「〈クレスウェル・アンド・グレイヴス〉の中で、ぼくが誰よりも信頼しているのはきみだ。それに結婚してからわかったことだが、きみはすごく勘がいい。だから、そう、レディ・フィッツヒュー、きみの意見だけでじゅうぶんだ」

ミリーはどうしていいかわからなかった。じっと座っていられない気分だ。けれどもレディたるもの、部屋の中を跳ねまわるわけにはいかない。たとえ夫に、きみはぼくにとって一番信頼できる仲間だと言われたとしても。

彼女は喉のしこりをのみ込んだ。「ありがとう。ほかに何かわたしが目を通しておいたほうがいいことはある？」

レディ・フィッツヒューの考えはぴたりと当たった。翌春に完成した、みずみずしく鮮やかな配色と牧歌的な図柄のポスターは大人気となり、貼りだされるなり盗まれてしまうほどだった。気をよくしたフィッツは店内に貼るよう各店主にポスターを送り、ちらしを何万枚も印刷してサンドイッチマンに配らせた。瓶詰飲料は飛ぶように売れた。

それほどの功績に報いないフィッツではなく、さっそく妻のために宝石付きのヘアピンを買った。姉と妹に買い物に付き合ってもらったのだが、宝石店でアメジストとダイヤモンドのピンを見た瞬間、これこそ求めていたものだと直感した。ヘンリー・パークのラベンダーがぱっと頭に浮かんだのだ。妻のイメージにぴったりだ。品があって適応性が高く、さまざまな場面で活躍してくれる。

その贈り物を身につけたレディ・フィッツヒューを最初に見たのは、レディ・ナイツブリッジの舞踏会のときだった。

フィッツはめったに舞踏会に顔を出さない。出席してもあまり意味がないからだ。舞踏会の目的は主に、結婚の可能性がある男女が知り合うことにある。既婚者であるフィッツは、若いレディの時間を無駄にするだけの存在だ。それに舞踏会では、男性は踊らなくてはならない。レディのパートナーがどうしても不足するためだ。夜じゅう踊ると思うとげんなりした。

ところが、わけあってレディ・ナイツブリッジの舞踏会には出席することになった。姉のヴェネチア――彼女は家族の古い友人であるミスター・イースターブルックと名目だけの結婚をして、社交界に復帰していた――が、ヘレナをレキシントン公爵に紹介したいと言いだしたからだ。公爵はめったに社交の場に出ることはないが、噂によると、この舞踏会には来るらしい。フィッツはイートン校時代、ハロー校の若きレキシントンとクリケットの試合で戦った経験があり、紹介を受けていた。家族の中で公爵と知り合いなのはフィッツだけなのだ。

ヴェネチアの思惑ははずれ、公爵は結局現れなかった。ところがフィッツの現在の愛人が来ていたために、舞踏会はなかなか面白い展開になった。

ミセス・ドーチェスターは踊りたがった。フィッツはショッティッシュ（ポルカに似た二拍子の輪舞）ならと応じた。彼女としてはワルツを踊りたかったのだろうが、フィッツは愛人関係にある男女が人前で体を密着させて、その関係をわざわざ宣伝する必要はないと思った。

ダンスが終わり、ミセス・ドーチェスターを友人たちのところまで送り届けたあと、フィッツは妻と姉妹のもとに戻った。五分もしないうちにミセス・ドーチェスターがぶらぶらと近づいてきて、彼に微笑みかけ、レディ・フィッツヒューをばかにしたような目つきでじろりとにらんだ。

フィッツは妻のほうを向いた。「ぼくの思いすごしだろうか。あの目はなんだ。今日はきみが社交界に復帰した日だというのに」

彼女は一年間父親の喪に服し、前シーズンはすべての催しから身を引いていた。ロンドンの社交の場に出たのは、ほぼ二年ぶりなのだ。

「アン・ドーチェスターは、わたしにないものを持っているとわかっているのよ。そして、自分ほど恵まれない人を見下して楽しんでいるの」

「そんな女性だとは知らなかった」

「男性の前では感じがよくても、同性の前ではそうでもない女性っているのよ」

「なるほど。彼女は間違った相手に間違った態度を取ったということだ。ぼくの妻を見下すような人間は誰であれ許さない。ましてや、ぼくが少しのあいだでも交際した女性ならなおさらだ」

妻は肩をすくめた。「どうするつもり？　彼女をここに呼んで、わたしを失礼な目つきで見たことを謝らせるの？」

「彼女とはもう付き合わない」

妻が片方の眉をあげた。「そうはいかないんじゃないかしら。彼女を裏庭に連れだして、銃で撃ったほうがまだしも親切よ」

フィッツは笑った。妻は辛辣なユーモアの持ち主だ。

「そして、いまからきみとダンスを踊る」

「舞踏会で自分の妻と踊るわけにはいかないでしょう」

「ならば、ぼくを逮捕すればいい。さあ、次の曲がはじまっている。それにミセス・ドーチエスターが見ているよ」

彼女は明るいブラウンの瞳でじっとフィッツを見つめ、、やがて微笑んだ。じつにすてきな微笑だった。

「中産階級の人間は作法を知らないと言われるでしょうね。でも、わたしはつねづね、中産階級であることを誇りに思っているの」

フィッツはダンスフロアへと妻を導いたが、最初のターンでさっそくつま先を踏まれた。

「ごめんなさい！」

彼は笑った。「大丈夫だ。たぶん、すぐにお返しをすることになる。踊るなんて久しぶりだ。難しいステップはひとつも覚えていないよ」

「そのほうがありがたいわ。でないとわたし、ずっと下を向いて、床を見ていることになるもの」

それでも最初の失敗のあとは、ふたりはうまく息を合わせて踊った。おそるおそる四分の一回転や半回転をしていたのが、じきに勢いよく一回転するようになった。くるくるまわりながら大きな円を描く。フィッツの視界を、すべてが色と光の筋となって流れていった。

「待って。もっとゆっくり踊りましょう」ふいに妻が言った。

「目がまわったかい？」

「いいえ、少しも。でも、あなたの言うとおりだと気がついたのよ。ミセス・ドーチェスターがこちらを見ているの。彼女が頭から湯気を出している姿をじっくり眺めたいのよ」

「そしてぼくはもちろん、あえて彼女のほうは見ない」

「ぱたぱたと扇で自分をあおいでいるわ」妻は愉快そうに報告した。「そのうち誰かを引っぱたくんじゃないかしら」

「いいね。彼女が髪をかきむしるまで踊りつづけよう」

「あら、女性にとって髪は命よ。わたしたち、ひと晩中踊りつづけることになるわ」

「ならば、誰かの髪をかきむしるまでだな」

いま、フィッツは妻のために踊っているのではなかった。純粋に彼女と踊ることを楽しんでいた。ふたりは息を合わせて流れるように動いた。妻はいい香りがした。ほのかな、それでいて際立つ香りだ。

「なんの香水をつけているんだい？　いい匂いだ」

「香水はつけていないわ。でも、うちのラベンダーで作った石けんを使っているの」

あとからわかったことだが、サマセットの土と気候はラベンダーの栽培に最適だった。たった数本のさし穂が二エーカーのラベンダー畑にまで育ち、さらに広げる計画もある。近いうちに蜂の巣を手に入れ、ラベンダーの蜂蜜を作ることも検討していた。いずれはラベンダー・エキスを精製する機械を購入することになるかもしれない。

かつて荒れ地と化していたヘンリー・パークはいまや、実り豊かな土地となった。家政婦によると観光客が定期的に訪れ、城内を見学したり、ラベンダー畑の脇でピクニックをしたりしていくらしい。

フィッツは妻の髪の中で輝くアメジストとダイヤモンドのピンを見おろした。

「八月にうちでハウスパーティを開いたらどうだろう？」

彼女がつまずいた。彼は妻の脇に添えている手に力をこめ、体を支えた。

「気をつけて」

「ごめんなさい。あの、あなたいま、ヘンリー・パークにお友だちを招きたいと言ったの？」

「ああ。猟や釣りをするんだ。ヘレナのために未婚の男性を大勢招こう。本人はどうせ見向きもしないだろうが」

妻は何も言わなかった。

「反対か？」

「いいえ、そんな、大賛成よ。ただ――こんな日が来るとは思わなかったから」

「いつまでもすねていたって、何もはじまらないさ」

彼女が顔をあげた。その瞳は輝いていた。「じゃあ、ついにあなたのお友だちが青いデイジーの便器を見て笑う日が来るのね」

フィッツも笑った。「その話はしないでくれ。パーティはやめておこうかという気になる」

「あら、ごめんなさい。うちにあるのはがっしりとした男らしい便器ばかりよ。変な目で見たら、便器が怒るわ」

音楽が終わっても、ふたりはまだ笑っていた。

「ミセス・ドーチェスターが扇の骨を叩き割りそうな顔をしているわよ」妻はおかしそうに言った。

「実際にやるかどうか見てみよう」

ふたりは二曲目のワルツを踊った。続いて三曲目も。

「あら、彼女、帰ろうとしているみたい」三曲目のワルツの途中で、妻がささやいた。「そして……帰っていったわ」

「もう一曲、踊ろう。誰かがミセス・ドーチェスターを追いかけていって、彼女がいなくなったとたん、ぼくたちが離れたなんて耳打ちしないように」

「ワルツを四曲。衝撃的だわ、フィッツヒュー卿」

「望むところさ。それと、ぼくのことはフィッツと呼んでくれ。友だちはみな、そう呼ぶんだ。いまではぼくたちは友だちだろう?」

「ええ、そう思っているけれど」

フィッツは片方の眉をあげた。「確信はないということかい、レディ・フィッツヒュー? ほかにもきみを侮辱した人間がいるのか? 名前を挙げてくれたら、ぼくがそいつをこらしめて、固い友情を証明してみせるぞ」

妻の頰がピンク色に染まった。「証明する必要はないわ。わたしたちは友だちよ。それはわかってる」

「よかった」彼は言った。「両親を喜ばせるために結婚した男としか思われていないのでは、寂しいからね」

「そんなことはないわ」彼女は小声で言った。「絶対に」

夢が現実となることもあるのだ。

田舎のハウスパーティは大成功をおさめた。ライチョウは撃ち放題、マスも釣り放題だった。クリケットの試合や自転車競走、サマセットの美しい海岸への遠出など、お楽しみもたくさん企画した。ミリーはふと思いついて写真家を雇い、来客ひとりひとりの写真を撮って、土産に渡した。

パーティの最後の夜、人であふれた客間には笑いと活気が満ちていた。ヘイスティングス卿がグラスを掲げて叫ぶ。「われらがホストに！」

続いて全員が乾杯した。ミリーはにぎやかな喝采の輪の中心に夫と並んで立ち、この瞬間を記憶に刻みつけようとしていた。ヴェネチアがキスを投げてきたこと、ヘレナの腕が肩にまわされていたこと、母の誇らしげな笑み。すべてが新しいシャンデリア——パーティのはじまる二日前に天井に取りつけられたものだ——の黄金色の光の中で、輝いていた。

けれども翌朝、ミセス・アングルウッドがふたり目の子供を出産したことを知った。今度は男の子だそうだ。ミリーの耳に入ったということは、フィッツも知っているに違いない。帰っていく客にふたりそろって手を振りながら、彼女は落ち着かない気持ちで夫を観察した。

フィッツが振り返って微笑んだ。「クリスマスにもこんなパーティを開こうか？」

彼は心から満足しているようだ。ミセス・アングルウッドの家族が増えたことは、ほとんど——もしかしたらまったく気にしていないように見える。

「ええ、ぜひ」ミリーは熱のこもった口調で答えた。

「本当に？　少し疲れているようだが」

さっきは視界がぼやけたような気がしたけれど、いまはなんともない。

「いいえ、杖と水筒だけでマッターホルンにものぼれそうよ」

「だったら、おいで。さんざん遊んだあとだ、レディ・フィッツ、仕事に戻る頃合いだよ」

ふたりは敷地内をひとまわりした。屋敷の修繕がほとんど終わったいま、関心は土地のほうに移っていた。家庭菜園を囲む西側の壁は建て直す必要がある。大きな穴が開いているせいで冷気をさえぎることができず、冬を越せない果実が出てきているのだ。入口からそう遠くないところに作られた人工湖は地面についた巨大な傷跡さながらだし、その隣の、かつては持ち主の誇りだったであろうギリシア式東屋《あずまや》は、フランス人なら公衆便所《ピソワール》と呼びそうな代物に成り果てている。

いまもやるべきことは山積みだ。

午前中いっぱい計画を立てたり、メモを取ったりしたあと、ふたりはラベンダー畑の横でサンドイッチを分け合って食べた。蜂の羽音を聞きながら、川にかける新しい橋について話し合った。いまある古い橋は、もはや腐って使いものにならない。

今日という日が永遠に続けばいい、とミリーは思った。だが、やがてゆっくりと屋敷へ戻った。ひとたび敷居をまたいだら、フィッツは自分の部屋へ向かうのだろう。そしてわたしにも同じことを期待する。

ところが家に入る前に、彼はミリーを庭のほうへいざなった。ラベンダー畑に精力を注いでいるものの、ほかの庭もないがしろにしているわけではない。薔薇は盛りを過ぎていたが、忍冬と紫陽花がまだ見頃だ。そしてミリーのお気に入りの一画、カモミールの花壇と、この春修復がすんだ金ぐさりの小道を過ぎたところに、これまでなかったものがあった。ベンチだ。

「きみはロンドンの屋敷の裏庭にあるベンチが大のお気に入りだろう。これはひと足早い誕生日の贈り物と思ってほしい」

「まあ……」喉が詰まった。「すごくすてきだわ」

ロンドンにあるのとほぼ同じ、複製品だった。大きく、がっしりとした作りで、太陽であたためられている。

「先に戻っているよ、きみはベンチでゆっくりしていってくれ」フィッツはそう言うと、手をひと振りして歩み去った。

ミリーはベンチに座り、ゆったりとくつろいだ。庭とベンチ——希望がまた、芽吹こうとしていた。

12

一八九六年

レキシントン公爵ことクリスチャン・ド・モンフォールは、完璧な照明がないところで妻を眺めるのが好きだった。いま、黄昏《たそがれ》の青い影が伸びて、部屋の中はほの暗い。妻は肌着をつけてベッドに戻ってくると、彼の肩に片腕をまわした。

「まだ用意しないの？」

「愛しいヴェネチア、男の身支度にはたいして時間はかからないものだよ」

「まったく。遠まわしに言ってもだめなようね。要はあなたが引きあげてくれないと、わたしはメイドを呼べないのよ」

「言い換えれば、ここにいることで、ぼくは優位に立っているわけだ」妻のまだむきだしの腕をさする。「どうかな、公爵夫人、きみがもう一度ぼくを歓ばせてくれないかぎり、出ていかないというのは？」

ヴェネチアは笑い、彼の手をすり抜けた。「あとでね。舞踏会が終わったら、たぶん」

クリスチャンは既視感に襲われた。「信じられないな、夢で見たとおりだ」

彼女が片方の眉をあげた。「わたしのベッドを不法占拠する夢？」

「この場面そのものだよ。服を身につけるきみを、ぼくが見つめている。誘いをかけるんだが、きみはいまのとおりの答えを口にするんだ。〝あとでね。舞踏会が終わったら、たぶん〟」

「その夢はいつ見たの？」

「ハーバードで講演する前の晩だ。おかげで調子が狂ってしまったのさ」

その講演があったのは数か月前のことだ。クリスチャンは知らなかったが、聴衆の中にヴェネチアがいた。そして演壇から彼が語った話が、ふたりの人生を思いもよらぬ形で結びつけたのだった。「そして、あなたは真っ逆さまにわたしの魔の手に落ちてきたというわけ」

「ところが、そこは少しも恐ろしい場所ではなかった。しっとりと心地よく刺激的で――」

ヴェネチアが何かの小さな瓶を投げつけた。彼はあわてて頭を引っ込めた。

「なんだ、妻にお世辞を言ってはいけないのか？」

彼女は片目をつぶった。「魔の手を逃れた人はね。さあ、もう行ってちょうだい。わたしはお風呂に入って着替えないと」

クリスチャンはひょいとベッドをおりるとズボンをはいた。

「冷たく追い払ったつけは、舞踏会のあとに払ってもらうぞ、愛しい人《マイン・リーブリング》」

「たぶんね」ヴェネチアが平然と応える。

クリスチャンは彼女のおろした髪を撫でた。夢に見たとおり、その髪は腰にまでかかっている。「ぼくたちはこうなる運命だったんだ、そうだろう？」

ヴェネチアは彼の手の甲にくちづけした。「ええ、ダーリン、運命だったのよ」

舞踏会を成功させるというのは、並みの女主人にはなかなかできないことだ。たいがいは客間程度の広さの空間に入りきらないほどの客を招き、窓やアルコーヴを飾りつけで覆ってしまって、暑さにうだる三〇〇人の男女を閉めきった牢獄の中で酸欠状態に陥らせることになる。そのうえ楽団や飲み物は節約して、客にいっそうみじめな思いをさせるのだ。

フィッツの妻はそんな過ちは犯さなかった。招待客リストはつねに一七五人までと制限されていたし、舞踏室の換気には最初から最後まで気を配った。そして、客が楽しく快適に過ごすための費用は決して惜しまなかった。

今夜、フィッツヒュー家の舞踏室は薔薇と百合の巨大な花束に彩られ、生花のあいだにはコリント式円柱を模した氷の彫刻が置かれていた。彫刻は電気式シャンデリアの光を受けて、かすかに虹色に輝いている。電気は炎のようには熱を発しないので、氷の彫刻は精力的に踊る客であふれた舞踏室をいつまでも涼しく保ってくれるのだ。

レモネードと冷えたパンチもたっぷり用意された。何層にもなった飾り皿には、花に合わせてバタークリームの薔薇と百合をつけた小ぶりのケーキが盛られている。フィッツヒュー家ならではの演出で、ひと口サイズに切られた〈クレスウェル・アンド・グレイヴス〉のチョコレートバー――一番人気の味から新発売のものまで――がピラミッドを作っている。

ミリーは涙形のクリスタルがふんだんにあしらわれたプラム色の舞踏会用ドレスを着て、パンチボウルの前に立っていた。フィッツが贈ったアメジストとダイヤモンドのピンが髪にきらめいている。むきだしの肩はつややかだった。

今夜。長い時間を経て、ついに今夜。

だからといって、何かが変わるわけではない。フィッツの未来はイザベルとともにある。これは義務にすぎない。爵位のため、ミリーのために果たさなくてはならない義務だ。

近づく足音に気づいたのか、ミリーが振り返った。

「準備は万端だ」

彼女は微笑んだが、目は合わさなかった。「ええ、そうね。でも、いつも神経がぴりぴりするの、舞踏会直前になると」

「うまくいくさ。馬車の時間は？」

舞踏会の招待状に、ミリーはいつも何時に馬車を迎えに来させればいいか明記している。でないと、時間を忘れて楽しむ客たちは明け方まで帰らない。主催者側としては、あまりありがたいことではなかった。

舞踏会がはじまる前に、フィッツが馬車の時間を尋ねるのもいつものことだ。そうすれば、どのくらいのあいだ客をもてなせばいいか見当がつく。しかし、今夜は客たちを乗せた馬車が帰ったあと……。

イザベルの熱烈な愛の告白を忘れてはいけない。彼女との過去、そして未来を考えるのだ。

ともかく現在のこと以外。けれども今夜、馬車が帰ったあと、ここにいるのはミリーだ。夏の盛りのラベンダー畑みたいな香りがするミリー。最上級のベルベットのようになめらかな肌を持つミリー。

ふたりの目が合った。彼女が頰を赤らめる。欲望がフィッツの体を駆け抜けた。

「もう――最初の馬車が着いたようよ」ミリーはスカートをつまみ、歩きだした。「わたしは階段の上でお出迎えをしないと」

フィッツは妻を見つめた。そして――イザベルのことを考えようとした。

めったに踊らないフィッツとは違って、ヘイスティングスは舞踏会を楽しみ、すべての曲でダンスフロアに出た。しかも、いくぶん恥ずかしげに、それでいて期待をこめた顔でパートナーを待つ壁の花たちを、決してないがしろにはしない。その点はヘレナも評価せざるをえなかった。

彼女たちはヘイスティングスにダンスを申し込まれると大いに喜ぶ。婚外子とひとつ屋根の下で暮らしているとはいえ、彼はいまだに若い女性の結婚相手としては理想的だ。おじから爵位だけでなく、莫大な資産価値を持つ工場を受け継いでいる。その彼が官能小説を書いていると知ったら、あの壁の花たちはどうするかしら、とヘレナは思った。あの小説には彼女たちの母親が卒倒しそうな女性が登場する。目を開けたまま、性的な行為をする女性だ。

奇妙にも、昔からことあるごとにヘレナの唇を奪おうとするわりに、ヘイスティングスがワルツを申し込んできたことはなかった。今夜の舞踏会も、ワルツではなく四組の男女で踊るランサーズでパートナーを買って出ただけだった。

それでも踊りは、耳元に顔を寄せてふたりだけの会話をする機会を彼に与えた。

「ミセス・モンテスが戦闘態勢に入っているぞ。ぼくがきみなら用心するな」

「ミセス・モンテスはいつだって戦闘態勢じゃないの」

誇張ではない。アンドリューの妻の妹であるミセス・モンテスは単なる噂好きにとどまらず、美徳と正義の守護神を自任している女性だった。使用人に目を光らせ、田舎のハウスパーティでは手当たり次第に部屋の扉を開ける。そのせいで、近頃はめったに招かれなくなっていたが。ともかく周囲の人の非道徳的な行いを全力で暴きだし、罰しなくては気がすまないのだ。

「ミセス・マーティンが夫に宛てたきみの恋文を見つけたら、真っ先に誰のところへ行くと思う？」

ふたりはそれぞれ隣の踊り手と手をつなぎ、向かいの列に向かって進んでいるところだった。紳士が一礼し、レディが軽く膝を折って応える。次いで列はばらけ、また男女四組に戻った。

「ミセス・モンテスは時間を無駄にすることになるわ。わたしは年中見張られているもの」

「信用できないな、ミス・フィッツヒュー。きみのことだ、いかなる困難があろうと、どこかに道を見いだすに違いない」

「それで気がついたら、ミセス・モンテスの目の前？　やめておくわ」

「きみはいまの状況を自分の側からしか見ていない、ミス・フィッツヒュー。だが、ゲームの参加者はほかにもいる。彼らがどう動くかは予想できない」

「わたしが囚人同然でいる以上、ほかの人たちは関係ないわ」

ヘイスティングスが腹立たしげにため息をついた。このつかみどころのないお調子者が、いらだちを顔に出すのは珍しい。またほかの踊り手たちと距離ができると、彼は言った。

「きみはじつのところ、見つかりたいんじゃないかと思えてきたよ」

ヘレナは鼻を鳴らした。「どうしてわたしが？」

「そうなれば、ぼくが輝く鎧をつけた騎士になるしかなくなる」

「よく言うわ。女性を縛るのが趣味のくせに、鎧の騎士だなんて」

彼は舌打ちした。「あれは小説だ。作者と一人称の語り手を混同しないでくれ」

ヘレナは顔をあげた。ヘイスティングスの目を見るのに首をそらさなくてはならないというのは妙な感じだった。子供の頃は、こちらのほうがずっと背が高かったのに。

「この場合、両者に違いはあるの？」

「もちろんあるさ。ぼくは妻を縛ったことはない——いまのところは。実際には、まだ妻もいない。もっとも、もしきみの情事が発覚したら、ぼくはフィッツへの義理からきみと結婚するしかなくなる。そうなると現実が小説に近づいていく可能性はある」

ヘレナの顔がかっと熱くなった。「ありえないわ」

「じゅうぶん用心するんだな」彼はやわらかな声で言った。「いまの調子で無茶を続けるなら、どうなっても知らないぞ」

フィッツは舞踏会を主賓のヴェネチアとのダンスではじめ、彼女とのダンスで締めくくった。そして腕を組み、待機している馬車まで送っていった。

「そろそろ妻を返してもらえるかな、フィッツヒュー？」レキシントン公爵が微笑みながら声をかけた。

「年数の問題ですね。ぼくがヴェネチアの弟だった年月より、あなたが姉の夫となった年月が長くなったあかつきには、すぐにもお返ししますが」

ヴェネチアが愉快そうに笑った。姉の喜ぶ顔を見るのはうれしかった。彼女には幸せになる権利がある。

「八月にはアルジャーノン・ハウスに来るといい」レキシントン公爵が誘った。「ぼくは外国にいることが多いから、ライチョウが増えすぎて困っていてね。助っ人は多ければ多いほどいい」

「すてきだわ」ヴェネチアが歓声をあげた。「フィッツの射撃の腕は一流よ。それを言うならヘレナもそう。ああ、今度こそ、ミリーにも銃の使い方を教えてあげなくてはね」

フィッツの喉が詰まった。そんな時間はない。

従僕が馬車の扉を開けた。フィッツはレキシントン公爵と握手をした。ヴェネチアが彼の頰にキスをする。

フィッツはささやいた。「姉上が幸せになって、ぼくもうれしいよ」

「あなたも幸せになることを祈っているわ」ヴェネチアがささやき返す。「どうか選択を誤らないで」

ミリーはフィッツを見つめていた。いつもながら彼は美しい。いまは馬車に乗り込む姉に手を貸している。

レキシントン家の四輪馬車が走り去った。けれども学生時代の友人ふたり、ド・クーシーとキングスランドはまだ少し話があるようだった。イートン校時代にクリケット仲間だったド・クーシーは最近婚約した。結婚式に出席してほしいと言うのだろう。フィッツはその手の催しには引っぱりだこなのだ。同時期に少しのあいだでもイートン校に通った者はみな、フィッツを親友と見なしている。

「その目つきときたら、きみがパン職人で、彼が小麦の最後のひと袋という感じだな」ミリーのうしろで声がした。

ヘイスティングス卿だった。ふたりは互いの秘めた思いについて口にしたことはない。彼女のフィッツへの思いも、彼のヘレナへの思いも。

「わたしの義妹を見る、あなたの目つきのこと?」

「哀れだな、ぼくらは」

そう思うときもある。それでも気持ちは止められない。

「ランサーズを踊りながら、ずいぶんと会話が弾んでいたようだけれど」

「彼女のことが心配なんだ」

「わたしもよ。でも、目を離さないようにしているから」ヘレナが気の毒になるくらいに。

「あなたにとっても試練のときね」

「このところのきみほどではないさ」彼はミリーの手袋をした手を取った。「だが、心配はいらない。そのうちフィッツは目を覚ますよ」

「そうかしら？」ミリーの母も同じことを言った。

「キリスト教徒弾圧のためにダマスカスへ向かう途中、突如改宗したパウロと同じようにね」ヘイスティングスは彼女の手を持ちあげ、軽く唇を押し当てた。「見ているといい」

ド・クーシーとキングスランドを見送ったフィッツが近づいてきて、友人の肩に腕をまわした。「午前三時だぞ、ヘイスティングス。妻を誘惑するのはやめてくれ。長い一日だったんだ。もうきみの相手はごめんだと言っている」

ヘイスティングスはミリーに向かって片目をつぶってみせた。

「フィッツには能天気にそう思わせておくとしよう、レディ・フィッツ。では、ぼくは帰るよ。見送りはいらない」

こうして舞踏室に残ったのはミリーと夫だけになった。彼女は膝ががくがくしてきた。フィッツのほうを見ることができない。

「疲れているんじゃないか？」彼が心配そうにきいてきた。

恐怖心とあらぬ想像がミリーの頭の中で暴れまわった。フィッツの手がすでに体をなぞっているような感覚にとらわれる。ゆっくりと首を横に振った。

「だったら、階上《うえ》へ行こうか？」

彼女は息を深く吸った。飛び込みの前に深呼吸をするように。

「ええ、そうね。行きましょう」

13

飛行船

一八九二年

フィッツは決まった日に贈り物をする質ではなかった。

クリスマスの贈り物と称して一一月に何かくれることもあれば、前年の誕生日プレゼントが一月になることもあった。そんな気まぐれをミリーは楽しんでいた。

「ヴェネチアがいつも代わりに贈り物をくれるの」彼女は言った。「あなたが正確な日付にまるで頓着しないから。あなたがまめだと、わたしはふたつ目のプレゼントを断らなくてはいけなくなるでしょう。それはつまらないわ」

そんな調子なので、ある晩、夕食をとりながらフィッツが唐突に二一歳の誕生日プレゼントをしたいと言いだしたときも、ミリーはさほど驚かなかった。実際には、まだ誕生日までだいぶ日があるのだが。

「何かしら？」

「社交シーズンが終わったら、きみをイタリアに連れていきたい」

ミリーは言葉を失った。わたしたちふたりで？　ふたりだけで？

それは口にできない問いだった。でも、何か言わなくてはならない。彼女は胸に当てていた手をゆっくりと引きはがし、水のグラスに手を伸ばすと、突然からからになった口の中を潤そうとした。

「どうしてイタリアに？」

「この前行ったときは、予定より早く帰らなくてはならなかっただろう」

「わたしにとっても、すごく大事なことだったんだもの、戻るよう言ってくれなかったら、侮辱と感じたと思うわ」

「それはそれとして、また行かないか？」

「でも、どうするの——あら、だからあなた、狩猟パーティの招待状は自分が出しておくと言ったのね。最初からパーティを開く気はなかったんでしょう」

フィッツはにやりとした。「きみが狩猟のほうがいいと言うなら別だが」

かつての夫は数週間、いや、数か月も笑顔を見せないときがあった。いまではよく笑う。それでもミリーはいまだに慣れることができない。彼の笑顔を見るたびに驚き、あらためて喜びを噛みしめる。

「いいえ。言わせてもらえば、イタリアのほうがいいわ」

「なら、イタリアへ行こう」

次は気になる質問をせざるをえなかった。「ヴェネチアとヘレナは？　彼女たちも一緒？」

二番目の夫であるミスター・イースターブルックが亡くなってさほど日が経っていないとあっては、ヴェネチアが同行するとは考えにくい。

フィッツは首を横に振った。「ヴェネチアは喪中だから旅行はしたがらないだろう。ヘレナは会社で忙しい」

「ヘイスティングス卿は？」

「スコットランドで狩猟だ。ぼくたちふたりだけになると思う」

ふたりだけ。何週間ものあいだ。ロマンティックな美しい土地で。

ミリーはもう一度水で口を潤してから、ようやく言った。

「夫が何がなんでも海の向こうを旅したいというなら、わたしとしては我慢するしかないわね」

フィッツがまたにやりとした。「そのつもりさ」

その晩、彼女は口にずっと角砂糖を含んでいるような気分だった。甘いものが、ゆっくりと溶けて広がっていった。

ふたりはスイスを通って——列車でゴッタルド鉄道トンネルを抜け、乗合馬車でシュプリューゲン峠を越えた——イタリアに入り、最初の宿泊地であるコモ湖に着いた。

コモ湖はまさに地上の楽園だった。きれいな空気、赤い屋根が連なる家並み。高くそびえる山麓と、氷河から流れ込む青い水をたたえた湖。二週間、ミリーとフィッツは山を歩き、ボートを漕ぎ、ときおりテニスに興じ、たらふくごちそうを食べた。けれども残念ながら、このロマンティックな舞台の中でも、彼がキスの誘惑——というか、多少なりともその種の欲求に駆られた様子はなかった。

湖畔の町ベラージョのホテルでも、家にいるときと同様、部屋は別々だった。家にいるときと同様、フィッツはやさしく、気さくだった。そして家にいるときと同様、夜はひとりで過ごした。

愛人がいるのかもしれない、とミリーは思った。その疑念を裏づけるように、湖を見渡す広いテラスで夕食をとっているとき、襟元をダイヤモンドできらきらさせた黒髪の美女が、彼に向かってウィンクしてきた。

「彼女と寝ているのね」ミリーは言った。

「いいや」フィッツは皿を見おろし、笑みを隠して答えた。「きかれたから言うが、あとで彼女の部屋に寄る。もちろん寝るのは自分のベッドだけれどね」

「あの人、このホテルに滞在しているの？」

「おいおい、ぼくは大切な妻と愛人をひとつ屋根の下に寝泊まりさせるほど無神経ではないつもりだぞ」

「そうなの。皇太子は皇太子妃も出席している田舎のハウスパーティに、いつもそのときの愛人を同伴しているんじゃなかったかしら？」

「ぼくは皇太子よりはるかに良識があるのさ。ハノーヴァー家なんて、ぼくたちイングランド人がときの王を追いだし、イングランドの王冠をその頭にのせてやるまで、中流のドイツ人集団でしかなかったんだ」

給仕が来て、次の料理を供した。湖でとれた魚の切り身の香草バター焼きだ。

「秘訣を教えて」ミリーは思わず尋ねていた。「どうやって愛人を見つけるの？　興味があるわ」

フィッツが驚いたように彼女を見た。ミリーらしくない大胆な発言だ。彼の目に何か――新たな関心か、もとからあってふいに浮かんできたものか――がきらめいた。

「人それぞれだよ。たとえばヘイスティングスは部屋に入って、気に入った女性を見つけると、すぐさま誘いをかける」

これはフィッツがよく使う手だ。さりげなく他人の話にすり替える。彼は個人的なことを語りたがらない。だがミリーとしても、そう簡単にはぐらかされるつもりはなかった。

「それで、あなたは？」

「ぼくはそれほど積極的ではない」

「それでも成功率はヘイスティングス卿に負けていないわ」

彼は悪びれることなく肩をすくめたが、その仕草は同時に、これ以上自分の手管を明かす気はないと言いたげだった。

「どうやっているのか、わたし、知っているわよ」ミリーは言った。

フィッツが片方の眉をあげた。

「女性のいる部屋に入るでしょう。あなたは決して、一番きれいな女性にまっすぐ近づいてはいかないの。しばらくは男性、もしくは年配の未亡人と話をする。そうしながら同時に、候補者がどこにいるか、どの娘が自分を見ているか、つねに確かめているのよ」

彼はかすかに微笑み、水を少し飲んだ。「続けて」

ふいにミリーは、夫が興味を引かれているのは誘惑法の分析ではなく、妻が素知らぬ顔をしながら、いかに細かく自分を観察しているかなのだと気づいた。とはいえ、いまさら黙り込むわけにいかない。

「そこがヘイスティングス卿と違うところね。あなたは好みの女性に照準を合わせる。捕食動物なのは同じだけれど、あなたの場合はたとえて言うなら、クモ。獲物が近づいてくるのをじっと待つのよ。

やがて女性たちはあなたに目を留める。若くて自信にあふれ、きらめいているから。彼女たちは扇を使って、こちらへ来てとあなたを誘うの。でも、あなたはすぐには応じない。女主人と話をしたり、紳士たちと冗談を言い合ったりしている。そのあとでようやく合図に気づいたような顔をするのよ。

一番関心のない女性からはじめて、夜が終わる頃には、部屋に入った瞬間に狙いを定めた女性と会話をしている。数日後には噂がまわってくるのだけれど――わたしはもう知っていている。テラスのたいまつがやわらかな黄金色の光を周囲に投げかけていた。

フィッツがまたひと口、水を飲んだ。さらにもうひと口。太陽は沈み、空は藍色に染まっ

「そんなところかもしれない」彼は言った。「きみは誰よりもよく、ぼくのことを知っているの」

る」

誰よりも注意深く、誰よりも長い時間、あなたを見つめているから。

「ぼくはその半分もきみのことを知らないな」

「知ってもらうようなことなんて、たいしてないもの」

「そうは思えない。知られてもいいと思うことがたいしてないんだ。そのふたつはまったく違う」

わたしがフィッツを観察しているように、彼もわたしのことを観察しているのかしら、とミリーはときおり考える。いま、その答えがわかった。観察しているのだ。もっとも、妻のことを知ってどうするつもりなのかはわからないけれど。

胸のざわつきを抑えて、彼女は魚料理を口に運んだ。

「まあ、これはおいしいわ、そう思わない?」

二日後、ふたりはコモ湖を発ち、ミラノに一週間滞在した。それからまた山々と湖を目指してロンバルディアを東に進み、目的地であるイゼーオ湖にその日遅くに到着した。

宿屋の主人は平謝りした。盛大な結婚披露パーティがあり、部屋がひとつしか空いていないというのだ。非常にいいお部屋です、ただ、ひと部屋しかなくて、と。

「そこでいい」フィッツが言った。

「話を聞いていなかったの？」声が宿屋の主人の耳に届かないところまで来ると、ミリーは言った。「ひと部屋しかないのよ」

「聞いたさ。だが、もう時間も遅い。夕食もとっていないことだし、明日また別の宿を探そう」

「でも――」

「契約の内容は正確に覚えている。きみはぼくになんの危険も感じなくていい」

つまり、彼にとってわたしはなんの危険もないということね。わたしのほうはパラソルで、扇で、ひょっとしたらブーツで彼を撃退しなくてはならなくても、ちっともかまわないのに。

「だったらいいわ」ミリーはしぶしぶ言った。

部屋を見せられた。いい部屋だったが狭かった。ベッドは笑いたくなるほど小さい。彼女は言葉が出なかった。フィッツはちらりとベッドを見て、顔をそむけた。それでも洗面台の前に立っていたので、苦笑いしたのが鏡に映った。

「たったひと晩だ」彼が言った。

夕食は早々にすませた。その後、ミリーはまっすぐ部屋に引きあげた。フィッツは時計が一二時を打つまで戻らなかった。

まず、ろうそくの明かりが近づいてくるのが見えた。フィッツはそのろうそくをマントルピースの上に置き、襟元をゆるめてネクタイをはずした。ミリーはまつげの下から夫を見つめていた。彼が上半身裸で川で水浴びをする姿は見たことがある。けれども服を脱ぐところは見たことがなかった。

懐中時計を出し、マントルピースの上に置く。上着とベストは椅子の背にかけ、ズボン吊りをはずしてシャツを脱いだ。ミリーは頬の内側を噛んだ。前に見たときは骨と皮だけだった。いまは肌にも張りがあり、筋骨たくましい。ベルサイユの黄金の彫刻像にも劣らない、美しい体だ。

ベッドに入る前、ミリーは夫の寝間着を出しておいた。フィッツはそれを身につけてから、ろうそくの火を消した。暗がりの中、彼がズボンを脱いでいるらしい音がした。

フィッツの体の重みでマットレスが沈んだ。ミリーは身じろぎもせず、息すら詰めていた。

「息はしたほうがいい。いずれは呼吸しなければならないんだから」彼の声には笑いが交じっていた。

なんですって？

「起きているのはわかってる」

「どうしてわかるの？」

「ぼくだって、これまで誰とも一緒にベッドに入ったことがなかったら、眠れないだろうと思うからさ」

ミリーは唇を引き結んだ。ベッドを出ればふたりは対等だ。彼女もフィッツに負けないくらい話し上手だし、落ち着いている。でも、この特別な舞台では、彼のほうがはるかに経験豊かだ。理論だけ知っていても、ここではなんの役にも立たない。

「はじめて女性とベッドをともにしたのはいつ？」いささか早口で尋ねる。

「独身最後のパーティだと思う」

「思う、って？」

「泥酔していてね。何も覚えていないんだ」

「記憶にあるはじめての経験は？　ミセス・ベテル？」

「いや、彼女の姉のミセス・カーマイケルだ」

ミリーは何も言わなかった。

「いやみが聞こえた気がするよ」

「自慢が聞こえた気がしたわ」

「自慢などしていないさ。ミセス・カーマイケルはぼくをミセス・ベテルに譲ったんだ。妹が若くて経験の浅い男が好きなのを知っているから。つまりミセス・カーマイケルは、ぼくを愛人としては物足りないと思ったんだろう」

「以来たっぷり経験を積んだわけだから、いまでは誰もあなたを愛人として物足りないとは思わないでしょうね」

「合格点はもらえるだろうな」フィッツは控えめに言い、それから笑った。「暗がりでベッドに横たわり、よりによって妻とその手の能力について話し合うことになるとは想像もしなかった」

ベッドがきしんだ。彼がこちらを向いたのかもしれない。

「失礼ながら、きみは興味津々のようだな」

「どういう意味かしら」

「ぼくに興味があるとか、自分も試してみたいんだろうとかいうんじゃない。ただ、この手の話にひどく興味があるみたいに思える」

ミリーは唇を噛んだ。「そう？」

「それが悪いとは言っていないよ。きみだって興味を持つ年頃だ。ひそかに思う人がいたんだったね。彼の消息はいまも追っているのかい？」

まだ覚えていたのね。「ええ」

「彼のことを考える？」

ミリーは顔をしかめた。「ときどきは」

「彼といままで――」

「もちろんないわ」

「きみの貞節を疑っているわけではない。ただ、キスもしたことはないのかい？」

「一度だけ」

「どうだった？」

あなたはどう感じた？　「うまく説明できないわ。わたしは絶望のどん底だったの。彼もそうだった」

「彼もいまは結婚しているのか？」

「ええ」

「奥さんに嫉妬は感じないかい？」

どう答えたらいいの？　「もう遅いわ。眠りましょう」

フィッツが体の向きを変え、ベッドがまたきしんだ。ふたりの間隔がさらに一〇センチほど開いた。「きみにベッドから蹴りだされないための用心さ。床で寝るのは好きではないんでね」

「わたし、人をベッドから蹴りだしたことなんてないわよ」

「そうだろうな。だが、誰かと同じベッドで寝たことはないんだろう。だから……気をつけてくれ」

フィッツはミリーに背を向けたまま、だいぶ前に寝入っていた。深く規則的な息遣いが聞こえてくる。彼女のほうは言いようのない神経の高ぶりを感じながら、まんじりともせずに横たわっていたが、それでもいつしか眠りに落ちていた。

はっとして目を覚ました。フィッツの腕がおなかの上に投げだされてきたのだ。口に手を当てて声を殺し、もう片方の手で腕をどかそうとしてみた。だが触れてみると、彼の指にはまるで力が入っていなかった。

眠ったままで寝返りを打ったのだ。それだけのこと。

ミリーはしばらくフィッツの手に手を重ねていた。いつか贈った印章付きの指輪が指に触れる。指輪は彼の体温であたたまっていた。いつか——彼女は思った。いつか……。

いきなりフィッツに引き寄せられて息をのんだ。驚きのあまり喉が詰まって、声は出なかった。いま、ふたりは肩から腿まで密着している状態だ。彼がミリーのうなじに顔をうずめてきた。信じられない。彼の唇が肌をなぞっていく。伸びかけたひげが肌をこすり——。

彼女の胸の内でさまざまな感情が荒れ狂った。興奮、欲求。困惑。フィッツは何をしているの？ そもそも自分のしていることがわかっているの？ わたしはいまこの瞬間、彼にやめてほしいの？ それとも……やめないでほしいの？

フィッツのほうはやめる気はないようだ。腰に石のように硬いものが当たる。ミリーは自分の口から驚きと欲望のあえぎがもれるのを聞いた。彼がほしい。愛人の話を聞くたびに、自分がその女性だったらといつも願ってきた。余計なことは何も考えず、ただ快楽のために彼を味わえたら、と。

でも、できない。肉体的な結びつきだけでは、わたしは満足できない。

フィッツが小さくうめいた。手がミリーの胸元に伸びてくる。何が起きるか彼女が気づく前に、その手が乳房をつかんでいた。

声は出なかったが、代わりに心臓が狂ったように打ちはじめた。

彼の唇は首筋に押しつけられている。指が乳首に触れた。親指が寝間着の生地越しに先端をさすっている。

ミリーはベッドから飛び起きた。あわてたせいで、ベッドの脇の小さなテーブルに置いてあった水のグラスをひっくり返してしまった。グラスは絨毯の上に落ちた。割れなかったが、そのまま転がっていって衣装戸棚の脚にぶつかり、かちゃんと高い音をたてた。

「どうした――」フィッツが眠たそうに言った。

ミリーは物音ひとつたてなかった。

しばらくして、彼はまた眠ったらしいと思った頃、唐突にきかれた。

「なぜベッドを出ているんだ？」

「わたし……あの、誰かが横にいるとよく眠れないの」

「ベッドに戻るといい。ぼくが床で寝る」

「床が濡れてしまったわ」

フィッツがため息をついた。「だったら椅子で寝るよ」

足音が聞こえ、彼女はびくりとしてあとずさりした。彼はミリーのすぐそばを通り、手探りで椅子を探した。「さあ」

彼女はきゃっと叫んだ。フィッツに抱きかかえられたのだ。彼はそのまま何歩か歩いて、ベッドの真ん中にミリーをおろした。「眠るんだ」

カーテンの隙間から朝日が細く差し込んできた。彼女は横向きになって寝ていた。フィッツが座っている椅子に顔をそむけるようにしており、そのせいで鼻がほとんど枕にうもれている。

山間《やまあい》の地は涼しい。だが、彼女は足元の上掛けを蹴り落としていた。部屋は薄暗いとはいえ、フィッツにはくるぶしがはっきりと見えた。それどころか、うれしいことにふくらはぎの半分くらいまでがあらわになっている。

うれしいことに、か。自分の妻なのに、おかしな話だ。しかし、目に入るものすべてが新鮮で美しい。おそらく目に入らない部分も――。

彼は無意味な想像から気持ちを引きはがそうとした。目に入っていない部分は、この先も見えないままだ。彼女は六年と言った。自分がそれを八年に延長したのだ。なんと愚かだったのだろう。彼女に、いや、すべてのことにずっと同じ感情を抱きつづけると信じていたなんて。

妻がわずかに身じろぎをした。自分にとっては神秘に包まれた女性だ。

フィッツのほうはなんの秘密もない。ところが彼女は中世の城のように、隠れた通路や人目につかない小部屋でいっぱいだ。そこにはたぶん誰にも明かしたことのない、フィッツとしても推測するしかない情報が詰まっているのだろう。

彼女がこと細かに再現してみせるまで、フィッツは女性をベッドに誘う自分のやり口というのを意識したことがなかった。たしかにさりげなく、できるだけ少ない労力で目的を達しようとはしている。だが、クモというたとえは間違いだ。

外見とは裏腹に、フィッツは女性に関しては奥手だった。イザベルのときも最初に告白したのは彼女のほうだった。

欲望を満たすための女性を探すというのは、思いを告白するのとはだいぶ違う。しかし、気おくれを感じることには変わりなかった。できれば女性のほうから近づいてきてほしい。〝若くて自信にあふれ、きらめいている〟ことで、その意図を広く宣伝しているのだ。

妻がまた身じろぎして、今度は寝返りを打った。つま先がわずかにくねった。片足がもう片方の脚を這いのぼっていく。そのさまを、フィッツは食い入るように見つめた。眠ったままの無意識の動作が、彼女の寝間着の裾をもう少し上まで――かなり上まで持ちあげてくれることを期待して。

妻が動きを止めた。それからゆっくりと慎重に脚を引き寄せ、その上に毛布をかけた。

「おはよう」フィッツは言った。

彼女は体を起こした。ほとんど膝のあたりまであらわになった脚を見られたことには、気づかないふりをするつもりらしい。「おはよう」

彼女が部屋を見渡した。フィッツはシャツとズボンは身につけており、妻の前ならばじゅうぶん許される格好なのだが、彼女はこちらを見ようとしなかった。淑女ぶっているわけではない。その仕草にはわざとらしさも嫌悪感も見受けられない。単にこういう場面でどうふるまっていいかわからないという感じだ。それがフィッツの好奇心をそそった。さて、彼女はどうするだろう？

「よく眠れたかい？」彼はきいた。

「ええ、まあ。あなたは？」

「どうかな。ぼくのほうは夜中に起きて、椅子で寝なくてはいけなくなった。妻にぼくとは寝たくないと言われてね。それでよく眠れたと思うかい？」

彼女は毛布に包まれた自分の膝をじっと見つめた。

「わたしが椅子で寝てもよかったのに」

フィッツは鼻で笑った。「きみを椅子で寝かせて、ぼくがベッドで眠るなんて、できるわけがないじゃないか」

「ごめんなさい」

「ぼくが何かしたのか？」

シーツの上を意味もなくさまよっていた妻の手が、ふと止まった。

「どうして何かしたと思うの？」

「正確な記憶はないんだが、このベッドは狭いし、男というものは強い衝動を持っている。それにきみはベッドから飛びだして水のグラスをひっくり返した。となると、なんとなく想像がつく」

「とくにおかしなことがあったわけではないのよ。わたしみたいな小心者でなければ、驚くようなことじゃないと思うわ」

「驚いたのか？」

「ベッドを飛びだしたんでしょう、わたし？」

なぜされるがままでいなかった？

そう思った瞬間、突然思いだした。興奮を覚え、彼女を引き寄せて手で乳房をつかんだのだ。あたたかくて、やわらかで、刺激を受けた先端がとがって……。

フィッツは長々と息を吸った。「ぼくを怖がる必要はない」

「もちろんわかっているわ」彼女は即座に――早すぎるほど――応えた。

妻に着替えをさせるため、フィッツは部屋を出た。戻ると、今度は彼女に出てもらった。

「もう一時間ほど眠りたいんだ」

扉に鍵をかけ、ベッドに横になった。すぐに眠くなるだろうと思ったが、そうはいかなかった。いきなりわきおこった欲望を追い払わないことには、眠りは訪れそうもない。

そこで今度は、夜のあいだの出来事を思いだすだけでなく、四年後にどんなことが起こるかを想像してみることにした。裸で、自分の下で体を開く彼女――。

そう、今度こそは。

「フィッツ、いるの？」ミリーは扉をどんどんと叩いた。一〇時になっている。彼女が部屋を出てから、もう二時間半だ。「起きて、話があるの」

「寝てはいない。風呂に入っているんだ。どうした？」

「母が――」彼女はごくりとつばをのみ込んだ。「母の具合がよくないの」

「ちょっとだけ待ってくれ」

ミリーは手にした電報に目を落とした。


親愛なるフィッツヒュー卿、レディ・フィッツヒュー
・
ミセス・グレイヴスがご病気です。すぐにあなたがたに会いたいとおっしゃっています。なるべく早くロンドンへお帰りください。

G・ゴーリング

信じられなかった。母まで――まだ若すぎる。けれど、よほど容体が悪いのでなければ、母の弁護士であるミスター・ゴーリングがわざわざ電報を打ってくることはないだろう。

フィッツが扉を開けた。髪をタオルで拭いているところだ。シャツが体に張りついている。衝立《ついたて》のうしろに浴槽が半分ほど見えていた。

彼はミリーの手から電報を受け取るとすばやく目を通し、彼女に返した。タオルを放り投げ、鞄から時刻表を取りだす。

「三時間後にゴルラーゴを出る列車がある。すぐに出発して馬車を急がせれば間に合うだろう」

ゴルラーゴまでは三〇キロある。道は悪くないが、ところどころ狭くて急だ。三時間で着くというのはかなり楽観的な計算と言える。

とはいえ、ミリーは反論しなかった。

「ブリジットに荷造りをさせよう。トランクは置いていく。移動に時間がかかるからね。荷物は宿の主人にあとで送ってもらうことにして、とりあえず自分で運べるだけの荷物を持っていこう。まずは馬車を探してくる。戻るまでには用意をしておいてくれ」

一五分後、フィッツは軽量の二輪馬車と一一歳くらいの少年を伴って戻ってきた。ミリーはピクニック用バスケットを持って乗り込み、メイドのブリジットが三人分の着替えを詰めた鞄を持ってあとに続いた。

「御者はどこ？」

フィッツが手綱を振った。馬は速歩《はやあし》で駆けだした。「ぼくがやる」

「道はわかるの？　替えの馬は？」

「そのためにこの少年がいるのさ。道案内のためにね。ゴルラーゴで、彼は馬車と一緒におじの迎えを待つことになっている。大人よりはるかに体重が軽いから、彼を選んだんだ」

少年の体重と荷物のないことが功を奏したのだろう。イタリアの列車が時間に遅れる傾向があることも幸いした。彼らがゴルラーゴの駅に着いたのは、時刻表に記されたベルガモ経由ミラノ行きの列車の発車時刻の一五分後だったが、チケットを買ってぎりぎり乗り込む時間はあった。最後に乗ったフィッツは、走って飛び乗らなくてはならなかったが。

午後の半ばにはミラノに着いていた。アルプスを抜ける現代の驚異——モンスニトンネルのおかげで、二〇時間後には特急列車はパリに入っていた。

あとは港町カレーに急ぎ、イングランド海峡を渡るだけだった。

誰かにそっと肩を揺さぶられた。「熱気球だ、見てみないか?」

ミリーは目を開けた。自分が居眠りしていたことにも気づかなかった。

見ると、開けた場所に七、八個の熱気球があった。いまふくらませている最中らしく、鮮やかな色の球皮は、ほとんどがまだ地面にだらんと広がっている。

「これは競技会か何かなのかしら?」

「たぶんね。ごらん、飛行船まであるよ」

「どこ?」

「いまは木立の向こうだ。でも、見たんだ。プロペラもついていた」

ミリーは頭をめぐらせた。うたた寝のせいで首が痛んだ。

「軽馬車。列車。それに気球。わたしたち、『八〇日間世界一周』を地で行っているみたいね」

「現在の最短記録は六七日だ。もう少し短縮しないと」

「カレーまでどれくらい？」

「一〇キロかそこらかな」

空は晴れ渡っていたが、不安がないわけではなかった。

「海峡の天候が穏やかなことを祈るわ。この前はひと晩待たなくてはならなかったのよ」

フィッツがつかのま彼女の手に触れた。「きみはもう一度母上に会える。ぼくが間に合わせてみせるよ」


しかしながら、天候は協力的ではなかった。海峡全体に深い霧がかかっていた。フェリーはすべて港で足止めだった。

「この霧、いつになったら晴れるのかしら？」ミリーは心配そうにきいた。フィッツはフェリーの乗組員や漁師と話をしてきたところだ。

「今日中に晴れると思っている人はいなかった。半数は明日の午後にはなんとかなるんじゃないかと言うが、あと半数はこの手の霧は最低四八時間は居座ると言っている」

彼女は暗い気持ちになった。「でも、そんなに待っていられない。お母さまがそれまでもたないわ」

「わかっている」フィッツが言った。

「どうしてまだ海峡の下にトンネルが通っていないのかしら？　話だけは昔からあるけれど、わたしが生きているあいだに実現するのかどうか」

彼は来た方角を振り返った。それからまたミリーに視線を戻し、親指を顎に押し当てた。

「度胸さえあれば、海峡の上を行けるかもしれない」

「上？」

「ぼくが見た飛行船を覚えているだろう？　気球での海峡横断はすでに成功している。かなり危険な試みだけどね、ことに東から西へ行くとなると」

ミリーは一瞬、フィッツをじっと見た。空を飛ぶ乗り物など乗ったことはないし、ジュール・ヴェルヌの小説『気球に乗って五週間』も読んだことはない。数百メートル上空を飛ぶというのはあまり魅力的な冒険ではないけれど、本当に切羽詰まったときには、切羽詰まった手段を取るしか道はないのだ。

「行きましょう、迷っている暇はないわ」


飛行船は特異な形をしていた。

電球形の気球なら、ミリーも知っている。だが、飛行船はどちらかといえば中身を詰めすぎたソーセージみたいだった。その下に四角形の籐《とう》のかごがぶらさがっている。バスケットの後方に二本の長い棒が突きでていて、それぞれの先端にプロペラが装備されていた。羽は彼女の身長と同じくらいの長さがある。

「ええ、こいつは安全ですとも」操縦士のムッシュー・デュヴァルはフランス語で請け合った。「プロペラは電池式ですから。ドイツ人が開発中のガソリンエンジンじゃない。見てなさい、あんなの、いずれ爆発を起こすに決まってますよ」

ガソリンエンジンは搭載していないとしても、それで安心できるものなのか、ミリーにはわからなかった。ブリジットがうらやましくなりかけていた。メイドは蒸気船が海峡を渡れるようになるまで、カレーにとどまることになっている。

「どうやって空気を熱するの？」ミリーは尋ねた。

「空気を熱する必要はありません。気球の中は水素ガスなんです」

「水素は空気より軽いんでしょう？　おりるときはどうするの？」

「じつに知的な質問ですな、マダム。気球の中には空気袋がふたつ入っていて、それはこちらで空気を入れることも抜くこともできるんです。空気袋が満杯だと、水素ガスの浮力より飛行船の重量のほうがわずかに大きくなるので、ゆっくり着地ができるというわけです」

ミリーはちらりとフィッツを見やった。

「きみ次第だ」彼は言った。「だが、いますぐに決断しないと。イングランドの海岸に着く前に暗くなってしまう」

ミリーは長々と息を吐いた。「だったら急ぎましょう」

ムッシュー・デュヴァルがゴンドラと呼ぶ籐のかごにふたりが乗り込むと、助手が砂の入った袋を外に放り投げはじめた。ムッシュー・デュヴァルは電池式エンジンを作動させた。プロペラが最初はゆっくりと、やがて勢いよくまわりはじめた。

ゴンドラは少しずつ上昇していたので、計器やバルブを操るムッシュー・デュヴァルに見入っていたミリーは、地面から一メートルほどの高さに来るまで、自分たちが宙に浮いていることに気づかなかった。

「飛びおりるなら最後の機会だ」フィッツがささやいた。

「あなたにも同じことが言えるのよ」

「ぼくは海峡に墜落するのは怖くない」

「あら、わたしは死ぬほど怖いわ。でも、いまさら飛びおりても――」下を見ると、地上はぐんぐん遠ざかっていく。「肋骨を折るのが関の山ね。しかも泳げなければどうしようもない」

「きみは泳げないのか?」

「ええ」

「それでよくこんな冒険に命を預けたな」

ミリーは息を吐いた。「あなたがそばにいれば大丈夫って、わたしは信じているの」

一瞬、フィッツはなんと応えていいかわからないという顔をしたが、やがて微笑んだ。

「ぼくの時計には方位磁石がついている。海に落ちたら、ゴンドラをどちらの方角に押していけばいいかはわかるよ」

霧。ミリーは霧のことを忘れていた。

頭上の空は晴れていた。下にはフランスの田園風景が広がっている。羊や牛、集落が点々と見える。子供たちが上を指さし、手を振った。少年がふたり石を投げてきたものの、まるで届かなかった。フィッツは笑い、フランス語らしき言葉を何やら叫んだ。ミリーが習ったフランス語はひとつも含まれていなかったが。

　飛行船は上昇を続けている。家畜はいまや針先ほどの大きさだ。地面はさまざまな色合いの緑と茶色の寄せ木細工のようになっている。

「いま、高度はどれくらいだ？」フィッツがきいた。

　ムッシュー・デュヴァルは計器をじっと見た。

「気圧計の針が二段さがってます。だいたい五〇〇メートル上空でしょう。エッフェル塔のおよそ一・五倍の高さです。まだあがりますよ」

　しばらくすると、フィッツは手を目の上にかざした。

「霧が見えてきたな。海岸線に近づいたのか？」

「ええ《ウィ》、伯爵《ル・コント》」

　霧は、ミリーがこれまで見たこともないような壮大な光景を生みだしていた。雲の海に飛行船の長く伸びた影が映っている。曇った蒸気がどこからか吹きだし、うねるように流れていく。太陽は西の地平線に沈みつつあった。山々の峰や尾根が金色に染まり、さながら天の黄金郷をめぐっているようだ。

　フィッツが上着を彼女の肩にかけた。「見事じゃないか？」

　ミリーはちらりと夫を見やった。「そうね、あらゆる意味で」

「若い頃、結婚が冒険に満ちていることを願ったものだった。まさに願いがかなったわけだな」霧を見つめたまま、彼はミリーの肩に腕をまわした。「今日何かあったとしても、これだけはわかっていてほしい。四年前候補に挙がった裕福な女相続人の中で、妻になったのがきみでよかったと、ぼくはいま心から思っている」

ミリーも、結婚相手を自分で決めていたら、人生は違ったものになっていたかしら、としばしば思いをめぐらせることがあった。けれどもいま、その答えがわかった。何も違わなかっただろう。どういう状況だろうと、わたしはきっと、まさにいまこの瞬間にいたる道を選んだはずだ。勇気を振りしぼって、彼女はフィッツの腰に腕をまわした。

「わたしも同じ気持ちよ」ミリーは言った。「あなたでよかったと思っているわ」

ムッシュー・デュヴァルが空き地に向けて飛行船を下降させていったときにも――サセックス州の村々は大騒ぎになった――なんとか着陸にじゅうぶんな明かりは残っていた。フィッツとミリーは真夜中にはロンドンに着いた。

そのあと一週間、彼女は母のかたわらを離れなかった。当初ミセス・グレイヴスは奇跡的な回復をするかに見えたが、やがてまた容体が悪化し、ミリーの希望は打ち砕かれた。

その後は半ば昏睡《こんすい》状態だった。ときおり意識を取り戻し、食事をとって、ミリーと言葉を交わすこともあったものの、自分がどこにいるかもわからないまま、また眠りに落ちてしまうことも多かった。

昼間はミセス・グレイヴスの姉妹やいとこが見舞いに訪れた。夜はフィッツが毎日病室に来て、ミリーに付き添ってくれた。長い夜、ふたりはほとんどしゃべることなく、それぞれ椅子に座ったままでまどろんだ。それでも彼の存在は、言葉にできないほど励みとなった。

ある朝、フィッツが朝食をとるために部屋を出た直後、ミセス・グレイヴスが目を覚ました。

ミリーははっとして椅子から飛びあがった。「お母さま」

あわててサイドテーブルに置いてあったグラスに手を伸ばし、スプーン数杯分の水を母に飲ませた。

「ミリー」ミセス・グレイヴスが弱々しくささやく。

涙は見せないつもりだったのに、気がつくとミリーは泣いていた。

「ごめんなさい、許して、お母さま」

「許してほしいのはわたしのほうよ。思ったより早く、あなたを置いていくことになってしまって」

否定したかったが、母がもう長くないことはミリーにもわかっていた。彼女は涙をぬぐった。「こんなの不公平よ。お母さまはヴィクトリア女王さまくらい長生きして当然なのに」

「わたしは人もうらやむような、すばらしい人生を送ったもの。思っていたより少しばかり短かったからといって、文句は言えないわ」

ミセス・グレイヴスが咳《せ》き込んだ。ミリーはさらにスプーン三杯の水を飲ませた。息をするのもつらそうだったが、母は手を振ってミリーが差しだした薬を断った。

「いいこと、ミリー、不公平だったのは、お父さまとわたしがあなたにしたことよ。いずれ伯爵となる孫がほしいからといって、あなたから幸せになる機会を奪ってしまったわ」

「わたしは不幸せではないわ」ミリーはためらった。秘めた思いを言葉にしたことはない。「わたし、フィッツ以外の人の妻になりたいとは思わないもの」

ミセス・グレイヴスは微笑んだ。「彼はすてきな若者ね」

「最高よ、お母さまと同じで」

母はミリーのまだ濡れている頬を撫でた。「何年も前にわたしが言ったことを覚えている？　あなたを妻にする男性は、この世で一番の果報者。いつか彼にもそれがわかる日が来るわ」

「そうかしら？」

答えはなかった。ミセス・グレイヴスの手がだらりと落ちた。彼女はまた昏睡状態に陥り、その日の午後遅くに亡くなった。

フィッツはミリーのそばにいた。そして額にそっとキスをした。「気の毒に」

彼女の目がまた涙であふれた。「こんなふうにあっという間に逝ってしまうなんて。お母さまはわたしのただひとりの家族だったのに」

彼はミリーにハンカチを渡した。「何を言うんだ。ぼくがいるじゃないか。ぼくはきみの家族だ。さあ、少し横になるといい。何日もちゃんと寝ていないだろう」

〝ぼくはきみの家族だ〟彼女は夫を見つめた。視界がぼやけてきた。

「あなたにありがとうも言っていなかったわ。あなたのおかげで、母とこれだけの時間を過ごすことができたのに」

「礼を言う必要などない」フィッツはきっぱりと言った。「きみの願いをかなえるのは夫の特権だよ」

目がさらに潤んできた。「ありがとう」

「礼は必要ないと言わなかったかな？」

ミリーはかすかな笑みを浮かべてみせた。「いまのは、そう言ってくれることに対して」

彼は笑みを返した。「さあ、休みなさい。あとのことはぼくがやる」

フィッツはミセス・グレイヴスの執事と話をするために部屋を出ていった。ミリーは戸枠に寄りかかり、階段をおりていく彼を見えなくなるまで見送った。

わたしは心から、あなたの妻でよかったと思っているわ。

14

一八九六年

ロンドンのタウンハウスを相続して以来、フィッツは女主人の部屋に入ったことがなかった。当時はあばら家同然だった屋敷も、大々的な改装を経て、風通しのいい快適な住まいへと変わっている。れんがのひとつひとつ、厚板の一枚一枚に、ふたりの結婚の軌跡が刻み込まれているかのようだ。

屋敷はいまも進化しつづけている。この春、ラベンダー畑の排水設備が改良されたし、家庭菜園用にふたつ目の蜂の巣箱が発注してある。ヘンリー・パークにある巣箱の、ひとまわり小さい複製品だ。四年前に一度修繕した使用人棟にも、最近また手を入れている。

ミリーの部屋は明るく、こぎれいだった。壁紙は夏を思わせる、きゅうりの切り口のような清々しい緑。暖炉の両脇にトピアリーの鉢が置いてある。暖炉の上には見覚えのある風景の絵がかけてあった。見覚えがあるのは絵ではなく、風景のほうだ。

彼女は部屋の真ん中に立っていた。まだ盛装のままで、扇をまるで鉄製の胸当てか何かのように体の前に持っている。ちらりとこちらを見た。でなければ、フィッツの存在にも気づいていないのかと思うところだ。

必要以上に怖がらせたくなくて、彼は妻に近づく代わりに部屋を横切り、絵をしげしげと眺めた。「これはコモ湖かい？」

「そうよ」

マントルピースに視線を落とした。額に入った写真が一列に並んでいた。恒例となった夏のハウスパーティで撮られたものだ。どの写真にもふたりが写っている。大勢の人に囲まれていたり、彼女の母親かフィッツの姉妹だけが一緒だったり。だが、どちらかひとりの写真は一枚もなかった。

マントルピースの端に、もうひとつ見覚えのある品があった。

「これはぼくが一七歳の誕生日に贈ったオルゴールじゃないか？　記憶にあるよりずっときれいだが」

フィッツはオルゴールのふたを開けてみた。昔と変わらず、か細い、少し調子はずれな音楽が流れでた。それでもまだ動いている。ふつうなら考えられない。

ミリーはフィッツを見守っていた。だが彼が顔をあげると、すばやく目をそらした。

「メイドはどこに？」

「起きて待っていなくていいと言ったの」

彼女は扇を近くの椅子の上に落とした。心を決めたと言わんばかりの、投げやりな仕草だった。それでもやはり緊張しているのだろう、喉を小さく震わせて、ごくりとつばをのみ込んだ。その姿に――その姿が想像させるものに――フィッツの体がかっと熱くなった。

「不愉快な思いはさせない」彼は言った。「その気になれば楽しいものだよ」

「そうだといいけれど」ミリーが辛辣な口調で応える。「何年ものあいだ、あなたのその手の武勇伝はいやというほど聞かされてきたもの。歓喜の叫び声をあげるくらいでないと、がっかりすることになりそう」

フィッツはにやりとして、オルゴールをマントルピースの上に戻した。

「では、まずは寝室に行こう」

数秒間、ミリーは身じろぎひとつせずに椅子の上の扇を見つめていた。それからスイッチに近づき、壁の燭台《しょくだい》型の電灯を消した。ついたままの寝室のランプが足元を照らしている。彼女はフィッツの脇を通り過ぎて、その中に消えた。

どの夫婦もしていることではないか。自分が先延ばしにしてしまっただけだ。それなのになぜ、寝室に向かっているだけで、沖へと波にさらわれていくような気持ちになるのだろう？　こんな激しい潮流は、静かな入り江のようだった結婚生活の中で一度も経験したことがない。

寝室のドアを閉めたとたん、ミリーは電気を消した。驚くことではない、と自分に言い聞かせる。何しろ相手は処女なのだ。とはいえ、お互いのことは知り尽くしているのだから、いまさら恥ずかしがることもないだろうに。

「何も見えないところでしろというのかい？」

「ええ」

フィッツは微笑んだ。「きみの面倒なドレスと格闘するときも？」

「ほかとは違って、ここならいくら時間をかけてもかまわないでしょう」

寝室の中は真っ暗だった。窓は閉め、鎧戸もおろしてある。二重のカーテンもきっちり引いてあった。

「はじめての体験だな、真っ暗闇で手探りでするというのは。祈りの言葉でも唱えていてもらわないと、きみがどこにいるのかもわからない」

ミリーが鼻を鳴らした。「祈りの言葉？」

「天にましますわれらが主よ、われはついに神の御前で行った誓いを果たさんとして、とかなんとか」

「〝いと高きところにホザンナ〟（キリスト教のミサ歌詞の一部）でも歌えばいい？　牧師さまを喜ばせたいなら、〝主の祈り〟も唱える？」

もうミリーがどこにいるかはわかった。鏡台の脇だ。肩に手をのせると、彼女はびくりとした。近づく足音が聞こえなかったのだろうか？

「いいわ、わたしのことは見つけたわね。今度はあなたが隠れて、わたしが見つける番よ」

彼女が少しうわずった声で言った。

「それはまた今度だ。いまはやらなくてはいけないことがある、レディ・フィッツヒュー」

ミリーは長い、肘まで覆う子ヤギ革の手袋をしていた。それぞれに象牙のボタンがついている。彼はボタンをはずした。ひとつ、ふたつ、三つ。それから片方の手袋を押しさげて脱がせた。

「これまで言うのを忘れていたが、今日のきみは特別きれいだった」フィッツはむきだしになった腕をてのひらでなぞりながら言った。彼女には、ぼくが知らない部分がたくさんある。

「ありがとう」消え入りそうな声だった。

もう片方の手袋も脱がせた。「話したことがあったかな。結婚当初、ぼくはきみがどんな顔をしているか、いまひとつつかめなかった。見るたびに変わるんだよ。アメリカから帰ってきたときなど、二度見返して、ようやくきみだとわかったくらいだ」

手の甲に彼女のドレスの襞《ひだ》が触れた。

「ということは……もう少し長いあいだ離れていたら、わたしは気づかれずにあなたの横を通り過ぎることもできたのかしら？」

「それはどうかな。きみの瞳は変わらない。歩き方も同じだ。それに足音も。きみが部屋の前を通ると、だいたいぼくにはわかる」

ミリーが小さく息を吐いた。

フィッツは彼女の髪に触れた。夕方の早い時間にメイドが入念に結いあげた髪からアメジストとダイヤモンドのヘアピンを二本引き抜き、脇に放る。どちらもくぐもった小さな音をたてて、一本は絨毯の上に、もう一本は鏡台にかけてあるレースの上に落ちた。

いつ頃から、この日、このときのことをあれこれ想像するようになったのだろう？　おそらくイタリア旅行からだ。いや、正確には、ミスター・グレイヴスの部下たちから〈クレスウェル・アンド・グレイヴス〉の経営権をもぎ取った、あの重大な会合の最中からかもしれない。

これまでは、そんな気持ちは胸の奥底に埋め、隠し通してきた。契約は契約だ。八年間と決めたのだから、そのあいだは手を出さないつもりだった。

けれども埋めたものは、いつしかおかしな形で根や葉を出しはじめていた。だからふと気づいたとき、目の前にあったのは埋めたはずの欲求の小さな種でなく、大きく育った欲望の密林だった。

いつも穏やかな表情を崩さないが、じつは感受性豊かなミリーも、胸の片隅に熱い心を隠して持っているのだろうか？

彼女はかたくなに沈黙を守っている。それでもフィッツは指先にかすかな震えを感じることができた。たぶん淑女らしい慎み深さで、欲望などという卑俗なものには屈しまいとしているのだろう。

こちらとしては屈してほしいところだ。彼女の取り澄ました表情を崩してみたい。

考えていると息が苦しくなってきた。八年間、純粋な友情を貫き、親しさの中にもきっぱり一線を引いて、結ばれる日のことは想像しないようにしてきた。

ミリーの肌から香水の香りがかすかに立ちのぼる。豊かで、心をそそる香りだ。ラベンダー蜂蜜だろう、そうに違いない。ふたりが使う石けんは、ラベンダーから抽出した精油だけでなく、畑からとれるラベンダー蜂蜜も混ぜて作っている。

思いきり、その香りを吸い込んだ。そのあとフィッツは自然に頭をおろし、彼女のむきだしの肩にそっとくちづけした。

肩から指先に白熱した炎が走った。あまりの衝撃にミリーは言葉も出なかった。末端神経が燃え尽きてしまったのではないかしら？　朝起きたら、手足の感覚がなくなっているのでは？

だが、そんなことはなかった。フィッツにもう一度うなじにキスをされると、熱い炎がまたもや彼女の体の奥を焦がした。

ぼんやりした意識の中で、彼が宝石付きのヘアピンを抜いていることに気づいた。ピンは音もなく絨毯の上に落ちていく。だめよ、と言わなくては。でなければ、朝ココアを持ってブリジットが部屋に入ってくる前に、全部拾い集めておかないと。

夜のあいだに何があったか、ブリジットに知られるのはばつが悪かった。六か月後には、フィッツはたぶん同じことをミセス・アングルウッドにする。こんなふうに腕に触れ、肩にキスをして、あのつややかな髪をほどくのだろうから。

とはいえ、そのときの彼はいまよりはるかに興奮していて、強引なのだろう。長いあいだ抑え込んでいた欲望に突き動かされ、狂わんばかりになっているに違いない。こんなふうに礼儀正しくことをはじめたりはしないはず。これでもミリーのほうは体がとろけそうになってしまうのだけれど。

部屋を暗くしておいてよかった、と彼女は思った。体の震えは隠せないが、開いた唇や閉じたまぶたは——無関心な態度とはおよそ言えない反応を見られずにすむ。

フィッツの唇が耳に押しつけられた。わずかに湿り気を感じ、ミリーは息をのんだ。体中に電流が走り、全身を揺るがすような歓喜の火花が爆発する。彼の指が肩をなぞっていった。唇がむきだしのうなじに押しつけられる。経験したことのない熱い快感が体を駆け抜けた。

ミリーは歯を食いしばった。声を出してはだめ。どんな状況でも、声を出しては絶対にだめよ。夜のような静けさを保っていれば、フィッツにはわたしがどう感じているかわからないはず。

背中のボタンは、モンゴルの軍勢を前にしたかのようにあっさり降伏した。短い袖がたるむと、フィッツはドレスを押しさげた。そして、その手で彼女の肘の内側をさすった。

舞踏会用ドレスのスカートはレースや襞飾りの城塞さながらだった。胴の部分が降伏してくしゃっと垂れても、スカートだけはまっすぐに立っている。絹の城壁やシフォンの堀で、主人の美徳を雄々しく守ろうとするかのようだ。

フィッツがミリーを体ごとひょいと持ちあげた。呆れたことに、この豪華で金のかかった舞踏会用ドレスを乱暴に足でどけた。

そして彼女を自分のほうに向かせた。「ここからは簡単だ」

　ミリーは身震いした。たしかに簡単だった。コルセットカバーはたちまち消え、長靴下も溶けたようになくなった。フィッツはコルセットの前に手を滑らせ、張り骨の留め具を一気に開いた。

「やめて」彼が肌着のボタンをはずそうとしたところで、ミリーは言った。「これは着たままのほうがいいの」

　慎みの問題だけではなかった。演技を続けるためでもある。裸は正直だ。肌がほてる、心臓が激しく打つ。ほかにもどんな反応が引きおこされるか、わかったものではない。薄い生地だろうと、せめて一枚はさえぎるものがあったほうがいい。

　フィッツは手を止め、少し考えてから応えた。「わかった」

　ミリーは言葉が出なかった。もちろん安堵からだ。けれど、裸になることすら期待されていないと思うと、ほんの少しだけ残念だった。

「だったら、肌着はつけたままでいるといい」彼が続けた。「代わりに明かりをつけさせてもらう」

「だめよ！　明かりはだめ」何があっても明かりはつけたくない。

　フィッツが肌着のボタンをもうひとつはずした。親指が胸の谷間に線を描いていく。手の甲が片方の胸の脇をなぞった。印章付きの指輪が危うく乳首に触れそうになる。

　彼はミリーの顎、耳のすぐ下あたりにくちづけし、耳たぶを軽く噛んだ。押しつけられた歯の感触に体が熱くなる。唇を噛んで、かろうじて叫び声をのみ込んだ。

頬へ、顎へとキスはおりていき、やがて唇の端にたどりついた。ミリーはほとんど息ができなかった。呼吸をするたび、フィッツの香り——広い草原と果てしない空を連想させる香りが鼻孔を満たす。彼は肌着のボタンをはずしつづけていた。指は彼女の上半身を下へ下へと移動していく。その指先がへそに触れた。もう裸も同然だった。

一〇秒後にはすっかり裸になっていた。肌着は足元で丸まっている。ふたりを隔てているのは暗闇だけだ。一瞬、静寂がおりた。どちらも動きを止めていた。呼吸さえ、止めているようだった。

やがて彼が乳首にてのひらを滑らせた。

声を出してはだめ。どんな状況でも、絶対に声を出さないこと。

ミリーはたじろいだ。想像を絶する快感に、きつく食いしばった歯のあいだから思わずあえぎ声がもれたのだ。

体の奥深くでは、丹念に補強したはずのダムが決壊していた。何年ものあいだたまりにたまった欲求があふれでる。突然、何も気にしていられなくなった。声を出さずに、されるがままに、などと言ってはいられない。

ほしい。ほしい。どうしてもほしい。

フィッツの襟首をつかみ、ぐいと自分のほうへ引き寄せた。

けれどもキスをする前に、彼が唇を重ねてきた。激しく——ずっと前、フィッツがミリーをイザベルと錯覚してキスをしてきたときのように。うれしさと満足感から、ミリーは思わずまた声をあげた。こういう激しさを、荒々しさを求めていたのだ。

彼が両手でミリーの頭を包み込むようにして、唇と舌で容赦なく攻めたててくる。ミリーはぞくぞくした。こんなキスをされたかった。抑えがたい欲望に満ちた、粗暴で熱烈なキスを。

ボタンがあちこちに飛び散る音がするまで、自分がフィッツのベストをはぎ取ろうとしていることにも気づかなかった。ふたりを隔てるものはすべて引きちぎろうという勢いだ。彼が唇を離して手を貸そうとした。だが、ミリーはその手を払いのけた。わたしが、やるの。

そのまま、ふたりしてベッドに倒れ込んだ。

フィッツの荒い息遣いがいっそう彼女を刺激した。無我夢中で体をまさぐる手、そして、ああ、腿に押しつけられてくる下腹部。怖くなるに違いないと思っていた。少なくとも緊張するだろうと。けれどもいまは、その大きさと鉄のような硬さに喜びと興奮しか感じない。これでいいのよ。彼はこんなにもわたしを求めている。だからこうして限界まで大きく、硬くなっている。

フィッツのズボン吊りを押しやり、頭から乱暴にシャツを脱がせた。それからズボンに手を伸ばした。

「驚いたな《マイ・ゴッド》、ミリー」フィッツが声をあげる。

それでも手を払いのけられることはなかった。逆に彼は一緒になって留め金をはずし、みずからズボンと下着を脱いだ。ミリーはさっそく彼のものに手を触れてみた。それはてのひらの中で大きく脈打った。

「わたしを奪って」もどかしげに、命令口調で言った。

フィッツが彼女の脚のあいだに手を入れてきた。すでに潤っている。

「お願い、いますぐ」

「黙って、ミリー」

「でも、わたしはそうしてほしい――」

彼が荒々しいキスでさえぎった。「黙るんだ。でないと、もっと待たせるぞ」

ミリーは口をつぐんだ。

フィッツは彼女の全身を撫で、さすり、軽くつねった。愛撫のひとつひとつが信じられないほどの快感を呼びおこす。もっとほしい、彼がほしい。体の奥の空っぽなところを満たしてほしい。何もわからなくなるまで。

彼女もフィッツのありとあらゆるところにくちづけした。肩や首を噛み、背中にまわした手を一気におろして、引きしまったヒップをつかんだ。

彼は乳首を攻めることで応戦した。ミリーはうめき、すすり泣くような声で歓びを表現した。フィッツが乳首を舐め、軽く歯を当ててから、思いきり口に含む。歓喜の声が部屋中にこだました。

脚のあいだにおりてからいっときも休むことなく動いていた彼の指が、この瞬間をとらえて、一番敏感なところをはじいた。ミリーの息がさらに荒くなった。ふたたび同じところをはじかれると、あまりの快感に体が激しく痙攣した。

やがてフィッツは彼女の膝を割り、そのあいだに入って欲望の証を押し当てた。想像したこともない感覚だった。体をぱっくり割り開かれたよう。けれどもフィッツの動きは、もどかしいほどゆっくりだった。まるで敵陣に向かって進む軍隊さながらに。だが、彼も同じもどかしさを感じているらしい。呼吸が乱れている。

突然、奥まで貫かれた。先端が触れたと思ったら、次の瞬間には根元まで埋まっていた。ふたりは完全にひとつになった。フィッツがあえぐ。ミリーも小さく悲鳴をもらした。痛かったが、心地よい痛みだった。ようやく処女に別れを告げたのだ。そのうれしさに比べたら、痛みなどなんでもなかった。わたしたちはもっと早くこうなるべきだったのだ。毎晩、毎日、いいえ、毎時間でもこうしていたい。

もっとほしくて、ミリーは腰を持ちあげた。フィッツはまだ彼女の腹部に手を当てている。

「痛くないのか？」

「やめたいほどではないわ」それは正直な答えだった。「続けて」

それでも彼は身を引いたままだった。お願いだから続けて、とミリーが叫びそうになった瞬間、ようやくまた動きはじめた。

目の不自由な人にどうやって朝焼けを説明すればいいだろう？　耳の聞こえない人にどうやって雨音を伝える？　愛し合う歓びを表す適切な言葉はあるのかしら？　ひと突きされるごとに熱い興奮が高まっていく。ひと突きごとに体が縮んだり、広がったりするかのようだ。

「やめないで。絶対にやめないで」

命令なのか、懇願なのか、自分でもわからなかった。けれどもいまはやめないでほしい。快感がこれほど新鮮で激烈ないまは。わたしがこれほど求めているいまは。

六か月。

ふいにミリーの体が激しく痙攣し、背中がそり返った。全身が震え、心が粉々に砕けた。

いつはじまったのかわからない。しかし気がついたときには、フィッツはもう爆発寸前だった。

〝やめないで〟ミリーが懇願した。

彼女のすべてが、快楽のためだけにできているかのようだ。引きしまって、すべすべして、貪欲《どんよく》に歓びを求めている。肌はやわらかく、体に巻きついた脚はどこまでもなめらかだ。唇は信じられないほど甘く、キスが止まらない。

〝絶対にやめないで〟また懇願の声。

フィッツは猛々《たけだけ》しい衝動に押しつぶされそうだった。ゆっくり、もっとゆっくり。そう自分に言い聞かせる。だがペースを落としたところで、根元まで深く突きたいという欲求を抑えることはできなかった。

頂上が近づいているのがわかる。すでに引き返せない高みにまで来ている。今回は耐えられるかどうかわからない。もうだめだ。いまにも限界に達しそうだ。

ミリーが絶叫した。声を震わせて叫んでいる。

ついにフィッツもみずからを解き放った。熱く、荒々しく、果てしなく。

ミリーは夫の髪に触れた。結婚して何年にもなるが、はじめてのことだ。ゆるく波打つ豊かな髪は、根元が汗でわずかに湿っていた。重なった胸に感じる鼓動は、彼女と同じで速く激しい。呼吸もまだ切れ切れだ。

つまり……人はこうやって子供を作るのね。

人口が増えつづけているのも不思議ではない。

彼女の手は探索を続けていた。フィッツの耳。眉。鼻。彼が肩に鼻を押しつけてくる。それから喉、頬と移動してきて、ふたたび唇が重なった。

物憂げな長いキスだった。体はつながったままだ。ミリーの中で、彼はまた硬くなっていた。

そうよ。彼女は思った。もう一度。いえ、できるかぎり何度でも。

フィッツはミリーの体に無数の隠れたくぼみや隙間を見つけ、愛撫し、快感を呼び覚ました。手はやさしく体を探り、唇が悠然と肌を這っていく。

でもこれはこの先何年も、いや、何十年もある人たちの愛し方だ。ふたりにそんな贅沢は許されない。気だるい愛撫を受けながら、ミリーは時間がないことを思いださずにはいられなかった。彼の唇がそろそろと通るたびに、終わりが近づいていることを意識せずにはいられない。

考えたくない。忘れてしまいたい。

ミリーはフィッツの肩を噛んだ。大胆に彼に触れる。身をよじり、あえぎ、恐れることなく、恥じらうこともなく、めくるめく歓びの頂点を目指した。

そしてついにのぼりつめ、ふたたびすべてを忘れた。

15

はっと目が覚めた。まぶたを開ける。部屋はまだ薄暗かったが、間違いなく朝になっていた。

急がなくては。ヘアピンはそこら中に散らばっている。自分が引きちぎった彼の服のボタンも。もちろんシーツもきちんと直しておく必要がある。子作りはあと片づけが大変だ。

「おはよう」

ぎくりとしてベッドの足元のほうを見ると、フィッツが乗馬用の上着と膝丈ズボン《ブリーチズ》といういでたちで立っていた。乏しい明かりの中でも、輝くばかりに粋な姿だ。

「おはよう」ミリーは毛布を頭の上までかぶった。赤面した顔を見られなくてよかった。

「いま何時?」

メイドには八時に起こすよう指示してある。ふだんより一時間半遅い。いつもはミリーがココアを飲んでいるあいだにフィッツは乗馬へ出かけていく。だが、昨晩はかなり体力を消耗する活動に精を出したあげく――思いだして、また赤面した――ふたりとも寝るのが遅かった。もう七時半くらいにはなっているかもしれない。

「八時に起こしに来たんだが、きみがまだぐっすり眠っていたので、ぼくがさがらせたんだ」

「なんですって？　ブリジットに八時に起こしてと言ったのに」

ミリーはぱっと身を起こした。毛布で体を隠すことも忘れていた。

「九時半だ」

彼女は目をぱちくりさせた。「あなた、八時にまだここにいたの？」

「ああ、眠っていた」

「ふたりが一緒のところをブリジットに見られたの？」

フィッツはベッドのフットボードのてっぺんを乗馬用の鞭《むち》でトンと叩き、わざといらだった口調で言った。「近頃では大目に見てもらえるんだよ、その、夫婦が同じベッドで寝ることくらいはね。ブリジットもそれを受け入れられないほど初心ではないだろう」

自分が間抜けなあわて者に思えてきて、ミリーはいっそう顔を赤くした。

少なくとも、いまさらブリジットからヘアピンやボタンを隠す必要はないようだ。部屋中に散らばったヘアピンや引きちぎられたボタンが何を意味するか、メイドはすでにわかっているらしい。

「そうね」ミリーは、ほかになんと言っていいかわからなかった。

声が出なかったということもある。

フィッツが小首をかしげた。「大丈夫か？」

あなたなら大丈夫？　もしミセス・アングルウッドと、あと六か月しか一緒にいられないとしたら？

第一、どう答えればいいの？　獲物を狙うオオカミみたいに彼を求めていると？

「わたし――」うつむくと、もつれた髪が肩にかかった。おかしな感じだ。ふだんは入浴のあとに乾かすとき以外、髪をおろしていることはない。「ずいぶん前に言われたこと、そのとおりだったわ。わたしが行為そのものに興味があるという話。わたしにとっては遅すぎる挑戦だったのかもしれないわね」

「痛むかい？」

「ほんの少し。あなたは？」

口にしたとたん、ばかなことをきいたものだと思った。けれど、もう遅い。

フィッツは笑いをこらえているようだったが、うまくいっていなかった。

「少しも。気分は上々だよ」

唇が愉快そうなカーブを描き、目はからかうようにきらめいている。こんなふうに見つめてほしいと、ミリーはずっと思ってきた。胸が痛むのは、いずれ彼を失うとわかっているからなのか、防壁の隙間から新たな希望が広がってきたからなのか――自分でも判断がつかない。

ミリーは咳払いをした。「こんなことをきいたのは、あなたがまだ乗馬に出ていないようだからなの」

「きみが起きるのを待っていたんだ。ひとことも声をかけないで出かけるのはどうかと思ってね」

フィッツがベッドの角をまわり込み、近づいてきた。彼女は鼻の上まで毛布を引っぱりあげた。彼はその毛布を押しさげ、ミリーの顎をつまむと、自分のほうを向かせた。

「今日は襟の高い服を着たほうがいい」

ひとりになって鏡台の前に腰かけるまで、フィッツの言った意味がわからなかった。ミリーは鏡に映る自分を見つめ、見た目に何か変化はないか念入りに調べた。道行く人が足を止め、〝見て、あの人、ゆうべついに女になったのよ〟とささやきを交わすような、おかしなところはないか。

そして首のキスマークに気がついた。

〝見て、あの人、昨夜はお楽しみだったみたいね〟

新婚夫婦がはじめて開く晩餐会はたいていが失敗に終わる。だがヴェネチアが家の切り盛りにかけては経験豊富なこともあり、レキシントン公爵夫妻の最初の晩餐会——家族と選ばれた友人だけのこぢんまりとした集まり——は滞りなく進んだ。

ヘレナはヴェネチアとその夫の招待を受け、今夜からしばらくレキシントン・ハウスに滞在することになっていた。そして、早くもこの機会をどう利用しようかと考えをめぐらせていた。

「何か企んでいるな」ヘイスティングスが言った。

この男はいつの間にか子供向けアルファベット教本を読むくらいやすやすと、彼女の心を読めるようになった。ヘレナはぶらりとこちらのほうへ歩いてくる人はいないかと客間を見渡したが、例によってヘイスティングスと彼女が会話をはじめると、誰もそばに近づいてこなかった。

「わたしはあなたに人生をどう生きるべきかなんて忠告はしないわ、ヘイスティングス卿。だから、あなたも余計な忠告は遠慮していただけるとありがたいわね」

「そうするさ。醜聞が流れたとき、きみと結婚しなくてすむならね。ところがそうはいかないから、黙って見ているわけにはいかないんだよ。ぼくはきみの家族の一員みたいなものだし、まわりからはなぜきみを救わないのかと責めたてられるに決まっている」彼は芝居がかった間を置いた。「ぼくだって、できることならきみと結婚などしたくないさ」

「あら、そうなの？」

「ぼくは古い人間だからね、ミス・フィッツヒュー。女性はまず第一に女性らしくあってほしい。妻となる人はぼくの言うことすべてにうなずき、目をきらきらさせてぼくを見つめるようでなくてはならない」

「それなのに、あなたの物語に出てくるのは朝食代わりに夫を食らいかねない女性というわけ？」

ヘイスティングスのまなざしが彼女を上から下までなぞった。

「だから手を縛ってあるのさ」ゆっくりと答える。「それに彼女は架空の人物だ」

ヘレナの呼吸が浅くなった。「じゃあ、わたしとは結婚しないことね。目をきらきらさせるなんて柄ではないし」

「しかし状況次第では、結婚するしかないんだよ。選択の余地はない。頼むから、あまり無茶なことはしないでくれ、ミス・フィッツヒュー。ぼくたちふたりが結婚するなんて事態を止めることができるのは、きみだけなのだから」

そう言うとヘイスティングスは立ちあがって、部屋の反対端にいた公爵未亡人に話しかけに行った。


これまでフィッツは妻を美しいと思ったことがなかった。かわいいと思ったことはある。きれいだと感じたことも。だが、美しいと思ったことはない。自分はいったい何を見ていたのだろう？　まるで薔薇やダリアのような華やかな美しか理解できない、未熟な庭師のようだ。

光を宿しているかのごとく、なめらかできめの細かい肌。優雅な頭のもたげ方、ほっそりとした首。人の話を聞くときの、慇懃《いんぎん》で興味深げなまなざし。

フィッツは妻から目を離せなかった。

ミリーは人目を引く花ではない。花は数日か、せいぜい数週間しかもたない。彼女は言ってみれば、はしばみの木だ。夏には豊かに茂った葉が木陰と安らぎをもたらし、冬に葉が落ちても凛《りん》とそびえ立っている。四季それぞれの美しさがある女性だ。

ふたりの目が合った。ミリーは顔を赤らめ、視線をそらした。いかにも慎み深く。そんな彼女が、暗闇の中では大胆に熱いキスを、愛撫を求め、恍惚《こうこつ》としたあえぎ声をもらす。

髪を結いあげているので、形のいい優美な耳がむきだしになっている。横顔は象牙のカメオに見るように端整だ。まつげは——前からあんなに長く、上向きのカーブを描いていただろうか？

帰りの馬車の中で、ふたりは無言だった。なぜ妻に話しかけられずにいるのか、フィッツは自分でもよくわからなかった。肉体的な面では恥じらいはない。たとえば、いまこの瞬間、服を脱いでもかまわない。窓を全開にして走る馬車の中で裸になっても、ミリーが怒らないのであれば。それなのに、なぜかふだんのように会話ができない。気おくれを感じてしまう。結婚の現実に——友情と敬意を感じている女性と家へ帰って愛を交わすということに、まだ慣れていないのだ。

メイドがミリーの着替えを終えるまで、やたらと時間がかかった。女王が戴冠式に臨むときでも、こんなにかからないだろうと思えるほどだった。メイドが部屋を出た瞬間、フィッツは隣の部屋に続くドアを開けた。

ミリーは化粧着をまとって鏡台の前に座っていた。手でブラシをもてあそんでいる。フィッツが入っていくと、彼女は顔をあげ、近づいてくる夫を鏡越しに見つめた。

この目が欲望に燃えていることにミリーは気づいただろうか？　一日中、彼女のことばかり考えていた。服を脱ぎ捨てた奔放な彼女のことを。

端を持ちあげ、髪を結んであるリボンをほどく。こうしたもの――節度と品性を保つ留め具や押さえ――はいつもながら小さくて頼りない。リボンを取り去ってしまえば、三つ編みも簡単にほどけた。

ほどいても、ミリーの髪は乱れがなかった。背中にまっすぐ垂れている。もっとも、色はフィッツが常日頃思っていたような、ただの明るい茶ではなかった。金、ブロンズ、赤みがかった銅色、さまざまな色合いと変化に富んでいる。

「明かりを消してくれないの？」彼女がささやいた。

「そのうち消すよ」

いまは妻を見ていたかった。髪を、肌を、とらえどころのない、その不思議な顔を。

鏡に映るミリーを見つめながら、うなじの髪をかき分け、脊椎の骨一本一本をなぞっていった。五年前なら、いや、三年前でも、まったく反応がないと思ったかもしれない。しかしいまは、彼女の表情からさまざまなことが読み取れるようになった。まぶたのかすかな震えも見て取れるし、唇の内側を噛んだのもわかる。下唇がわずかに横に引きつったからだ。

化粧着のベルトをほどいた。ブラシの柄を握るミリーの手に力が入る。フィッツは彼女を椅子から抱えあげ、化粧着をするりと肩から脱がせた。

これまで女性の寝間着に注意を払ったことはなかった。胴まわりが二倍太く見えるというくらいだ。ミリーのも例外ではなく、襞だの、ふくらみだの、服作りにおけるあらゆる工夫がなされている。

寝間着のスカートをぐいとつかんだ。抗議するかのように彼女が口を開く。だが、何も言わなかった。息がもれただけだった。

「腕をあげて」

ミリーは従った。頭から寝間着を脱がせて脇に放る。一瞬、彼女は身を縮め、かがみ込もうとするかに見えた。しかし、物心ついた頃から頭に本をのせて歩く訓練をしてきたせいで、姿勢を崩すことができないのだろう、まっすぐに立っていた。先端がピンク色の胸が高く盛りあがり、腰は豊かな丸みを帯びている。

「お願い、明かりを消して」

フィッツはさらに一分ほどミリーを、とくにその顔を見つめた。息を詰め、同時に舌を舐めている——恥じらいと欲求が交錯しているようだ。

やがてフィッツは明かりを消した。そして暗がりの中、手探りで彼女を見つけ、キスをした。


三度目の夜は、ミリーの服を脱がせたあとも明かりは消さなかった。代わりに彼女をベッドに横たえ、少しだけ脚を開かせて大事なところに触れながら、じっと顔を見た。

すべてをさらけだした姿を観察され、意のままにされて、ミリーが屈辱を感じてもおかしくない。だが、その顔には燃えあがる歓びしかなかった。

結局、ミリーが身を震わせて絶頂を迎えるまで、明かりは消さなかった。それからフィッツはまた彼女と愛し合った。これまで誰とも愛を交わしたことがないかのように。はじめての体験とでもいうように。

16

次の日の午後、フィッツは妻と机に向かい、広告の試し刷りを見直していた。ソーダ水の成功以来、会社が広告を打つ際には、構図から宣伝文句にいたるまでミリーの意見を取り入れることにしている。彼女はすばらしい才能を発揮した。フィッツは工場や販売網を整備し、効率化した。だが彼女のきらりと光る感性がなかったら、〈クレスウェル・アンド・グレイヴス〉はここまで成長しなかっただろう。

いまやこうして差し向かいで話し合いをするのは、共同経営者であるふたりにとって日課となっている。それなのに今日はなぜ、こうもどぎまぎするのだろう？　まるで女性と部屋にふたりきりになったことがない初心な若造みたいだ。

「これは缶詰野菜や果物の秋向けの広告よね？」ミリーがきいた。

「そうだ」

彼女は椅子を机に近づけ、試し刷りに顔を寄せた。午後の訪問を終えて、淡いブルーのお茶用ドレスに着替えている。フィッツはこれまで何着ものお茶用ドレスを脱がせてきた。レディたちは午後の四時から五時までの時間を密会に使うことが多い。もっとも妻のドレスはいたって平凡で、かっちりとした平織りの生地でできており、フィッツのかつての愛人たちが好んだような襞やきらきらした装飾はいっさいない。それでも彼は指がうずいてしかたがなかった。妻のドレスのボタンをはずし、美しい裸体をあらわにしたい。いまではその体を隅々まで知っている。まぶたを閉じれば、フィッツが与える歓びに彼女が首をのけぞらせ、目をぎゅっとつぶって唇を開く姿が見える。

ミリーの顔から無理やり視線をそらした。そして、もっと無難なもの——彼女の前に広げてある広告に目を移した。以前に一度、検討をすませたものだ。

一枚目は週刊誌《パンチ》の漫画形式で、真珠と羽根飾りで着飾った女主人が娘にこう命じている。〝いいこと、お客さまはみな、新鮮なアスパラガスとぴかぴかのいちごに大満足なさってるわ。何があっても〈クレスウェル・アンド・グレイヴス〉の商品だなんて言ってはだめよ。これは今朝、田舎のうちの農園から届いたばかりということにして〟

二枚目は受けを狙わず、商品の安全性を訴えている。飾り気のない、けれどもきちんとした装いの夫人がデザートの梨にかぶりつく子供たちを満足げに見つめている図で、上にはこんな文句が添えてある〝この冬は〈クレスウェル・アンド・グレイヴス〉でいつでも新鮮な青果を〟下にもひとこと。〝すべての商品は真空状態で管理され、密封されています〟

「どう思う?」フィッツは万年筆のキャップをはずしながらきいた。

ミリーは話し合いのあいだ、秘書がメモを取ることを好まない。事業に参加していることを公に知られたくないのだ。

「どちらも宣伝文句はいいと思うわ」彼女はゆっくりと答えた。「でも、女性たちのドレスがちょっと」一枚目を指さす。「前にこの絵を見たのは四月だったわね。今シーズンは袖が小さくなるとわかる前のこと。ここは変えたほうがいいわ。どう変えればいいかわかるように、最新の服装図版を担当者に送っておくから。こういう下半分を大きくふくらませた袖はもうすたれていて、いまの流行りは肩を小さくふくらませたものなの」

さらにじっくりと広告を見て続ける。「髪も、もう少し高い位置で結うべきね。近頃では高ければ高いほどいいらしいから」

フィッツはミリーの意見を手早くメモした。これまで考えたことがなかったが、妻とふたりきりの会議は〈クレスウェル・アンド・グレイヴス〉の仕事の中でも一番楽しい部分だった。彼女の意見を聞くのは愉快だ。熱意にあふれ、それでいて抜け目がない。

次は瓶詰クリームの多色刷りポスターだった。いまや新鮮な生クリームは大多数の庶民には手の届かない贅沢品となっている。こちらは真っ向勝負で、クリスタルの皿に、いかにもおいしそうなクリームのかかったいちごが山盛りになっている図だ。

〝夏は〈クレスウェル・アンド・グレイヴス〉の瓶詰クリームで、さらに夏らしく〟

「やっと期待どおりの色に仕上がったよ」

最初は有鉛塗料の真っ白、次はカレーのような茶に近い色だった。ようやくクリームらしい淡い黄色に刷りあがったのだ。

ミリーは厳しい目でポスターを眺めた。「まあ、これでよしとしましょう。でないと今度の夏に間に合わないし」

ほかにも数枚のポスターを次々と処理していく。ジャム、ゼリー、牛タン、カレー味のチキン。そのあとようやく、新しいチョコレートバーの広告について検討することになった。

机の上に試作品が並べてある。

ミリーには彼女がお気に入りのオレンジクリームを渡し、自分はラズベリーデライトを取った。ふたりはしばらく黙って食べた。

「こういうのもいいかもしれないな」ラズベリーの酸味のある甘さが舌に広がるのを感じながら、フィッツは言った。「チョコレートを分け合う男女」

口にしたとたん後悔した。当然ながらミリーは、フィッツが彼女の口の中でとろけているチョコレートを味わいたいと、つまりはキスをしたがっていると思ったに違いない。

ミリーは眉根を寄せ、また戻した。「いいんじゃないかしら。まず、男性が女性にチョコレートを勧めるところからはじめるの」

彼女はいきなり立ちあがって部屋の中を歩きまわった。すばらしい思いつきが浮かんだときの癖なのだ。興奮のあまり、自分が席を立ったのにしばらく気づかないことさえある。こちらの下心はいまのところ、感づかれていないようだ。

ミリーがふと足を止めた。「男性が女性にチョコレートを勧める場面はいろいろあるわ。お茶のとき、ピクニックのとき、ボートを漕いでいるとき。交際が深まるにつれ、まわりに人がいなくなる。

最初に男性がチョコレートを勧めたのは出会いのときよ。なんとなく、そうとわかる絵にするの。どちらもちょっとはにかんで、チョコレートは声をかける格好の口実になる。ピクニックでは、お互いのことがもう少しわかっているはず。いくらかぎこちなさも消えて、ふたりはいつしか少しだけ体を近づけている。三枚目の絵――ボートに乗っているところでは、ぐっと親密になっているわ。でもふたりきりになれることはあまりなくて、こんなふうに身を寄せ合える機会は珍しいの。だから、ふたりはわくわくすると同時に緊張している。もっと近づきたいけれど、もちろんまわりの目を気にしなくてはいけない」

なぜミリーのことを個性のない、感情に乏しい女性だなどと思ったのだろう？　こんなに頭の回転が速く、独創的な発想の持ち主なのに。

「最初の三枚は同時に出すといいかもしれないな。たとえば雑誌の同じ号に、一枚に一ページ、つまり三ページ使って。ただし三ページ目で、これは物語――ふたりの男女の物語で、まだ続きがあるんだと見た人にわかってもらわないといけない」

ミリーの目がきらめいた。「そうよ。わたしもまったく同じことを考えていたわ。現在進行中の物語にするつもりなの。あなたの思いつきはすばらしいわ。はじめは三枚一度に出して、先への興味をかきたてる。そのあとは定期的に、でもあまり頻繁ではなく、ある程度の間隔を置いて新たな展開を見せていくの。もちろんこの若い恋人たちは、幸せになるまでにさまざまな試練を克服するのよ。そしてどの場面にもチョコレートがあって、ふたりの絆を強め、心の傷を癒し、ついには幸せを祝福するの」

「ふたりに子供が生まれるたび、また新商品をひとつずつ紹介していくんだ」彼女の熱意と次々にあふれでるアイデアに刺激されて、フィッツは言った。「大当たり間違いなしさ。そばにはいつもチョコレートがあって、子供たちの成長を見守っていくんだ」

「当然、夫婦の記念日もね」ミリーは微笑んだ。「チョコレートは面白いわ。アスパラガスのことを考えていても、この半分も楽しめない」

「この前のアスパラガスの広告もすばらしかったじゃないか」

その広告ではアスパラガスの一本一本にタータンチェックの肩掛けを着せた。〈ハントレー・アンド・パーマーズ〉のビスケット缶で使われていた有名なハイランド連隊の絵を、かわいらしくパロディ化したものだ。英国中の人間がくすりと笑い、アスパラガス缶の売りあげは飛躍的に伸びた。

「あなたはいつもわたしの意見を受け入れてくれるのね」ミリーが小声で言った。

「アスパラガスが黒毛皮のコートを着てバグパイプを演奏している姿を想像すると、いまでも笑いが出るよ」

ミリーは頰を赤らめ、うつむいた。いかにもしとやかに。ベッドをともにした経験がなければ、彼女が男性の下腹部に手を当てて身悶える姿など想像もできないだろう。ところが、このところのフィッツはその姿ばかり思い浮かべている。彼女の情熱、大胆さ、奔放さ……。

「今日はがんばったわね」彼女が言った。「この案をあなたからミスター・ギデオンに伝えて。最初の下絵ができたら見せてね。楽しみにしているわ」

返事を待たずにミリーは立ちあがった。フィッツも席を立ち、彼女をドアまで送った。ドアを開けるつもりでそうしたのだが、気がつくとフィッツは妻の行く手をふさいでいた。そして彼女が何か言う前に手で顔を包み込み、近くの壁に押しつけてキスをした。

こうすることを夢見ていたのだ、何年ものあいだ。

ミリーの唇はチョコレートの味がした。舌が貪欲に動いている。彼女の手はベストの下を探り、シャツをズボンから引きだした。フィッツはドレスのボタンをすばやくはずすと、一気にすべてを押しさげ、乳首を口に含んだ。

フィッツのズボン、ミリーのスカート。邪魔なものはすべて脇に押しやられた。フィッツは彼女の体を持ちあげ、奥まで貫いた。ミリーが声をあげる、かすれた、美しく悩ましい声。そして顔。その魅力的な顔。

「目を開けるんだ」彼は命じた。

ミリーは逆にきつく目を閉じた。

「開けないと動きを止めるぞ」

実際にそうした。彼女が抗議するようにあえぐ。まぶたが小刻みに震え、やがてゆっくりと開いた。ほんの少しだけ。視線は下に向けたままだ。

「ぼくを見て」

しぶしぶという様子で、ミリーが目をあげた。

瞳の奥にはふたりで過ごした年月が――いくつもの季節が、そしてともに歩んできた道が見えた。

フィッツはゆっくりと、ふたたび腰を動かした。彼女の瞳にはすべてが浮かんでいた。恥じらい、憧れ、歓びのさざなみ。

やがて快感は激しさを増し、何もかものみ込んだ。フィッツは息をするのも苦しかった。絶頂の渦の中で、ミリーが目を閉じた。フィッツも目を閉じ、みずからを解き放った。


ふたたび服を身につけ、とりあえず身だしなみを整えたあとも、フィッツはまだ息苦しかった。重苦しい何かが胸にのしかかっていた。

これは子供をもうけるための行為ではない。単純な欲望ですらない。自分は何かを——たぶん共鳴する魂のようなものを求め、ミリーの中にそれを見つけたのだ。

違う。そんなのは幻想にすぎない。まやかしだ。

第一、何を見つけようと関係ないではないか。そもそも妻の中に何かを見つけようとすること自体、間違っていないか？

自分はイザベルと将来を誓い合ったのだから。

向きを変え、ミリーのためにドアを開けた。

「わたしを好きなようにしたあとは、さっさと追いだそうというわけ？」彼女はフィッツを見ずに、けれども唇の端に小さく笑みを浮かべて言った。

その口調にかすかな媚《こび》を聞き取り、彼の胸は鋭く痛んだ。ミリーは男に媚《こ》びる質ではない。

自分が妻に誤解を与えたせいだ。

「前にいたらきみが通れないから、脇にどいただけだ」

「前ではなくて、中にいたんじゃなかったかしら」

ミリーは顔を赤らめ、唇を嚙んだ。大胆な発言にわれながら驚いたというように。

フィッツにとっても意外だった。彼女が大胆になるのは暗闇の中だけだと思っていた。いつもこうであってほしい。恥じらいつつも、みだらな……。

だが、ぼくは別の女性と将来を誓い合ったのだ。

「変更部分について、今日中にギデオンに話をしておくよ」

「お願い。さて、わたしはもう消えるわね」

ミリーは彼の頰にキスをして――結婚してからはじめてのことだ――部屋を出ていった。

フィッツは静かにドアを閉めた。


〝男の言葉なんて信じてはだめ、行動をよく見るのよ〟ミリーの付き添い役の婦人が、彼女に聞こえるところでそう口にしたことがある。

そのありがたい忠告に従うなら、ミリーはフィッツが言ったこと――六か月したら自分を捨ててミセス・アングルウッドと暮らす――は無視して、彼のしたことに注目すべきだ。

別にたいしたことではない。ベッドルームではなく書斎で、夜ではなく昼に愛を交わしたというだけ。けれどもフィッツは分別のある男性だ。微妙な心理も理解するし、その場にふさわしい行動を取る。その彼が嵐に揉まれる風船のごとく制御を失ったということは、よほど激しい欲望にのみ込まれたのでは？

いいえ、それだけではないかもしれない。

希望が芽を出しそうになるのを、ミリーは必死に抑え込んだ。けれども抑えきれなかった。いまのフィッツは八年間ミセス・アングルウッドを待っていたのではなくて、ミリーを待っていたかに見える。

ヘレナがヴェネチアのもとにいるので、ミリーは夜は暇だった。フィッツと自宅でふたりきりで食事をするのは楽しみだった。先ほどの出来事は熱い夜の序曲のようなものだからだ。今夜は明かりを消してと頼むのはやめよう。自分を見つめる瞳の熱い欲望の色を見たいから。今宵《こよい》は思う存分見つめてほしい。

自宅での夕食なので、お茶用のドレスでもかまわなかった。でも愛を交わしたドレスのままではあまりにも無神経な気がして、きれいな黄色の晩餐会用ドレスに着替えた。フィッツの部屋からは物音ひとつしない。だが、さして気にはならなかった。さっき入浴している音がしたから、もう着替えをすませて書斎にいるのだろう。

ところが数分後に客間へ入っていくと、彼はいなかった。

「フィッツヒュー卿はまだ書斎に？」

「いいえ、奥さま」執事のコブルが答えた。「旦那さまは社交クラブにお出かけになりました。夕食はいらないとおっしゃって」

ミリーは目をしばたたいた。夜、夫が出かけること自体は珍しくない。クラブで友人に会い、食事をすませてくることはたびたびある。でも、どうして今夜？　午後に会ったときは、外出するなんてひとことも言っていなかったのに。

「夕食をお出ししましょうか？」コブルがきいた。

「ええ、お願い」

一分前までは雲の上を歩いているようだった。けれどもいまは拷問器具をはめられ、土牢に閉じ込められている気分だ。無理して、いつもどおりに食事をした。冷静になろう。先ほどまでの夢見心地といまの絶望感――どちらも大げさに反応しすぎなのかもしれない。真実はたぶん、その真ん中あたりにあるのだ。書斎で愛し合ったことは、自分が思うほど意味のあることではないのかもしれない。今夜フィッツが家を空けたことも同じだ。

夜には帰ってくる。そしてまた部屋に来てくれる。

一一時になった。一二時。そして一時。

フィッツは友人たちと楽しい時間を過ごしている。わたしもうれしい。いいえ、そんなのは嘘よ。少しもうれしくなんてない。友人たちはいつでもそばにいる。彼が年老いて白髪になったときも、友だちのままだ。だけどわたしには六か月もない。それなのに、彼はほかのところで過ごすことを選んだ。

六か月。もうその言葉は聞きたくなかった。ほんの数時間前には、この幸せが永遠に続くような気がしていたのに。

幸せはあっという間にしぼんでいく。そして消えてしまう。

一時一五分、フィッツが部屋に戻った。一時半には明かりが消えた。彼はまっすぐベッドに入った。

わたしは欲張りだ。今日は一度あった。もう一度なんて望んではいけない。それでもほしくてたまらない。あのきらめくような快感がもっとほしい。フィッツの目にむきだしの欲望を見たい。またひとつになりたい。これまで経験したことのない情熱を、また感じたい。

ふたりはいい友人だったはず。親友だったはずだ。フィッツの部屋に入っていって、単刀直入に尋ねればいい。どうして今夜家を空けたの、どうして部屋に来てくれないの、と。

だが、できなかった。友情なんて隠れみのにすぎない。少なくともミリーのほうからすれば、本当の気持ちをごまかしているだけだ。フィッツのただひとりの女性になれない自分を、そうやって慰めているだけ。

結局のところ、友情は羽ばたくことができないのだ。

17

八年も一緒に暮らしたあと、たったのひと晩で女性が男の人生を支配してしまう――そんなことが起こりうるのだろうか？

しかも単純な欲望ではない。掻《か》けばおさまるようなうずきではないのだ。体をふたつに裂かれたかのようだ。フィッツの体の半分はドアの向こう側にいる。しかしドアを開け、中に入り、その半分をつなぎ合わせることはできない。ただ夜が明けるのを待つしかない。

朝になると、フィッツは乗馬に出かけ、時間をかけて風呂に入り、着替えをした。階下におりる頃には、ミリーはもう朝食を終えているはずだ。ところが彼女はまだ食堂の、いつもの席に腰かけていた。手紙の束と湯気の立つカップを前にして。

かつてフィッツは、この先ミリーと一万回、向かい合わせで朝食をとるのかと思ってぞっとしたものだ。いまではこれ以上の幸せはないと思う。彼女の存在はいつしか、水や明かり、パンと同じように、日常生活に欠かせないものとなっていた。

「おはよう」

ミリーは顔をあげたが、そこに笑みはなかった。「おはよう」

彼女は拒絶されたと感じているだろう。本当はその逆なのに。彼女に、そして自分自身におかしな期待を抱かせたくなくて、身を引いただけだ。

「ミセス・アングルウッドから手紙が来ているわ」

予想していたことではあった。フィッツは手紙を受け取り、封を切った。

「彼女は街に戻ってきたらしい」

予定よりも数日早い。これも予想していたことだ。

「あなたに会いたいと？」妻が言う。

「ああ。午後には訪ねていくよ」彼はコーヒーをひと口飲んだ。「きみの今日の予定は？」

「とくにないわ。午後にヴェネチアを訪ねるつもり」

フィッツは姉がうらやましくなった。「きみが来たら、姉上は喜ぶだろうな」

「ミセス・アングルウッドも、あなたが来たら喜ぶでしょうね」ミリーは立ちあがった。

「いい一日を」


イザベルの客間は息苦しかった。

そんなはずはないのだ。フィッツみずから、この家の換気にはじゅうぶん気を配った。それに午前中は雨が降ったものの、いま空は晴れ渡っている。窓は開いていて、白い薄地の夏用カーテンがそよ風に揺れていた。

それでもフィッツは戸棚に押し込められたような閉塞感を覚えていた。

イザベルは姉や姪、その子供たちの話をしている。生き生きと手ぶり身ぶりを交えて。その大げさな腕や手の動きが空気をかき混ぜているおかげで、フィッツはかろうじて窒息死を免れている気さえした。

「話からすると、きみはアバディーン滞在をずいぶんと楽しんだようだね」彼は言った。

「もうしばらく向こうにいればよかったのに」

なぜ早々に帰ってこなくてはいけなかったんだ？

「あなたに会いたかったんだもの」

イザベルは一瞬、待った――フィッツが同じ言葉を返してくるのを。彼が何も言わずにいると、あなたは同じ気持ちではないの、と単刀直入に尋ねてきそうなそぶりを見せた。そうしたら、なんと答えればいいのだろう？　フィッツとしては嘘はつけなかった。いまはミリーのことしか考えられない。

ミリー。ぼくの心の支え。癒し。愛を交わしたい、ただひとりの女性。

結局、深く追及はされなかった。ぎこちない間は晩餐会の空席のように黙殺された。

イザベルはケーキをひと切れ、切り取った。「ところで……わたしが留守のあいだ、あなたは何をしていたの？」

これはいくらか答えやすい質問だった。とはいえ〝妻と寝たよ。長いこと待ったあげく、ついに〟とは言えない。

「いろいろ忙しかった」

「もっと詳しく話してちょうだい。あなたがふだん一週間どんなことをしているか、残らず知りたいの」

先週はふだんと同じ一週間だっただろうか？

「聞いても退屈なだけだよ」

「そんなことないわ」

「そうだな、昨日は広告の試し刷りに目を通した」

なぜよりによって、この話を持ちだしたのだろう？　ミリーが頬に軽いキスをしてくれたことが頭を離れないから？　あのときの彼女はいかにも幸せそうだった。

イザベルが驚いた顔でフィッツを見た。「あなた、そういう仕事をする人を別に雇っているんじゃないの？　自分の手を汚す必要はないでしょう」

彼女の反応は理解できた。貴族が事業に積極的に関わるのは、あまり体裁のいいことではない。だが、フィッツはいらだちを隠せなかった。

「何も工場で働いているわけじゃない」

「でも、広告なんて――」イザベルは顔をしかめた。「なんて言うか、低俗だわ」

「売りあげが大きく変わってくるんだよ」

「売りあげなんて話も低俗よ。商売人の考えることじゃない」

金のこと、金をもうけることに熱心なのは下品だという考え方が理解できないわけではない。だからこの国では地主階級が権力を振るってきたのだ。金の流れといった世俗的なことに頭を悩まさずにすむ紳士こそが、政治や司法などの高尚な仕事につくにふさわしい――そうした論理が長年まかり通ってきたから。

しかしミリーと事業に関する話し合いをしているとき、フィッツはそれを低俗だと感じたことはなかった。複雑で頭を使う仕事だ。高級時計の仕掛けをいじくっているような。それに利益のうち一部――かなりの割合だ――は学校や公園、病院への寄付にまわしている。自分の資産を増やすことだけを考えていたら、いま頃はもっと裕福になっていただろう。

「だったら、ぼくは低俗な男なんだと認めるしかないな」

イザベルは激しく頭を左右に振った。「そんなふうに言わないで」

「土地のあがりだけで生活していけるというふりをすることはできない。ぼくの家、夕食、シャツ、いまあるすべては缶詰工場の利益があってこそだ」

彼女は悲しげな顔をした。「どうしてわたしたちの会話に缶詰が出てこなくちゃいけないの？　そんなつまらないもの」

イザベルを責めることはできなかった。かつては自分もまったく同じ考え方をしていた。貴族は昔から、商売や製造業で財をなした人間を軽んじてきた。まして〈クレスウェル・アンド・グレイヴス〉は贅沢品、高級品とさえ認められていない。たしかにフィッツも学生時代には午後のお茶の時間に缶詰の鶏肉を食べたし、若者のあいだでは瓶詰飲料も広く飲まれている。だが缶詰商品の多くが、とれたての野菜や切りたての肉をつねに買えるとはかぎらない人々、つまりは労働者階級か低所得者に消費されていることは事実だった。

従って、〝つまらないもの〟なのだ。

「いま、妻に代わって会社の経営を見ているんだ」フィッツは言った。「ぼくの意志でね。面白いよ。宣伝の仕事も含めて」

「そんなの、あなたらしくないわ」イザベルは言った。嘘でしょう、とその目は訴えていた。「あなたが事業に夢中になるところなんて想像できない。以前のあなたなら、やらなかったことだわ。紳士らしくないもの」

紳士らしくはないかもしれない。しかし、意欲をかきたてられる仕事だ。つねにさまざまな形の挑戦がある。原料の調達から生産工程、資金の分配。考えなくてはならないことが何百とあり、決断すべきことが何千とある。実際の仕事は部下に任せるとしても、すべての責任はフィッツが担っている。

「それがいまのぼくの生活なんだ」

イザベルは勢いよく立ちあがった。椅子がきしり、傾いた。彼女はそのまま窓に駆け寄り、そこで足を止めて振り返った。「わたし、イワシの缶詰を作る人と一生を送るなんて考えられないわ」

目端のきく身勝手な男だったら、この機会をとらえ、イザベルに別れを告げただろう。だが、フィッツはそういう男ではなかった。彼女の表情はいつもながら、激しい感情をそのまま映しだす。いまのイザベルは打ちのめされ、不安におののいている。見捨てていくわけにはいかない。

フィッツは立ちあがり、窓まで歩いて彼女の肩に腕をまわした。

「どうした、イザベル？　イワシの缶詰のことはもとから知っていたはずだ。問題はイワシではないんだろう？」

彼女は振り返ってフィッツの袖に顔をうずめた。愛しさというより、心細さから来る仕草だった。「あなたは変わったわ、フィッツ」

「八年間もあったんだ。誰だって変わるよ」

「わたしは変わらない」

ふいにフィッツは悟った。「変わらずにいようと努力しているのはわかる。だが違う、きみだって変わった。かつてのきみなら、新しい世界が開けることを喜んだはずだ。でもいまは、過去の夢を追い求めているだけに見える」

イザベルが電線に触れたかのようにびくりとした。

「それがわたしのしていることだというの？」彼女は自分に問いかけるように言った。「だとしても、それのどこがいけないの？　あなたは人生を取り戻したいと、あるべき姿に正したいと思わないの？」

「時間を巻き戻すことはできないんだ、イザベル。過去を作り直すことはできない。きみは、いや、誰もが前に進まなくてはいけないんだよ」

彼女はフィッツの襟をつかみ、くぐもった声で言った。

「未来が怖いの。人生の一番いいときは過ぎてしまった。いまのわたしはふたりの子持ちの未亡人よ。この先どうしていいかわからないの」

彼はイザベルの顔を上向かせた。「そんなふうに考えてはいけない。人生はまだまだこれからじゃないか」

「でも、わたしはこうしていたいの。いましばらく」イザベルは彼の頬に触れた。ひんやりと冷たい手だった。「わたしをひとりにしないで、フィッツ。お願いだから、ひとりにしないで」

ヴェネチアはいつも光り輝いて見える。いっぽうミリーは、いま鏡をのぞき込んだら、そこに見えるのは明かりが消えた暗い顔に違いなかった。

「フィッツも一緒に来てくれるものと思っていたのに」ヴェネチアが言った。

ミリーは身を硬くした。「今日の午後はミセス・アングルウッドを訪ねているの」

「彼女、もうスコットランドから戻ってきたの？　丸々一週間は向こうに滞在するんじゃなかったかしら」

「わたしもそう聞いていたわ」

「詮索するつもりはないけれど——いえ、それは嘘ね。わたし、心配でしかたがないの。フィッツがいま、間違った選択をしようとしているのではないかと」

ヴェネチアと目を合わせずにすむ格好の口実とばかりに、ミリーはふたり分のお茶を注いだ。「彼はミセス・アングルウッドと暮らすと、もう心を決めているのよ」

「残念だわ。フィッツを愚かな男だとは思わないけれど、それは明らかに愚かな選択よ」

ミリーは頰の内側を嚙んだ。「愛に賢い選択なんてあるのかしら?」

「ええ、あると思うわ。この世の幸せな結婚がすべて運のおかげだなんて、わたしは信じていない。みんなどこかで迷い、正しいほうを選んだのよ。たとえば結婚相手を選ぶとき、夫婦生活の中で何かあったとき」

「彼はミセス・アングルウッドを愛しているのよ」

「わたしも以前はそう思っていたわ。でも、いまは違う。もちろん何年も前、まだ若者だった頃は本気で愛していた。当時結婚していたら、たぶんうまくいっていたでしょうね。だけどふたりは結婚せず、別々の道を歩んだのよ。彼が愛だと思っているものが、単に懐かしさなのか、青春への郷愁なのかはわからない。でも彼はあなたと地に足のついた愛情を築き、同じ関心、同じ目的を共有してきた。そのすべてを、そんな実体のないもののために捨て去るなんて考えられないわ」

ヴェネチアの励ましが、ミリーは言葉にできないほどうれしかった。けれどもこういう問題に関して、姉の――いかに仲のよいきょうだいでも――意見はほとんど意味をなさない。

ミリーは顔をあげた。「わたしたちはただの友人なの。友情は翼のない愛よ。翼のないほうを選ぶ人がいるかしら?」

ついに言ってしまった。鬱積した思いを言葉にして吐きだしてしまった。いま、わたしの顔は怒りでどす黒くなっているに違いない。

ヴェネチアがミリーを見つめた。美しい顔は悲しげだったが、輝きは失われていなかった。

「愛しいミリー、あなたは間違っているわ。友情のない愛なんて凧《たこ》のようなもの。いい風が吹いたときしか飛べないの。愛に翼を与えるのは友情なのよ」


ミリーは自室で夕食をとっているところだった。

フィッツは妻の向かいに腰をおろし、脚を投げだして小首をかしげた。天井が目に入った。かわいらしい壁紙が張ってある。この柄は――彼は目を見開いた。熱気球と飛行船だ。

思いだして、フィッツは微笑んだ。あれはたいした冒険だった。

ミリーは何も言わなかった。心地よい沈黙が続いた。彼は半分目を閉じた。ナイフとフォークが皿に当たるかすかな音がしていた。

「ところで、どうかしたの?」数分後、ミリーが尋ねた。

その質問を待っていたのだとフィッツは気づいた。相談相手として一番ふさわしくない相手なのに――この問題に関していえば。

「どうしていいかわからないんだ」

「なんのこと?」

「ミセス・アングルウッドのことだ」

「話して」

「彼女はつらい思いをした。一気に何もかもが変わってしまった。そしていま、昔からよく知っている、変わらない存在としてのぼくに救いを求めてきている。たぶん彼女はひどく失望することになるだろう。ぼくはもう一九歳ではないし、その頃には戻れない」

「それが彼女の求めているものなの？　かつて知っていたあなたが？」

「彼女には幸せになってもらいたい。だが、どうすれば彼女の望むものを与えてやれるのかわからないんだ。それどころか、彼女が何を望んでいるのかさえわからない。この先一生、彼女を守る伴侶なのか、つらいときの支えなのか」

ミリーがフィッツをだめにしたのかもしれない。彼は精神的に自立した女性——男に頼らない女性に慣れてしまった。

「正しいことをしたいんだ」彼は言った。「それが何かさえわかれば」

恋人としては、ほかの女性に関する悩みなど聞きたくなかった。けれども友人として、フィッツが相談してくれたことに悪い気はしなかった。

というより、純粋にうれしかった。

「できるわ」ミリーは言った。「どこかでひとつふたつ過ちを犯すかもしれない。でも、最終的にあなたはいつも正しいことをしてきたもの」

フィッツが微笑んだ。疲れたような笑みだった。彼は立ちあがり、ミリーの額にキスをした。「きみなしでも、できるだろうか？」

部屋を出ていく夫を、ミリーはじっと見守った。静かにドアが閉まった。愛に翼を与えるのは友情なのかもしれないし、そうではないかもしれない。けれどもいまミリーは、自分の考えは間違いだったと悟った。ふたりの友情は決してまがいものではない。本物だ。そして、それ自体が翼を持っている。

18

「明後日、郊外のお屋敷を見に行こうと思っているの。一緒に来るでしょう?」イザベルがきいた。「ドイルズ・グランジというところ。たしか、ヘンリー・パークから遠くないはずよ」

遠くないどころか、ほんの三〇キロ、列車で三駅分しか離れていない。

「ドイルズ・グランジが貸しに出ているのかい?」

「そうなの。わたしたちにぴったりの物件だと思うわ。大きすぎず、小さすぎず、ヘンリー・パークに近いから、あなたも地所の管理がしやすいし、ヘンリー・パークよりロンドンに近いから、事業のことや何やらで街に出なくてはいけないときも楽でしょう」

彼女なりの言葉で、フィッツが〈クレスウェル・アンド・グレイヴス〉に関わること、いままでどおり仕事をすることを認めたのだ。

イザベルは地図の上にかがみ込んでいる。漆黒の髪に一本、白いものが交じっているのが目についた。以前、彼女が言ったことがある――母は三〇代半ばから髪を染めなくてはならなかった、たぶん自分も若白髪になる、と。〝そうなったらきみのことをおばあちゃんと呼ぶよ〟〝だったら、わたしはあなたを坊やと呼ぶわ〟

懐かしさに胸が痛んだ。イザベルには幸せになってほしいと思う。もう一度、あの怖いもの知らずで生気に満ちた彼女に戻ってほしい。いまの彼女は必死に錨《いかり》を探す難破船さながらだ。

だが、ほかの女性のことばかり考えている男が、イザベルに自信と生きがいを取り戻してやることができるのだろうか？

イザベルの家を出ると、フィッツは馬車を帰らせて、ひとり歩いた。自分が選びたい道ははっきりと見えている。全身全霊でミリーを求めている。しかしイザベルを捨て、自分だけ幸せになっていいのか？

八年前、彼女はどれだけつらくても、フィッツを恨むことはなかった。だが今回、彼女の願いを打ち砕くのは外からの圧力ではない。離れていたあいだに起きた、さまざまな変化なのだ。

八年前とは違う自分。妻への思い。

イザベルがこれほどぼくを必要としているときに、いまある幸せを手放すまいとするのは身勝手すぎないか？　またしても彼女を悲しみのどん底に突き落としていいのか？

自宅に戻ったときも、答えは出ていなかった。コブルが〈クレスウェル・アンド・グレイヴス〉から報告書が届いていると告げた。フィッツは書斎に入って報告書を開いた。だが、一行も頭に入らなかった。一五分後、書類を脇に押しやり、マントルピースに向かった。

アリスはいつもの場所にいた。フィッツは答えを探すかのように彼女を見つめた。一番苦しかった数か月のあいだ、アリスはずっとそばにいてくれた。だが永遠の眠りについた彼女は、もう救いとなってはくれない。フィッツはため息をついて鐘形ガラスを持ちあげ、その背中を撫でた。

「触るとやわらかいの？」うしろからミリーの声がした。

フィッツはびくりとした。振り向くのが恐かった。けれども振り向いた。彼女はこの前愛を交わした、まさにその場所に立っていた。フィッツのかかとからうなじまでを、熱いものが渦を巻いて駆けのぼった。「触ったことはなかったかな？」

ミリーは首を横に振った。当然だ。アリスが生きているときも、抱いてごらんと言ったことはない。彼女は、死んだからといって勝手にいじるような女性ではない。

フィッツはアリスがのっている木製の台を持ちあげ、ミリーに差しだした。

「撫でてごらん」

ミリーが近づいてきた。フィッツは彼女から目を離すことができなかった。きっちりとまとめられた髪、ほっそりした優雅な首。飾り気のないお茶用ドレス。白い絹地に小さな薔薇を散らしたそのドレスを、彼女はもう何年も大切に着ている。フィッツのお気に入りだ。面と向かって、そう言ったことはないが。

彼女はためらいがちにアリスに手を伸ばした。そして背中に触れると、驚いたように手を引っ込めた。見た目はいかにもあたたかくやわらかそうだが、実際は触れると硬く、室温程度のぬくもりしかないのだ。

「彼女は死んでいるんだ」フィッツは言った。「エジプトのファラオと同じように、とうの昔にね」

もっと早く気づくべきだった。ついに再会を果たしたとき、イザベルを前にしてよみがえった感情は、アリスと同じで生きているかに見えた。しかしアリスと同じで、大切に保存された過去の遺物にすぎなかったのだ。


フィッツは鐘形ガラスをもとに戻し、アリスをマントルピースの上に置いた。

「きみはどうした、ミリー？　ぼくを探していたのか？」

彼は疲れているようだった。このところよく眠れていないのをミリーは知っている。ベッドをともにしなくなって、もう一週間が経っていた。夜ごと彼は寝室を出て書斎に行き、しばらくして戻ってくる。そしてひと晩中、それを繰り返している。

ミリーもまた夜はまんじりともせず、漆黒の闇を見つめていた。ただフィッツと違い、すでに心は決めていた。

こんなことになったからといって、彼だけを責めることはできない。ミセス・アングルウッドを責めることもできない。本来するべきことをしなかったのは自分なのだ。変化に気づかないというのはままある。いい友人だと思っていた女性をじつは愛していたことに気づかなかったとしても、彼はそう言い訳ができる。けれどもミリーは最初から彼を愛していた。

それを自分でもわかっていた。

何年も前に言うべきことだった。だが自尊心から、そして不安から、思いを打ち明けることができなかった。拒絶されるのが怖かったから。長いあいだ心の支えだった希望すら、失うことになるかもしれなかったから。

でも、もう恐れない。見栄も捨てる。何もせず、ただ希望にしがみつくこともしない。

「すべて計画どおりに進んでいるの?」

フィッツはミリーを見たが、答えなかった。

「数日ほどヘンリー・パークに行ってくるわ」彼女は言った。「戻ってきたら、真剣に別れることを考えましょう」

彼は愕然とした顔をした。「どういう意味だ?」声が高くなった。「ぼくたちは別れたりなどしない、ミリー。ぼくたちは――」

ミリーは夫の腕に手を置いた。上着の毛織地がてのひらにあたたかかった。

「ねえ、フィッツ、わたしの話を聞いてちょうだい。ミセス・アングルウッドの子供たちのことを考えなくては。あなたたちの取り決めを子供たちにどう説明するの? 世間の人がなんて言うと思う?」

フィッツは口を開いたが、答えはなかった。

「少なくとも、その子たちは嫡出子なのよ。ご両親はきちんと結婚したの。ミセス・アングルウッドがあなたの子供を身ごもったらどうするの? その子たちはどうなるの?」ミリーは深く息を吸った。「この先ずっと一緒に暮らしていきたいなら、彼女と結婚するべきよ」

フィッツは顔をこわばらせた。「それはできない。ぼくはすでに結婚している」

「婚姻無効の手続きを取ればいいわ」

「とんでもない。すでにきみのおなかには、ぼくたちの子供がいるかもしれないんだ」

「それはないわ」六日前に遅れていた生理が来た。迷いや言い訳、はかない望みがそれで一気に断ち切られた。「またわたしと寝るつもり？」

「それは……」

「だったら、わたしが身ごもることはないわ。婚姻を無効にしても、なんの問題もない。レオ・マースデンスは認められたのよ。わたしたちが認められないという法はないわ」

「マースデンスのことなど関係ない。ぼくたちは婚姻を無効にはしない」

「ヘンリー・パークの維持費が心配なら、わたしは喜んで〈クレスウェル・アンド・グレイヴス〉の株を半分譲渡するわ。会社の規模は結婚当初の四倍になっている。わたしにとっても損はないの」

目の前にいるのが本当に自分の妻なのかすらわからないという顔で、フィッツは呆然とミリーを見ていた。「金のためにきみとの結婚を続けていると思われるくらいなら、ぼくはヘンリー・パークに火をつけるよ」

「じゃあ、どうして結婚を続けているの？」

彼は鼻梁《びりょう》をつまんだ。「きみの想い人にも、すでに妻がいるんだろう？　いまさら婚姻を無効にしてなんの得がある？　どうしたって、もう彼とは結婚できないんだろう？」

ミリーはフィッツの腕から手を離し、一歩あとずさりした。いまも怖くてたまらない――ついに真実を口にすると思うと。それでも、これ以上先延ばしにはできないのだ。

「ほかに好きな人なんていないの。そんな人、一度もいなかったの」

彼はいっそう混乱した。「だが、好きな人がいると言ったじゃないか。ぼくと結婚することになって、あきらめたと。きみは――」

「自分がこれまでどんな話をしてきたかはわかっているわ。でも、事実は別。好きな人なんていないの。あなた以外に愛した人なんていない」ミリーはみずからの手に視線を落とした。「ひと目見たときから、わたしはあなたに恋をしていた。あなたが運命に怒っていたとき、わたしも運命を恨んだものよ。そのせいで、わたしはあなたが決して愛することのない女になってしまったんだもの」

長い、長い沈黙があった。フィッツが彼女の腕をつかんだ。

「なんてことだ、ミリー、なぜ言ってくれなかった？」

ミリーは顔をあげ、彼の目を見返した。「言うべきだったんでしょうね。もっと早く告白しなかったことは謝るわ。でも、もうわかったはずよ」

彼がわたしを愛してくれているなら、いまこそ、そう言ってくれるだろう。もちろん愛してはくれている。ただ、どれほどかはわからない。

フィッツが彼女を見つめた。その瞳は夜明けの空のようだった。ぬくもりと新たな一日への約束に満ちている。ミリーの胸がうずいた。何も言わなくても希望と欲望が伝わってくる。言葉は必要なかった。一度のキスでじゅうぶん……。

だが、フィッツはそれすらしなかった。彼女から離れ、額に手を当てて、窓辺まで歩いた。

「話してくれたらよかったのに」彼は言った。「何年も前に」

「母が生きていたら、そう忠告してくれたかもしれないわね」ミリーは唇を噛んだ。「でも、これでわかったでしょう。あなたがミセス・アングルウッドと暮らすと決めたあとも夫婦でいるのは、わたしには無理なの」

彼は振り向いた。「ミリー――」

ドアを叩く音がした。従僕が来て、馬車が待っているとミリーに告げた。

ドアが閉まると、彼女は窓辺に近づいた。「正しいことがしたいと、このところあなたはよく口にするわね。あなたがミセス・アングルウッドを選ぶなら、わたしとはちゃんと別れてほしいの。本当の結婚をする機会を、そしていつかは本当の家族を持つ機会を、わたしにちょうだい。それが正しいことだと思うわ」

「ミリー――」

「もう言いたいことはすべて言ったわ。さあ、列車に間に合うように出かけないと」彼女はフィッツの頬にキスをした。「わたしの居場所はわかっているでしょう」

19

フィッツは写真を眺めてばかりだった。

いまは夜で、イザベルとドイルズ・グランジ——彼女が一緒に住みたいという屋敷——を見に行くまで、あと数時間しかない。ミリーが家を出て丸一日以上が経つ。彼女がいないと、胸にぽっかり穴が開いたようだ。

今年のはじめにミリーがヘレナの付き添いのひとりとしてアメリカにしばらく滞在したのを除けば、もう何年もふたりは離れたことがなかった。離れているあいだは毎日のように手紙を書いた。書かない日が数日あったのは、書きたくなかったからではなく、妻を手紙攻めにしているようで気恥ずかしかったからだ。

いま、フィッツはミリーの部屋で、ただ彼女のことを思っていた。彼女とともに、自分の体も半分もぎ取られていったような気がする。

マントルピースからお気に入りの写真を持ちあげ、近づけて見た。去年の夏に撮ったものだ。写真家は、長椅子の端に座っていささか深刻な顔をしているヘイスティングスをとらえようとしたらしい。だが、長椅子の奥にフィッツとミリーが写り込んでいた。おそらく招待客のために用意した余興か何かの話をしているのだろう。たいした話ではないはずだが、ふたりは妙に親密だった。顔を寄せ合い、熱心に話し込んでいる。フィッツの立ち位置とカメラの角度のせいで、手を椅子の背に置いているだけなのに、まるでミリーの腰に腕をまわしているように見える。

ミリーがぼくを愛している。ずっと愛してきた。

自分の気持ちをちゃんとわかっていたら、イザベルになくしたものをいまから取り戻せるかときかれたとき、違う答えを返していただろう。彼女は失望したかもしれないが、乗り越えたはずだ。だが、すでに将来をともにしようと誓い、イザベルの期待をふくらませてしまった。彼女は怒り狂うだろうし、深く傷つく。

ふたたびイザベルを傷つけると思うと、耐えられない。

しかし……。

〝あなたはいつも正しいことをしてきた〟とミリーは言った。フィッツは最後の砦とばかりに、その言葉にしがみついた。とはいえ、この状況で正しいことというのは存在するのか？ 存在するとして、どうしたらそうとわかるのだろう？

ドイルズ・グランジは思いのほか美しい屋敷だった。通りと敷地の境にはつつじの生け垣があり、いまは紫の花が華やかに咲き乱れている。

門は風変わりながら趣があり、てっぺんにはぶどうの葉をかたどった装飾が施してある。

格子に鉄製の蔓が絡まっていた。砂利を敷いた私道には松の木立が並び、どこか遠くでは小川の流れるさらさらという音がしている。

屋敷はれんが造りで、大きな張りだし窓と屋根窓が目を引いた。屋根付きのポーチを蔦が這いのぼっている。室内は蔵書が多く、ソファなど背の低い家具の布張りはクリーム色と黄色で統一され、明るくて心地よかった。

イザベルはすっかり魅了されたようだ。だがどの部屋を見ても、フィッツの反応を確かめるかのように、心もとなげな視線を投げてくる。室内を見たあとは庭に出た。薔薇はしおれていたが、きんぽうげとなでしこはいまが盛りだ。蜂がぶんぶんうなっている。あたたかく、あたりにはかすかに干し草の香りが漂い、庭には花が咲き乱れ――まさにイングランドのさわやかな初夏といった雰囲気だった。

「ここにいる自分を思い浮かべられる？」イザベルがきいた。

突然、すべきこと、正しいことが目の前に見えてきた。彼女を幸せにするためには、嘘をつかなくてはならない。新しい生活をそんな形ではじめるのは間違っている。第一、イザベルのためにもならない。イザベルにふさわしいのは、彼女とひとつ屋根の下に暮らし、ともに人生を歩くことに無上の喜びを感じるであろう男――心から彼女を愛する男だ。

ぼくはその男ではない。もうずっと前から、そうではなくなっていた。

「すまない、イザベル。ぼくが思い浮かべるのは別の場所にいる自分なんだ」フィッツは言った。

彼女が唇の端を震わせた。「ほかの屋敷を見に行きたいということ？」

その目に浮かぶ恐れを見ると、先を続けるのがためらわれた。

「違う。ヘンリー・パークにいる自分だ」

イザベルはつかのま、以前の気性の激しい彼女に戻った。

「あのぼろ屋敷？　話したことはなかったけれど、あなたが結婚する前にわたし、見に行ったのよ。ひどいところだったわ」

「以前はそうだった。だが、いまはぼろ屋敷ではない」

彼女はかたくなな表情で言った、「信じられないわ」

「ならば一緒に来るといい」フィッツはやさしく言った。「自分の目で確かめてごらん」

いつからフィッツは自分の屋敷に恋していたのだろう？　おそらくかなり前からのはずだ。だが、そうと気づいたのはほんの一年前、社交シーズンを終えてロンドンから帰った日のことだった。

ヘンリー・パークの改修は続いていた。何十年ものあいだ放置され、荒廃が進んだ地所がいっぺんに生まれ変わるはずもない。工事は休むことなく行われた。

屋敷がつねに工事中でほかに関心事があったせいか、前の二年間はヘンリー・パークに戻るのが夜中だったせいか、ともかくその日はじめて、フィッツはヘンリー・パークの全容を、観光客がそうするようにじっくりと眺めたのだった。

私道に沿って植えられたはしばみの木立は青々と茂り、葉の天蓋を作っている。そのあいだから差し込む、緑色にも見える澄んだ木もれ日は、枝が揺れるたびに金色にまたたく。曲がり角に差しかかると、見苦しいギリシア風の建物が見えてくるはずだ。いかにも風情があるでしょうと言わんばかりの、えせ懐古趣味の廃墟。

ところが違う、ついに改修が終わったのだ。すらりとした円柱に囲まれた、白く輝く東屋は芝の斜面に立っているのではなく、ふわりと浮いているかのようだった。そして、下の人工湖の水面にその姿を映している。

かつて葦《あし》が密生していた湖は、いまは鏡のように清らかな水をたたえている。長いこと水に沈んでいた桟橋も修繕がすみ、鮮やかな青に塗られたボートが一艘《そう》つながれていた。ボートの船首には櫂《かい》が二本、並べて置いてある。

小道はのぼりになり、いったん下ってまたのぼる。すると目の前に開けるのはラベンダー畑だ。一面、紫色の花がそよ風に揺れている。

「すごいな」馬車に乗ったままフィッツはつぶやいた。

「そうでしょう」向かいに座っていたミリーが言った。「わたし、ここに戻ってくるのがいつも楽しみなの」

フィッツは大きな喜びに打たれていた。この美しい土地がわがものであり、自分はこの美しい土地に暮らしている。その後、彼はここを意に反して相続した屋敷とは二度と思わなかった。ここここそ、わが家だ――自分はこの地に骨を埋める。フィッツは一年前のあのとき、そう心に誓ったのだった。

ヘンリー・パークはいつもながら美しかった。私道。湖と東屋。ラベンダー畑。ついにフィッツがミリーと暮らす屋敷が見えてきた。無駄のない、こぢんまりとしたジョージ王朝風の建物で、色あせたれんがの壁は淡いラベンダー色だ。北棟を取り壊したので左右対称ではないが、どこから見ても調和が取れている。

「自分のいる場所として、ぼくが思い浮かべるのはここだ」フィッツはイザベルに言った。「世界中で一番好きな場所だよ」

運命によって、ぼくはここへ来た。そしていまは愛によって、ここにいる。

フィッツは御者に止まるよう合図した。ふたりは馬車をおり、腕を組んで無言で歩いた。マス釣り用の川にかかる、新しい橋の手前で足を止める。完璧なアーチを描く日本風の石橋だ。

その下を二羽の白鳥が滑るように泳いでいく。

「もっと早く気づくべきだった。だが、ぼくがばかだったんだ。ぼくたちは、ぼくと妻は、ともにここを作りあげた。ともに生活を築きあげた。彼女はいまやぼくの一部だ。切り離せない、大切なものだ」

イザベルが顔をそむけた。フィッツは彼女の肩をつかんだ。「イザベル」

「わかったわ。わたしだって、夢見ていたふたりの未来が、この数週間で指からすり抜けていくのを感じていなかったわけじゃないの」彼女の声は震えていた。「ただ、わたし――」

「きみはひとりにはならないよ、イザベル。ぼくはきみの恋人にはなれないが、友人にはなれる。それに友人はぼくひとりではない」

イザベルは目に涙を浮かべた。「あなたの言うとおりならいいと思うわ、フィッツ。わたしはあなたの幸せを、心から願ってる」

フィッツは彼女を腕に抱いた。「ぼくもだよ。きみの幸せを願っている。きみを愛しているし、その気持ちはこれからも変わらない」

しかし人生をともにしたいのは、そういう思いで愛しているのは、一緒にここを築きあげた女性、ただひとりだ。

ミリーは慰めになるものを探して、あたりを歩きまわった。だが見つかったと思うと、また切ない痛みが胸を刺した。ヘンリー・パークのどこを見ても、ふたりの共同作業の跡がある。フィッツとともに、この土地のあらゆるところに手当てを施し、長く放置されたせいですっかり気難しくなった屋敷をなだめてきたのだ。

いつだったか、この道から二〇メートルもないところに立ち、刈り取った膨大な雑草をどうするか話し合った。結果的には燃やすのはやめて、根覆いにすることにした。次の曲がり角のところでは、何年も前フィッツがポケットから球根を出して放った。買いすぎて庭に植えきれなかった球根で、森の中でも育つか試してみようというわけだった。そのうちいくつかは毎年土をかき分けて芽を出し、前年の落ち葉の中に、黄色、紫、白の花を点々と咲かせた。その先にはイタリア旅行直前に氾濫した川がある。古い橋と温室まで流されてしまった。出発前にふたりしてのろのろと岸を歩き、川幅を広げるか、流れをまっすぐにするか、話し合ったものだ。

うんざりすることもあった。直しても直してもまた壊れるの繰り返しに、腹が立つこともあった。ふたりは共同戦線を張り、手のつけようのない部分はダイナマイトで吹き飛ばしてしまうことにした。

いろいろあったけれど、振り返ると楽しいことしか思いだせなかった。別々だったふたりの人生が、少しずつひとつにより合わさっていったのだ。

また曲がり角に来た。新しい橋が目に入ってきたところで、ミリーは足を止めた。目の前が真っ暗になった。

橋のたもとに男女が立ち、しっかりと抱き合っていた。体を離したあとも、男性は女性の肩に手を置き、女性のほうは頭を彼の肩にのせている。

ミリーはゆっくりとあとずさりした。足音が聞こえていないとわかると背を向けて走った。もう走れないというところまで走った。それから歩いた。これ以上、歩けないというところまで。そして苔《こけ》むした岩に腰かけたとき、ついに涙があふれた。

いずれは立ち直れる。わたしは人もうらやむほど裕福だし、まだ若い。ヘンリー・パークのような廃墟をよみがえらせたのだから、なんだってできるはずだ。

けれど、もう未来は見えなかった。失ったものを求めて泣くことしかできなかった。日々を重ね、年月を重ね、やさしさを重ねて、ふたりは人生を築いてきた。揺るぎない愛情で土台を固め、パートナーとして壁を作り、情熱という塔を建てた。ミリーが望むのは、それを大切に守り、広げ、強くしていくことだけだ。

それなのに手放さなくてはならない。すべてが崩壊し、ふたたび廃墟となっていく。

そう思うと涙が止まらなかった。

あたりが薄暗くなった頃、ミリーは帰路についた。もう〝わが家〟とは思えない屋敷へ。誰にも会いたくなかったので、脇のテラスのドアから入り、使用人用の階段を使って二階にあがった。浴室の鏡で見ると、顔は汚れて土気色だった。

目に冷たい水をかけてタオルで顔を拭き、寝室に入って明かりをつけた。さすがにフィッツがミセス・アングルウッドを夕食に招待したとは思わないが、食堂におりていってそれを確かめる勇気はなかった。食事は二階で、ひとりですませばいい。

廊下をこちらに向かってくる荒々しい足音が聞こえてきた。ドアが勢いよく開く。フィッツが現れた。ノブに片手をかけ、ヘンリー・パーク中を走りまわってきたかのように肩で息をしている。

「まったく！　いったいどこにいたんだ？」

「わたし――散歩をしていたの」

「ミセス・ギブソンから、きみが午前一一時前に散歩に出たと聞いた。もう夜の九時半だぞ。四時間もきみを探しつづけていた。たったいま、湖をさらうよう命じたところだ。どれほど心配したか——ぼくは——そうしたら、きみの部屋の明かりがつくのが見えて——」

ミリーはいきなり抱えあげられ、ベッドの支柱に押しつけられた。フィッツが激しく唇を押しつけてくる。まるで全世界が真空になり、彼女が唯一残った酸素管だとでもいうように。

「もうこんなことはするな」息をつくために体を離すと、彼はうなるように言った。

「でも、ミセス・アングルウッドとあなた——わたし、見たのよ、あなたたちふたりが一緒のところを」

「なんだって？」

「新しい橋のたもとで、あなたは彼女を——ぎゅっと抱きしめていた」

「もちろんそうしていたさ。ぼくのいる場所はここだと、はっきり告げたあとだったから」

「まあ」ミリーは言った。

彼は最後にわたしを選んだのね。こらえきれず、また涙があふれてきた。

「ミセス・アングルウッドは大丈夫？」

「大丈夫だと思う。アバディーンにいる妹さんのところに戻ると言っていた。子供たちはそこに置いてきたからね。ぼくには付き添ってほしくないと言うから、ヘイスティングスに電報を打って、ロンドンを発つときに駅で待っていてもらうことにした。もう返事も届いたよ。ふたりでお茶を飲んでから、駅で出発を見送ったそうだ」

「彼女の幸せを祈っているわ」ミリーは涙ながらに言った。「いまのわたしくらい幸せになってくれたらと思う」

フィッツは彼女をきつく抱きしめた。「ぼくは大ばか者だった」

「わたしもよ。もっと早く告白すればよかった。ただ、怖くて——」

彼はキスでミリーの言葉をのみ込んだ。

「湖の捜索を中止させなくては。みんな、真っ暗な中できみを探しまわっているんだ」フィッツがまたキスをした。「少し休んでいたほうがいい。戻ったら、ぼくが一睡もさせないから」

「わかったわ。行ってらっしゃい」ミリーはまだ涙の乾かない顔に満面の笑みを浮かべた。

「おっと」フィッツは言った。

「大丈夫？」

しばらくしてフィッツが戻ってくると、ミリーは彼をベッドに押し倒し、その上に飛びのった。腕を撫で、肩を軽く嚙む。

フィッツは背中の下から額入り写真を引っぱりだした。

「さっきこの部屋に入って、きみが散歩から戻るのを待っていたとき、ベッドに置いたままにしたんだな」

彼女ははっと息を吸った。「ごめんなさい、ダーリン。あなたがずっと痛い思いをしているとは知らなかったわ」

彼はミリーの唇に指を一本当て、いたずらっぽく笑った。

「まったく感じていなかったよ」

ふたりはしばしし、その写真を眺めた。ヘイスティングスに焦点を合わせている写真の端に、ふたりが並んで写っている。ミリーは屋敷のあちこちに額入りの写真を飾っているし、化粧室の引き出しには額に入れていない写真が何枚もしまってある。だが、中でもこれはお気に入りの一枚だ。

「ヘイスティングスは切り取ってしまおう」フィッツが言った。「そうしたら、ぼくたちふたりだけになる」

ミリーはくすりと笑った。「気の毒なヘイスティングス卿」

「彼のことだ、喜んでふたりきりにしてくれるさ」

写真をそっとベッドの脇のテーブルに置くと、フィッツはまた彼女にキスをした。

「愛する女性と結婚するというのはこういう気分なんだな」

愛する女性。その響きは何度聞いても飽きることがない。「ご満足かしら?」

彼はミリーの顔を手で包み込んだ。「以前はよく、過去に戻っていくつかの出来事を変えることができたら、自分の人生はどうなっただろうと考えたものだ。たとえば先の伯爵がもっと長生きしていたら、とか、そもそも北棟が建設されていなかったら、とか。しばらくすると忙しくなって、そんなことを考えるのはやめてしまった。考える意味もなくなった。だが、いまならわかる。ぼくは何も変えない。いま生きてきたこの人生だけが、ぼくをここへ、そしてきみへと導いてくれたのだから」フィッツは指で彼女の額をなぞった。「ここに、きみといる。これ以上うれしいことはない」

ミリーの目に、また涙があふれてきた。「愛しているわ」

「ぼくも愛している」フィッツがまたくちづけした。「きみのすべてを愛しているよ」

涙交じりの顔で微笑み、ミリーは彼の印章付き指輪にキスをした。それから何年もこうしたくてたまらなかったというように、舌で舐めた。

「さあ、フィッツヒュー卿、どちらを選ぶ？　夕食、それともわたし？」

「きみさ、愛しい人」彼はミリーを引き寄せた。「いつだってきみだよ」

訳者あとがき

シェリー・トマスの『待ちわびた愛』をお届けいたします。本書は昨年出版された『甘いヴェールの微笑みに』のシリーズ第二弾。前作でいかにもわけあり夫婦だったミリーとフィッツの物語です。

缶詰工場で莫大な財をなした父に、貴族との結婚を強要されたミリー。破産を免れるためには裕福な女相続人と結婚するしかないフィッツ。ふたりは、両家の金銭面の同意がなされるとすぐに結婚しました。当時としては珍しくもなんともないことだったでしょう。ミリーはとくに疑問を持つこともなく、運命を受け入れました。ただひとつ誤算だったのは、夫となる人をひと目見て、恋してしまったこと。しかも彼にはほかに愛する女性がいて、その人と別れざるをえなくなった運命を恨み――それゆえにミリーをも憎んでいたのです。ミリーは想いを隠し通そうと決意しますが……。

『甘いヴェールの微笑みに』が一風変わった大人のラブストーリーだったのに対し、本書はヒストリカルロマンスの王道。契約結婚から真実の愛が芽生えていく過程が、丁寧に描かれていきます。それでもありきたりな作品にならないのは、シェリー・トマスの文学的とも言える美しい文章と、細やかで的確な心理描写、そしてヒロインの魅力ゆえでしょう。華のある美人ではないけれど、清潔でつねに折り目正しく、控えめながら芯は強くて賢い――まさに〝やまとなでしこ〟のイメージのミリー。読むうちに知らず知らず感情移入し、ハッピーエンドとわかっていても、一途《いちず》な思いがいつ届くのかとやきもきせずにはいられません。

そして、脇役が充実しているのもシリーズ物ならでは。誰もが息をのむ美人、ヴェネチアは幸せな結婚をしていっそう輝きを増し、才気煥発《かんぱつ》で我の強いキャリア・ウーマン、ヘレナはあいかわらず危なっかしい――さて、どうなるのか、ヘレナの恋の行方も気になるところですね。

二〇一四年一〇月

ライムブックス

待《ま》ちわびた愛《あい》

著　者　シェリー・トマス
訳　者　井上絵里奈《いのうええりな》

2014年11月20日　初版第一刷発行

発行人　成瀬雅人
発行所　株式会社原書房
〒160-0022東京都新宿区新宿1-25-13
電話・代表03-3354-0685　http://www.harashobo.co.jp
振替・00150-6-151594
カバーデザイン　松山はるみ
印刷所　図書印刷株式会社

落丁・乱丁本はお取替えいたします。
定価は、カバーに表示してあります。
 ISBN978-4-562-04464-1 Printed in Japan